SWORD ART ONLINE
소드 아트 온라인
프로그레시브
009
지음 | 카와하라 레키
일러스트 | abec
옮김 | 박용국

"너, 너희들이
이쪽으로 온 거잖아!"
키리토
아인크라드 최상층 도달을 목표로
하는 검사. 《솔로》 플레이어지만
지금은 아스나와 콤비를 이루고 있다.
"거기가 이 욕탕에서
제일 전망이 좋은 자리란 말이야!"

"앗…… 왜 거기에 있는 거야?!"
키즈멜
제3층에서 동료가 된 《다크 엘프》 NPC.
키리토, 아스나와는 강한 인연으로
맺어져 있다.
아스나
《SAO》에 갇힌 여성 플레이어 중 한 명.
자포자기했다가 마음을 고쳐먹고
게임 클리어를 목표로 한다.

"전에 말하지 않았던가?"
"더 이상
엘프의 일에는
관여하지 말라……고."
카이사라
《박벌(剝伐)》이란 별명을 가진
폴른 엘프 부장군. 과거에 키리토 일행을
압도적인 힘으로 물리친 강적.

“으라앗!!”

엘프 전쟁 캠페인 퀘스트

제3층부터 시작해 여러 층에 걸쳐 이어지는 장편 퀘스트. 플레이어는 다크 엘프 진영과 포레스트 엘프 진영 중 어느 한쪽에 가담해 나머지 한쪽 진영과 싸우게 된다. 키리토와 아스나는 다크 엘프 진영에 가담해 퀘스트를 진행하고 있다.

퀘스트의 기본 구조는 각 플로어에 하나씩 봉인되어 있는 《비밀 열쇠》라는 여섯 개의 아이템을 회수하는 것. 베타테스트 시절에 키리토는 모든 비밀 열쇠를 모아 퀘스트를 클리어했다.

데스 게임으로 변한 《SAO》에서도 키리토는 베타테스트의 지식을 활용해 비밀 열쇠를 네 개나 입수하지만, 그때 예상 못 했던 사건이 발생한다. 《까만 판초 남자》가 이끄는 PK 집단이 암약하는 바람에 퀘스트의 전개가 달라져서 그 모든 비밀 열쇠들을 적대 세력인 폴른 엘프에게 빼앗겨버린 것이다. 제7층을 클리어한 키리토 일행의 다음 목적은 폴른 엘프가 가져간 비밀 열쇠를 탈환하는 것이 되었다.

한편 퀘스트 도중에 자신이 가담한 진영을 변경하는 것은 불가능하고, 퀘스트에 실패했을 때 재도전하는 것도 불가능하다.

제3층

비취 비밀 열쇠

다크 엘프 기사 키즈멜과 포레스트 엘프 기사의 싸움에서 어느 쪽을 도와주느냐가 퀘스트의 분기점. 키즈멜을 돕기로 한 키리토 일행은 건투해서, 본디 거기서 죽을 운명이었던 키즈멜을 생존시키고 만다. 여기서부터 키즈멜과 키리토와 아스나의 강한 신뢰관계가 형성되었다.

제4층

청금석 비밀 열쇠

폴른 엘프와 손잡은 포레스트 엘프가 비밀 열쇠를 노리고 다크 엘프의 거점 요펠성을 습격한다. 그러나 키즈멜과 요펠의 성주 요필리스의 도움도 받으면서 무사히 그들을 격퇴. 키리토 일행은 수몰 던전에서 제2의 비밀 열쇠인 청금석 비밀 열쇠를 손에 넣는다.

다크 엘프 진영

여섯 개의 비밀 열쇠가 모두 모여 성당의 문이 열릴 때 찾아온다는 《괴멸적 파국》을 회피하기 위해 비밀 열쇠를 회수하려고 한다. 정식 명칭은 《류슬라 왕국》.

키즈멜

다크 엘프 NPC. 키리토, 아스나와 함께 비밀 열쇠를 탈환하려고 한다.

요필리스

제4층에 있는 요펠성의 성주. 키즈멜처럼 뛰어난 전투력을 가지고 있다.

폴른 엘프 진영

다크 엘프도 아니고 포레스트 엘프도 아닌 《타락한 엘프들》. 그들의 목적도 비밀 열쇠를 회수하는 것이다. 목적을 위해서라면 수단 방법을 가리지 않는다. 제4층의 수운 길드, 제7층의 코를로이 가문의 문주 바당, 심지어 PK 집단과도 손을 잡고 있다.

카이사라

폴른 엘프 부장군. 《박벌》이란 이명으로 알려져 있다.

포레스트 엘프 진영

성당의 문이 열리면 부유성 아인크라드가 다시 대지로 귀환한다고 믿고 있다. 그 꿈을 실현하기 위해 여섯 개의 비밀 열쇠를 회수하려고 한다. 정식 명칭은 《카레스 오 왕국》.

제6층

마노 비밀 열쇠

다크 엘프의 거점 갈레성을 거점으로 삼아서 별다른 어려움도 없이 《마노 비밀 열쇠》를 손에 넣은 일행. 그러나 진짜 고난은 지금부터 시작이었다. 폴른 엘프의 갈레성 습격. 인질을 잡은 PK 집단의 비밀 열쇠를 내놓으라는 요구. 그리고 폴른의 부장군 《박벌》의 카이사라의 급습. 그 압도적인 힘에 의해 모든 비밀 열쇠는 빼앗기고 만다.

제7층

홍옥 비밀 열쇠

비밀 열쇠를 빼앗기고 폴른 엘프와 내통했다는 의심을 받은 키즈멜은 제7층의 다크 엘프 거점, 하린 수궁에 갇힌다. 그 사실을 모르고 수궁에 찾아갔던 키리토와 아스나도 마찬가지로 지하 감옥에 투옥된다. 내통 의혹을 해소하고 비밀 열쇠를 되찾기 위해 키리토 일행은 키즈멜과 함께 탈옥. 폴른 엘프를 추적한다.

부유성 아인크라드 각 계층 데이터 AINCRAD

■제4층

베타테스트 시절 제4층의 디자인 테마는 바싹 마른 협곡이 거미줄처럼 이리저리 뻗어 있는 소위《마른 계곡》구역이었다.

그러나 정식 서비스 때 키리토가 제4층에 올라와보니 그 광경은 크게 달라져 있었다. 지형 자체는 이전과 같았지만 과거에 평범한 언덕이었던 곳은 섬이 되었고, 불그스름한 지면이었던 곳은 청록색 지의류로 뒤덮였고, 자잘하게 갈라진 협곡에는 전부 다 물이 꽉 차 있었던 것이다.

이리하여 디자인 테마가 새롭게《수로》로 변경된 제4층 플로어. 주거 구역은《로비아》라고 불리며 그곳의 남동쪽에는 삼림지대가 펼쳐져 있다. 수로를 따라 남쪽으로 내려가면 지름이 300미터쯤 되는《칼데라 호수》가 나온다. 좀 더 밑으로 내려가면 플로어 보스《위스게 더 히포캄프》가 사는《미궁 구역 타워》에 도달한다.

타워 북동쪽에는 거대한 호수가 있는데 그곳에는 다크 엘프들의 거점 요펠성이 세워져 있다. 제4층 공략 도중에 발생한 호상 전투에서 키리토 일행은 다크 엘프 측에 참전. 그 결과 성주 요필리스와 그의 부하인 다크 엘프들과는 우호적인 관계를 맺게 되었다.

「이것은 게임이지만 놀이가 아니다.」

「소드 아트 온라인」 프로그래머
카야바 아키히코

SWORD ART ONLINE 소드 아트 온라인 PROGRESSIVE 프로그레시브 009

지음 | 카와하라 레키
일러스트 | abec
옮김 | 한수진

SWORD ART ONLINE PROGRESSIVE

푸른 수월의 녹턴(상)

아인크라드 제7플로어, 2023년 1월

1

"키리토 군, 너 또 **우물거리고** 있어."

잠정 파트너 아스나에게 그렇게 지적당한 나는 오른쪽 위의 송곳니를 건드리던 혀를 제자리에 돌려놓았다.

그러나 3초도 안 돼서 이번에는 왼쪽 위의 송곳니가 간질간질해졌다. 아바타의 치아도 현실의 치아와 마찬가지로 그 자체에는 감각이 없을 텐데, 왠지 혀로 밀거나 살짝 깨물지 않으면 도저히 마음이 안정되질 않았다.

그 이유는 내 송곳니——특히 위의 두 개가 갑자기 5밀리미터 정도나 길어졌기 때문이다. 신기하게도 치아 교합에 문제가 생기진 않았지만, 이제는 이가 아니라 맹수의 엄니라고 표현해야 할 것 같은 그것을 무시할 수 있을 정도로 내 신경줄은 굵지 않았다.

"아니, 하지만…… 이게 이렇잖아?"

내가 그렇게 대꾸하면서 이~하고 이를 드러내자, 왼쪽 옆에 앉아 있는 아스나가 얼굴을 가까이 대고 자세히 들여다봤다.

문득 장난기가 발동해서 저 가녀린 목덜미를 덥석 무는 척을 해보고 싶어졌다. 하지만 그랬다간 성대한 비명이 터져 나올 테니 관두기로 했다. 아무리 안전지대라 해도 우리가 앉아 있는 곳은 던전——미궁 구역 타워 안쪽의 깊숙한 곳이니까.

"우와…… 새삼스런 질문이지만, 이러면 말할 때 혀나 입술을 깨물진 않아?"

개암나무색 눈을 걱정스럽게 크게 뜨고 물어보는 아스나. 나는 어린애처럼 유치한 짓을 안 해서 다행이라고 생각하며 고개를 끄덕였다.

"어, 뭐, 그럭저럭 괜찮아. 밥 먹을 때에는 어떻게 될지 모르겠지만."

"아…… 그래, 키리토 군은 흡혈…… 아니, 《시비스 녹테(밤의 백성)》가 되고 나서는 월룹타의 비치에서 프루트펀치만 마셨었지."

"그냥 흡혈귀라고 해도 돼. 니르 님이 듣고 있는 것도 아니잖아."

내가 쓴웃음을 지으며 그렇게 대꾸하자 아스나도 "그런가" 하고 살짝 웃었다. 그 미소에 희미한 쓸쓸함이 섞여 있는 것처럼 느껴진 것은 분명 착각은 아닐 것이다.

나, 아스나, 다크 엘프 기사 키즈멜이 부유성 아인크라드 제7층의 카지노 도시 월룹타를 떠난 것은 약 세 시간 전. 날짜가 1월 9일로 바뀐 직후였다.

7층에 도달한 것이 1월 5일 오전 10시였으니까 나흘도 안 머무른 셈이다. 하지만 그 짧은 시간 동안에 내 가슴에는 수많은 추억이 새겨졌다. 물론 아스나도, 또 어쩌면 키즈멜도 마찬가지일 것이다.

월룹타 그랜드 카지노의 실질적 지배자로 군림하는 니르니르 니그도이와 그녀의 호위병 겸 메이드인 키오. 그들은 의지할 데 없는 떠돌이인 나와 아스나에게 무척 잘해줬다. 그래서 제8층으로 가지 말고 이대로 월룹타에서 살면 어떻겠느냐는 니르니르의 제안을 나 또한 한순간이나마 진심으로 검토해보기도 했었다.

니르니르가 그렇게 권한 이유는 단순히 우리가 마음에 들어서가 아니었다. 어찌할 수 없는 운명의 흐름으로 인해 나는 《도미나스 녹테(밤의 주인)》——즉 흡혈귀인 니르니르에게 피를 주고 그녀의 권속인 《시비스 녹테》가 되어버렸기 때문이다.

베타테스트 시절에는 이런 이벤트가 발생하지 않았다. 아니, 애초에 니르니르나 키오와 만나지도 않았다. 흡혈귀로 변한 플레이어가 있다는 소문은 접해본 기억도 없으니까 아마 정식 서비스 때부터 도입된 요소일 텐데, 그렇다면 이 스테이터스 변화에 관한 정보는 《생쥐》 아르고도 안 가지고 있다는 뜻이리라.

물론 니르니르는 자신이 알고 있는 것이라면 다 가르쳐줬다. 하지만 니르니르는 300년이 넘는 기나긴 인생의 대부분을 카지노 안에서 보냈다. 그래서 각종 몬스터와의 상성이나 다른 스테이터스에 주는 영향 같은 실전적 데이터는 얻을 수 없었다.

현재 판명된 특성은 《은에 약하다》, 《늙지 않는다》, 《정기적으로 피를 마시지 않으면 쇠약해진다》, 《햇빛을 받으면 즉사한다》는 것. 현실세계의 픽션에 등장하는 흡혈귀와 그다지 다르지 않았다. 굳이 말하자면 사람의 피보다도 용의 피가 더 효과가 좋다는 점이 독특하긴 하지만. 그 덕분에 나는 한동안 남의 피를 빨지 않아도 살아갈 수 있게 되었다. 7층 플로어 보스 《아기엘러 디 이그니어스 웜》이 대량으로 드롭해준 용의 피를 재료로 삼아서 니르니르가 나크토이 가문 비전의 《드래곤 블러드 포션》을 만들어줬기 때문이다.

용의 피를 강한 알코올로 희석하고 거기에 몇 가지 약을 더한 포션. 그것을 일주일에 한 병만 마시면 쇠약해져서 죽는 것은 피할 수 있다고 한다. 포션은 넉넉하게 서른 병이나 있으니 반년 이상은 버틸 수 있다. 또 혹시나 그것을 다 써버리더라도 월롭타에 돌아가면 보충할 수 있다.

고로 내 이는 쓰지 않아도 될 테고, 은도 내가 스스로 조심하면 접촉은 피할 수 있을 것이다. 다만 문제는 햇빛이었다. 니르니르의 말에 의하면 햇빛을 정면으로 받았다간 10초도 못 버티고 불타서 재가 되어버린다고 한다.

아인크라드 최상층을 제외한 각 플로어는 겨우 100미터 상공에 다음 층의 밑바닥이 있다. 그러니까 이론상 태양빛이 비치는 것은 아침저녁의 짧은 시간밖에 없을 것이다. 하지만 게임 특유의 억지 논리인지 아니면 어떤 마법이 작용한다는 설정인지는 몰라도, 맑은 날에는 태양의 빛이 부유성의 모든 플로어를 투과하듯이 찬란하게 쏟아져 내렸다.

그러므로 낮에 아무런 준비도 없이 밖에 나가면 즉사를 면할 수 없다. 그리고 설령 두꺼운 후드가 달린 망토로 온몸을 엄중하게 방어하고 계속 그늘 속에 머무르더라도, 약하게 반사된 햇빛만 받아도 《햇빛 중독》 상태가 되어서 모든 스테이터스가 저하되고 지속적인 데미지를 받게 된다.

요컨대 흡혈귀화를 해제할 방법을 찾을 때까지 나는 밤에만 활동할 수 있다는 뜻이다. 넌선 내부는 안전하다고 믿고 싶지만, 매우 드물게 햇빛이 비쳐드는 장소도 있으므로 100퍼센트 안전하진 않다. 니르니르와 키오, 또 덤으로 아스나와 키즈멜도 "낮에는 절대로 밖으로 나가면 안 된다"고 말했고, 나 자신도 안전을 최우선으로 해야 한다는 것은 알고 있지만——혹시나 햇빛을 받아 재가 되어버리면 현실세계의 나도 너브 기어한테 뇌를 공격당할 테니까——커튼을 꼭꼭 여며둔 숙소의 방 안에 아침부터 밤까지 내내 틀어박혀 있어야 한다는 것은 무척이나 답답한 일이었다.

물론 흡혈귀화도 꼭 나쁜 것만은 아니었다. 근력과 민첩성과 스킬 숙련도에는 보너스가 붙었고, 시각에 강력한 어둠 보정 능력이 지속적으로 가해지기 때문에 던전에서도 불빛은 필요 없다. 덤으로 월룹타에서 손에 넣은 전설의 장검 《돌풀녹턴》을 아무런 부작용도 없이 사용할 수 있었다.

지금 내 등에 장비하고 있는 이 검은 《소드 오브 월룹타》라는 이름으로 그랜드 카지노의 최상위 경품으로 전시되어 있었다. 교환하는 데 필요한 칩은 10만 개. 돈으로 환산하면 무려 천만 콜이라는 무시무시한 돈을 필요로 했는데, 그만한 가치가 있어서 독 무효, HP 자동 회복, 크리티컬 확률 강화라는 세 가지 특수 효과가 있는 데다가 기초 스펙도 높았다.

공략 집단의 주요 길드인 《드래곤 나이츠 브리게이드(DKB)》와 《아인크라드 해방대(ALS)》도 똑같이 이 검을 획득하려고 나섰는데, 우여곡절 끝에 내가 소유자가 되었다. 솔직히 말하자면 강력한 새 무기를 손에 넣었다는 기쁨보다도 DKB와 ALS를 어떻게 납득시킬까? 하는 걱정이 더 컸지만,

그래도 결국 이것이 최선의 결과였을 것이다.

왜냐하면 소드 오브 월룹타, 즉 돌풀 녹턴은 인간이 장비하면 그동안 축적한 경험치를 계속 빼앗긴다는 무시무시한 역효과가 있는 마검이기 때문이다. 그러나 그 검을 장비한 자가 흡혈귀인 경우에는 경험치 드레인이 발생하지 않는다. 또한 덤으로 양손 풀파워로 검을 휘두르면 진홍색 빛의 칼날을 날릴 수 있다는 추가 효과도 획득하게 된다.

나와 아스나, 아르고, 키즈멜이 월룹타를 출발한 지 겨우 두 시간 만에 7층 미궁 구역 타워 최상부의 안전지대에 도달할 수 있었던 것도 이 마검 돌풀 녹턴의 엄청난 성능 덕분이었다. 독 무효의 덕을 보는 장면은 없었지만 전투 도중에는 HP가 지속적으로 회복됐고, 공격이 클린 히트하면 십중팔구 크리티컬이 되었다. 한꺼번에 여러 마리의 몬스터와 조우해도 수평 4연격 소드 스킬 《호리전틀 스퀘어》를 발동시키면 일소에 성공하거나, 그렇지 않다고 해도 무조건 적을 넉백시키거나 넘어뜨릴 수 있었다. 그래서 어제까진 여기가 최전선이었다는 게 믿어지지 않을 정도의 파워플레이로 강행돌파를 하게 되었다.

다소 의외였던 것은 돌풀 녹턴의 최강 능력인 줄 알았던 빛의 칼날이 실제로는 좀 다루기 어려운 총이나 활 같다는 점이었다.

사정거리는 10미터 이상. 위력도 단발 소드 스킬을 능가한다. 명중하면 대부분의 몬스터는 확실하게 죽일 수 있다. 그런데 실제로는 빛의 칼날을 날리고 싶지 않은 상황——이를

테면 적의 뒤에 아군이 있는 상황――도 적지 않아서, 그런 때에는 《양손 전력 베기》를 쓸 수 없게 되어버린다. 나는 한손검 전사이고 돌풀 녹턴도 시스템상 한손용 직검 카테고리에 속하지만, 칼자루가 조금 긴 편이라 통상 공격에서 큰 대미지를 노릴 때에는 본능적으로 양손으로 잡고 싶어진다. 실제로 여기까지 오는 동안에 혼신의 양손 베기를 하다가 의도치 않게 빛의 칼날을 발사해버린 적이 세 번쯤 있었다. 다행히 아스나나 다른 동료에게 명중하진 않았지만 이렇게 《실수로 빛의 칼날 날리기》를 반복했다가는 언젠가 사고가 날 터였다.

차라리 검을 양손으로 쥘 수 없도록 내 신념은 버리고 방패장비형 한손검 전사로 전향하는 게 좋을까……? 그렇게 생각했을 때.

갑자기 약간의 무게가 내 왼쪽 어깨에 더해졌다. 살며시 옆을 봤더니 아스나가 옆머리를 내 어깨에 올린 채 새근새근 숨소리를 내고 있었다.

흐트러진 후드 케이프 틈새로 새하얀 목덜미가 엿보였다. 그 무방비함에 심장이 살짝 두근거렸다. 무의식중에 또다시 혀로 송곳니를 핥았지만, 당장 덥석 물고 피를 빨고 싶다는 생각은 들지 않았다――현재로선. 그래도 계속 바라보는 건 좋지 않겠다 싶어서 얼른 고개를 다시 앞으로 돌렸다. 몸이 약간 흔들렸지만 아스나는 여전히 숙면을 취했다.

하기야 그것도 당연한 일이다. 7층 보스를 격파한 것이 어제 점심때 전이었는데, 그 후 해가 질 때까지 미궁 구역 안에 머물렀다가 월룹타로 돌아가서 니르니르와 키오에게 작별 인사를 한 후 자정이 넘었을 때 다시 출발하여 같은 길을 되돌아가 또다시 미궁 구역을 거의 최상층까지 올라간다는 어마어마하게 힘든 스케줄을 소화했으니 말이다.

현재 시각은 오전 2시 15분. 지금까지 나와 아스나는 낮에 활동하는 공략 스타일을 고수해왔었다. 평소 같으면 이미 푹 잠들었을 시간대다. 이대로 한동안 자게 내버려두고 싶지만 사정상 그럴 수도 없었다.

그래도 하다못해 15분, 아니, 30분만이라도……하고 생각했는데 이번에는 오른쪽에서 희미한 발소리가 들려왔다.

이 안전지대에 들어온 것은 흑은(黑銀)의 갑옷과 회색 망토를 걸친 다크 엘프였다. 류슬라 왕국 괴화목 기사단의 근위기사 키즈멜이다.

제3층에서 《엘프 전쟁 캠페인 퀘스트》가 시작됐을 때 처음 만났으니까 약 한 달 가까이 알고 지낸 셈이다. 그런데도 저 늠름한 모습을 보면 이따금 키즈멜이란 존재의 신비로움에 마음을 빼앗기곤 했다.

키즈멜은 소드 아트 온라인이라는 MMORPG의 캐릭터——NPC다. 그러나 나에게 기대어 잠들어 있는 아스나를 발견하고 다정하게 미소 짓는 그녀의 얼굴은 아무리 봐도 미리 준비된 표정처럼 보이진 않았다.

키즈멜은 아스나한테서 나에게로 시선을 옮기더니 작은 음량으로 속삭였다.

"조금만 더 자게 해주자."

"그래. 정찰 다녀오느라 고생했어."

조그맣게 인사를 건넸다. 이 방에 도착한 것은 약 15분 전이었는데, 그때 키즈멜은 짐을 내려놓더니 이 앞의 상황을 확인하고 오겠다면서 다시 밖으로 나갔었다. 당연히 나와 아스나도 같이 가려고 했지만, 그런 건 정찰이 아니라는 이유로 거절당했다. 키즈멜은 근위 기사이지만 은밀 행동도 특기이고——애초에 그래서 단독으로 임무를 수행하게 된 것이지만——, 애용하는 망토에는 강력한 은신 효과도 부여되어 있었다. 또 지금의 나만큼은 아니어도 암시(暗視) 능력도 뛰어나기 때문에 혼자라면 좁은 던전 안에서도 대부분의 몬스터에게 안 들키고 넘어갈 수 있었다.

문제는 적대적인 플레이어 혹은 NPC와 조우하는 경우였다. 단, 이때는 무리하지 말고 후퇴하기로 약속했었는데 표정을 보니 그런 사태가 벌어지지는 않은 것 같았다.

키즈멜은 살짝 고개를 끄덕여 답하더니 거의 소리를 내지 않고 오른쪽 옆에 앉았다. 이어서 다시금 듣기 좋은 허스키한 속삭임이 들려왔다.

"여기서 비밀의 방으로 가는 통로에는 갑옷 도마뱀 세 마리만 어슬렁거리고 있었어. 니르니르 공이 낮에 준비해주신 거미들도 그대로 있던 걸 보면 폴른이 돌아온 것 같지도 않아."

"그렇군……."

이번에는 내가 살며시 고개를 끄덕였다.

그 거미란 것은 니르니르가 자기 능력으로 테이밍한 《타이니 러킹 스파이더》라는 몬스터였다. 겉모습은 몸길이가 5센티미터쯤 되는 새까만 거미로, 현실세계의 우리 집에 나타난다면 내 여동생 스구하는 물론이고 나도 비명을 지를 만한 생물이지만 이 세계의 몬스터 중에서는 제일 작은 편에 속했다. 니르니르는 "위험을 감지하면 도망쳐라"라는 단순한 명령을 내린 뒤 그 거미를 비밀의 방의 문 근처 어두운 곳에 숨겨놓았다. 혹시 문이 개폐됐다면 거미는 진동에 반응해 도망쳤을 것이다. 거미가 그 자리에 머물러 있다면 문도 움직이지 않았다고 판단할 수 있다.

나는 좀 더 단순한 방법이 좋지 않을까 하고 생각했다. 예를 들면 문틈에 작은 종잇조각을 끼워놓는다든가. 하지만 생각해보면 이 세계에서는 《필드에 방치된 오브젝트》는 원칙적으로 내구도가 계속 떨어지다가 언젠가는 반드시 소멸해버린다. 평범한 종잇조각이라면 아마 반나절도 못 버티겠지. 하지만 좀 더 내구도가 높은 금속 조각 같은 것을 표지로 사용한다면 폴른 엘프한테 들킬 위험이 있을 것이다.

그 점에서 테이밍한 몬스터는 HP가 저절로 줄어들지 않는다. 그 대신 먹이를 주지 않으면 충성심이 줄어들어 언젠가는 사역 상태가 해제되어버린다고 하지만, 니르니르의 테이밍 능력은 매우 강력하기 때문에 대기 상태인 채 내버려둬도 하루 이상 지속된다……라고 본인이 아니라 키오가 자랑스럽게 이야기했었다.

그런데——.

"……문이 개폐되지 않았다는 건, 역시 이 층에 있는 비밀 열쇠는 어제 빼앗겼다는 뜻이겠지."

내가 그렇게 중얼거리자 키즈멜도 탄식하듯이 긍정했다.

“그런 것 같아……. 비밀 열쇠를 회수한 것이 백단향 기사단인지 운향 기사단인지는 모르겠지만, 부디 희생자가 나오지 않았길 바랄 뿐이야.”

“폴른 측은 6층의 갈레성에서 30명쯤 되는 병사들을 잃어버린 직후야. 그러니까 기사단의 정예병을 대놓고 습격할 정도의 여유는 없겠지. 아마도 그 녀석들의 특기인 독이나 연막 같은 걸로 혼란시킨 다음에 비밀 열쇠만 훔쳐간 게 아닐까?”

“하긴…… 그래. 그 습격 직후에 폴른 놈들은 나처럼 미숙한 놈한테서 비밀 열쇠를 빼앗기 위해 일부러 부장군(副將軍)을 보냈으니 말이다.”

그 말에서는 희미한 자조의 기색이 느껴졌다. 나는 반쯤 무의식중에 오른손을 내밀어, 차가운 돌바닥 위에 아무렇게나 놓여 있는 키즈멜의 왼손에 살며시 손끝을 댔다.

“키즈멜. 넌 우리가 아인크라드에서 만난 사람들 중에서 가장 훌륭한…… 아니, 으음, 진짜로 훌륭한 두 명의 기사 중 한 명이야. 겨우 한 번 졌다고 그렇게 자신을 비하할 필요는 없어.”

“……후후…….”

그 순간 키즈멜은 작은 웃음소리를 흘렸다. 그리고 곧 사과했다.

“아, 미안하다. 키리토 너도 그렇게 남을 위로하는 말을 즉석에서 할 수 있게 되었구나 싶어서…….”

“이, 이 정도는 예전부터 했다고 생각하는데……?”

내 반박을 듣고 키즈멜은 한 번 더 미소를 지었다. 이어서 고개를 살짝 갸웃거렸다.

"그런데 또 한 명의 기사는 누구지? 라빅 펜 코르타시오스 공인가?"

"아—……."

나는 눈을 깜빡거리면서 저번에 하린 수궁에서 만났던 수염난 남자 엘프 기사를 떠올렸다.

수궁의 감옥에 30년이나 갇혀 있었다는 그 남자는 처음 몇 분 동안은 무뚝뚝하기 짝이 없었다. 그러나 아스나의 레이피어를 강화한 대장장이가 자기 남동생이란 사실을 알게 되자 즉시 탈옥해서 키즈멜 구출을 도와줬다.

그의 뛰어난 검술과 지략과 믿음직한 협객다운 성격은 그야말로 내 마음속의 이상적인 기사의 모습이었지만, 좀 전에 뇌리에 떠오른 것은 다른 사람의 얼굴이었다.

"그 아저씨도 훌륭한 기사이고 신세를 많이 졌지만, 고작 반나절도 같이 있지 못했는데 키즈멜과 동등한 위치에 두는 것은 좀……."

내가 그렇게 대답하자 키즈멜은 흥미진진한 표정으로 집요하게 물어봤다.

"그럼 그건 누구지?"

"어, 그게…… 실은 기사가 아니라 나와 같은 보험가인데, 디어벨이란 녀석이야."

"디어벨…… 만나본 적은 없는데."

"응. 우리가 너와 만나기 좀 전에 제1층 플로어 보스…… 수

호수(守護獸)와 싸우다가 죽었거든."

키즈멜의 눈이 좀 커졌다. 나는 그것을 곁눈으로 언뜻 보면서 설명을 계속했다.

"뿔뿔이 흩어져 움직이던 모험가들을 공략 집단으로 한데 모은 사람이 디어벨이야. 그가 없었더라면 나와 아스나도 아직 1층에 있었을지도 몰라."

"그렇군……. 확실히 위대한 인물이었던 것 같아. 기사 디어벨의 영혼이 성대수의 가호 아래 편히 잠들기를 기도하겠어."

눈을 감은 키즈멜을 따라 나도 눈꺼풀을 내리덮었다.

아마도 디어벨이란 이름의 플레이어는 현실세계의 일본 어딘가에서 너브 기어에 의해 뇌가 파괴되어 죽었을 것이다. 하지만 만약 영혼이라는 것이 존재한다면 디어벨의 영혼은 SAO 내에 어떤 형태로든 남아 있지 않을까. 이 세계의 행방을 끝까지 지켜보기 위해서.

그는 죽을 때 "뒷일은 부탁해, 키리토 씨"라는 말을 남겼다. 정체를 숨기고 나의 애닐 블레이드를 사들이려고 한다든가 플로어 보스의 LA(라스트어택) 보너스를 노리고 단독으로 돌격하는 인간적인 면도 있었지만, 게임 클리어를――SAO 안에 갇혀버린 플레이어 1만 명의 해방을 바라는 마음은 진짜였을 것이다. DKB의 리더인 린드와 ALS의 리더인 키바오도 그 마음을 느꼈기 때문에 디어벨의 유지를 이어받아 불철주야 분투하고 있는 것이리라. 틈만 나면 서로 티격태격하는 점은 어떻게 좀 해줬으면 좋겠지만.

묵도에 잡념이 끼어들었으므로 나는 눈을 뜨고 오른쪽 아래를 슬쩍 봤다. 오전 2시 25분. 출발 예정은 30분이니까 슬슬 아스나를 깨워야 한다.

내 왼쪽 어깨에 기댄 채 숙면하고 있는 파트너에게 손을 내밀고 잠시 고민하다가 그 뺨을 가볍게 찔러봤다. 믿을 수 없을 정도로 매끄럽고 부드러워서 한순간 심장이 두근거렸는데, 이제 와서 물러설 수도 없었다.

두 번, 세 번 집게손가락으로 찌르기 공격을 반복하자 아스나의 눈썹이 꿈틀꿈틀 움직였다. 나는 재빨리 손을 거두고 이름을 불렀다.

"아스나, 시간 다 됐어."

"응…… 무이스으……."

아스나는 수수께끼의 소리를 내면서 눈꺼풀을 들어 올렸다. 그리고 약 3초 만에 자신이 무엇에 기대어 있는지 파악한 듯, 이제 막 일어났다는 게 믿어지지 않는 반응속도로 후다닥 몸을 뗐다. 옆으로 비스듬히 앉은 자세에서 똑바로 정좌한 자세로 재빨리 넘어가더니 새침한 얼굴로 입을 열었다.

"……그냥 빨리 깨워주지 그랬어."

"아니, 그렇게 새근새근 곤히 주무시고 있는데 어떻게 깨웁니까."

"새근새근 잔 적 없거든? 꾸벅꾸벅 졸았겠지."

"이니, 아닌데요? 오히려 푸욱~ 잠든 타입이었어요."

"타입이라니, 그게 뭐야?"

영문을 모르겠다는 듯 미간을 찡그리는 아스나에게 "아무것도 아닙니다"라고 대꾸한 나는 시선을 오른쪽으로 돌렸다.

미소 짓고 있는 키즈멜이 뭔가 코멘트를 하고 싶어 하는 것 같아서 나는 서둘러 이렇게 말했다.

"자, 슬슬 출발할까?"

"그래."

키즈멜이 고개를 끄덕이더니 몸을 일으켰다. 우리도 뒤질세라 힘차게 일어섰다. 현실세계였다면 너무 빨리 일어나서 현기증이 날 법도 했지만, SAO도 그렇게까지 상세히 생리현상을 재현하진 않았다.

키즈멜은 망토의 먼지를 떨어낸 뒤 진지한 얼굴로 이쪽을 봤다.

"——키리토, 아스나."

그 말을 듣자마자 이번에는 아스나가 즉시 말허리를 잘랐다.

"키즈멜. 몇 번을 다시 물어봐도 나와 키리토 군의 대답은 달라지지 않아. 이 앞에 어떤 위험이 기다리고 있어도…… 아니, 위험하다면 더더욱 당신을 혼자 보낼 수는 없어. 왜냐하면 우리는…… 우리는, 으음……."

답답하게 말이 막혀 우물거리는 아스나. 그 모습을 곁눈질로 보면서 나도 우리 세 사람의 관계를 정확하게 표현할 만한 말을 찾아봤다.

3층의 숲에서 나와 아스나는 격렬하게 칼싸움을 벌이는 포레스트 엘프 기사와 다크 엘프 기사를 발견하고 후자——물론 키즈멜이다——에 가세했다. 베타테스트 때에도 나는 같은 선택을 했는데, 포레스트 엘프 기사의 강력한 검 앞에서 HP가 마구 깎여나가서 '아아, 도저히 안 되겠다'라고 생각했을 때 다크 엘프 기사가 자폭 공격을 감행해 두 명의 NPC는 동귀어진을 했었다.

나는 정식 서비스에서도 같은 스토리가 전개될 줄 알았다. 그런데 아스나가 신들린 검술로 패배 이벤트를 박살내서, 키즈멜이 비장의 수단을 쓰기도 전에 포레스트 엘프 기사를 격파해버렸다. 그때 키즈멜의 조금 얼빠진 듯한 표정은 잊을 수 없다.

아무튼 그때부터 나와 아스나는 키즈멜의 비밀 열쇠 회수 임무를 도와주게 되었다. 그러니까 객관적으로 본다면 《고용주와 고용된 사람》인 셈인데, 그렇게 철저히 금전적인 관계라고 생각하고 싶진 않았다. SAO 안에 갇히기 전에는 의존증 레벨의 게이머였던 나조차도 그렇게 느낄 정도니까, 온갖 NPC를 진짜 사람처럼 대하는 아스나는 더더욱 그럴 것이다.

우리가 으음~ 끄응~하고 신음하고 있는데 키즈멜이 피식 웃으며 말했다.

"나는 아스나와 키리토를 평생의 벗이라고 생각해. 내가 인간족에 대해 이런 감정을 품는 날이 올 줄이야. 아마 틸넬도 믿지 못할 거다."

죽은 여동생의 이름을 입에 담는 키즈멜. 그 순간 아스나는 힘차게 달려들어 두 팔로 키즈멜을 꽉 끌어안더니 기사의 귓가에 속삭였다.

"키즈멜, 나도 당신을 평생의 친구라고 생각해. 그러니까 두 번 다시 혼자 간다는 말은 하지 말아줘."

"……그래, 알았어."

키즈멜도 두 팔을 들어 올려 아스나의 등을 부드럽게 두드렸다. 그 직후에 오른손을 나에게 뻗었다. 너도 이 포옹에 합류하라고 눈빛으로 말하고 있었다.

이전의 나였다면 그저 설레설레 고개를 좌우로 흔들기만 했을 것이다. 하지만 그동안 키즈멜에게는 몇 번이나 안겼었고, 위기를 극복한 순간에 충동적으로 아스나를 끌어안거나 반대로 안긴 적도 몇 번인가 있었다. 그래서 나는 큰맘 먹고 성큼성큼 다가가 여전히 밀착해 있는 아스나와 키즈멜을 한꺼번에 끌어안았다.

그 순간 아스나가 흠칫하고 몸을 떨었지만 다행히 물리적 혹은 언어적 거부반응이 튀어나오진 않았다. 키즈멜도 내 등에 오른팔을 두르고 힘을 꽉 주었다.

기사의 힘 때문에 나는 어쩔 수 없이 두 사람과 한계까지 밀착하게 되었다. 모두들 상반신에는 금속 방어구를 장비하고 있었지만 아무래도 몸 여기저기에 부드러움과 따뜻함이 저절로 전해져 왔다. 나는 뒤늦게 당황해 허둥거렸지만 이미 이탈은 불가능했다.

이건 아바타다, 이건 아바타다. 그렇게 머릿속에서 되풀이하면서 포옹을 계속한 지 5초 후, 드디어 키즈멜의 팔이 내 등에서 떨어졌으므로 나도 신속하게 거리를 뒀다. 끝으로 아스나가 키즈멜과의 포옹을 풀고 한 걸음 뒤로 물러나 힐끔 나를 봤다.

그 헤이즐브라운 색깔의 눈동자에 깃든 감정을 읽어내려고 했지만 아스나는 금방 고개를 다시 돌렸다. 나는 갈 곳 잃은

시선을 오른쪽 아래로 옮겼다. 표시되어 있는 현재 시각은 정확히 2시 30분.

"조……좋아, 그럼 갈까!"

다소 어색한 나의 선언에 키즈멜은 "그래"라고 했고, 아스나는 말없이 고개를 끄덕였다.

2

안전지대에서 나가자마자 차갑고 건조한 공기가 목덜미를 어루만졌다.

이 제7층은 계절이 늘 여름인 플로어다. 공략 도중에는 한 시간마다 "더워!"라고 말했던 것 같은데 미궁 구역 안은 상당히 서늘했다. 어제 여기 올라왔을 때에는 그렇게 느끼지 않았던 걸 보면, 어쩌면 이곳의 주인인 화룡 아기엘러가 토벌돼서 기온이 내려긴 길지도 보른다. 그렇게 추측한 나는 스스로 그 놈의 숨통을 끊어놓았으면서도 왠지 묘한 울적함을 느꼈다. 하지만 감상에 젖어 있을 여유는 없었다.

보스가 죽었어도 평범한 몬스터들은 계속 리스폰된다. 게다가 다른 파티가 사냥을 하러 왔을 가능성도 있다. 하지만 지금 가장 경계해야 할 상대는 NPC——폴른 엘프였다.

터무니없는 위력의 검술로 우리를 쓰러뜨렸던 부장군《박벌의 카이사라》가 이런 곳에 나타날 리는 없을 테지만, 일반 병사인 폴른 워리어나 폴른 스카우트도 결코 무시할 수 없는 힘을 가지고 있다. 그놈들은 가능한 한 만나고 싶지 않았다. 그래서 키즈멜이 미리 정찰하고 오겠다고 해준 것이다. 하지만 우리가 조금이라도 방심하면 마치 그 순간을 노린 것처럼 뒤통수를 치는 것이 SAO라는 게임이나.

그래서 나는 흡혈귀화에 의해 강화된 오감을 총동원해 주위의 기척을 살폈다. 플레이어나 NPC의 기척이 없는지 확인한 후 두 사람을 향해 고개를 끄덕였다. 등에 있는 칼집에서 돌풀 녹턴을 뽑아 들고, 내가 앞장서고 뒤에서 아스나와 키즈멜이 따라오는 정삼각형 포메이션으로 통로를 따라 전진하기 시작했다.

키즈멜이 말했던 것처럼 50미터쯤 전진하자 갑옷 도마뱀——정식 명칭 《아머 플레이티드 모니터》 세 마리와 마주쳤다. 금속 광택이 있는 저 납작한 겉껍질은 본디 타격 무기가 아니면 효과적인 대미지를 줄 수 없는데, 선제 공격으로 돌풀 녹턴의 빛의 칼날을 발사했더니 한 마리는 즉사하고 나머지 놈들도 스턴에 걸렸다. 그 순간 아스나와 키즈멜이 확 다가가 일대일로 갑옷 도마뱀의 약점인 목 아래를 능숙하게 공격해 적을 쓰러뜨렸다.

7층 최강 클래스의 일반 몬스터를 이렇게 일방적으로 이기다니. 이대로 여기 눌러앉아 한동안 경험치를 쌓고 싶었지만, 빛의 칼날의 선제 공격은 멀리 있는 적을 먼저 발견한 상태가 아니면 사용하기 어려운 전법이다. 그러므로 욕심은 금물……이라고 스스로를 납득시키며 계속 전진했다.

그 후에는 더 이상 몬스터와 만나지도 않고 우리는 목적지인 막다른 골목 끝에 도달했다.

막다른 곳의 석벽은 언뜻 보면 좌우의 벽과 전혀 다르지 않았다. 지난번에 왔을 때 니르니르가 눈치채지 않았더라면 여기에 비밀 문이 있다는 사실은 절대로 몰랐을 것이다. 나는 벽 앞에서 멈춰 서서 위를 우러러봤다.

눈에 힘을 주고 자세히 봤더니 천장 근처의 어둠 속에 어린이 주먹만 한 크기의 새까만 거미가 붙어 있었다. 니르니르가 경보 장치로 대기시켜준 타이니 러킹 스파이더였다. 야생의 이 거미는 동굴 등의 천장에서 소리도 없이 뚝 떨어져 사냥감의 목덜미를 물려고 하는 SAO의 불쾌 해충 랭킹 상위권 단골 몬스터였다.

하지만 지금은 두 번 다시 만나지 못할 주인의 명령에 따라 반나절도 넘게 이 자리에서 가만히 멈춰 서 있었다. 그렇게 생각하자 왠지 안쓰럽다는 느낌도 들었다. 대기 명령을 내릴 때 니르니르가 나에게만 들릴 만큼 작은 목소리로 "미안"이라고 속삭였던 이유도 지금이라면 알 것 같았다.

"벽 너머에도 인기척은 없어."

키즈멜의 목소리를 듣고 정신을 차린 나는 고개를 끄덕였다.

"응, 내 귀에도 아무것도 안 들려. 그래도 문을 열 때에는 문 좌우에 숨자."

"그럼 내가 왼쪽, 키리토와 아스나가 오른쪽이다."

키즈멜의 판단은 합리적이었다. 비밀 문이 열렸을 때 그 양쪽에 남아 있는 벽의 폭은 기껏해야 40센티미터 정도다. 갑옷을 입고 있는 키즈멜과 또 한 사람이 같이 숨는 것은 불가능하다.

하지만 천 장비가 대부분인 나와 아스나도 어린애는 아니기 때문에 40센티미터 폭에 쏙 들어가게 숨으려면 앞뒤로 딱 붙어 밀착하는 수밖에 없다. 나는 파트너를 돌아보면서 확인차 물어봤다.

"앞이랑 뒤 중에 뭐가 좋아?"

그러자 아스나는 검은 거미를 쳐다보던 얼굴을 이쪽으로 되돌리더니, 약 2초 동안 질문의 의미를 곱씹어본 후 떨떠름한 표정으로 대답했다.

"뒤……. 아니, 앞……. 아니, 뒤."

"OK."

나로선 이의 없었으므로 즉시 승낙했다. 검을 다시 칼집에 집어넣은 후, 아스나를 막다른 골목의 오른쪽 안의 귀퉁이로 유도하고 나서 그 앞에 섰다. 키즈멜이 반대쪽에 숨는 것을 확인한 뒤 왼손을 내밀어 석벽의 줄눈을 손가락으로 훑기 시작했다.

기억했던 장소에 손끝이 걸리자 휴 하고 안도했다. 지름이 1센티미터도 안 되는 이 작은 구멍이 비밀 문의 열쇠 구멍이었다.

나는 왼손을 도로 거둬들여 벨트의 가죽 주머니에 꽂아둔 픽(투척용 침)을 더듬거렸다. 다섯 개 중 네 개는 예전부터 사용해온 시판 강철 제품인데, 왼쪽 끝에 있는 한 개만 형태가 달랐다.

신중하게 그 픽을 뽑았다. 길이가 10센티미터도 안 되고 폭은 8밀리미터밖에 안 되는 그것은 픽이라기보다는 못에 가까웠다. 단면은 육각형. 완만하게 나선을 그리고 있었다. 전체가 거의 새까만 색인데, 그 윤기 나는 광택감은 금속이 아니라 마치 조개나 곤충의 껍질 같았다.

이 투척용 침 아이템의 명칭은 《스파인 오브 슈마르고어》. 극소수의 폴른 엘프만 장비하고 있는 레어 아이템인데, 침 자체가 레벨 2 마비독을 지속적으로 분비하기 때문에 몇 번이나 사용해도 독성이 사라지지 않는 아주 골치 아픈 물건이었다.

키즈멜은 다크 엘프의 여왕 폐하에게 하사받은 해독의 반지를 가지고 있고, 나와 아스나는 《명상》 스킬로 내독 자기 버프를 걸 수 있다. 하지만 여기서 실수로 자기 손가락을 찔러 마비되기라도 한다면 그냥 웃어넘길 수 없을 것이다. 나는 충분히 주의를 기울여 독침 끝을 그 벽의 구멍에 집어넣었다.

구멍의 단면도 육각형이므로 나선형 독침을 오른쪽으로 돌리면서 안으로 집어넣었다. 이윽고 끝부분이 딱딱한 것에 닿았다. 열 몇 시간 전에도 완전히 똑같은 작업을 했지만 역시나 긴장하지 않을 수 없었다. 등 뒤에 있는 아스나가 내 코트를 꽉 붙잡는 것을 느끼면서 나는 독침의 머리 부분을 한 번 더 눌렀다.

찰칵. 희미한 금속음이 발생——했다고 생각한 직후, 석벽의 가운데가 묵직하게 진동하면서 밑으로 미끄러져 내려가기 시작했다. 위를 쳐다보자 진동을 감지한 까만 거미가 죽어라 천장을 내달리고 있었다. "위험을 감지하면 도망쳐라"라는 니르니르의 명령에 따라.

언젠가 테이밍 상태가 풀리면 저 거미는 플레이어의 목을 노리고 낙하해서 깨문다는 원래 역할로 돌아갈 것이다. '수고했어'라고 인사하고픈 마음과 '우리는 물지 말아줘'라는 절실한 소망을 동시에 가슴속에 품으면서 나는 그 거미를 지켜본 후 벽으로 시선을 되돌렸다.

가로로 길쭉한 벽돌 세 줄만큼의 크기, 너비가 약 70센티미터인 비밀 문은 때마침 바닥으로 다 내려가 있었다. 쿵! 하고 한층 더 묵직한 진동이 신발 밑창에 전해지더니 다시 사방이 고요해졌다.

우리는 열린 문의 좌우에 몸을 숨긴 채 한동안 안쪽의 기척을 살폈다. 예민해진 나의 청각에는 숨소리나 옷깃 스치는 소리를 포함한 아무 소리도 포착되지 않았다. 그것을 확인한 다음에 벽에 꽂은 투척용 침을 뽑았다. 그 침을 더듬더듬 벨트에 다시 집어넣으면서 맞은편에 있는 키즈멜과 눈빛으로 신호를 주고받은 후, 비밀의 방 안으로 신속하게 들어갔다.

세 명이 통과한 직후에 다시 바닥에서 석벽이 올라오기 시작했다. 센서가 있는 게 아니라 침을 뽑으면 몇 초 후 자동으로 문이 닫히게끔 설정되어 있는 것이리라. 안쪽 벽의 어딘가에도 같은 형태의 구멍이 있을 테지만 지금은 그걸 찾을 필요는 없었다.

내부는 가로세로 3미터도 안 되는 작은 방이었다. 예상대로 인간도 엘프도 몬스터도 없었다. 그 대신 거대한 오브젝트가 떡하니 자리를 잡고 있었다.

지름 90센티미터, 두께 10센티미터쯤 되는 원반이 바닥 한가운데에 고정되어 있었다. 그리고 그 주위에 늘어선 가느다란 네 개의 기둥이 또 하나의 원반을 2미터 상공으로 받쳐 올리고 있었다. 원반과 기둥은 은은한 광택을 발하는 금빛 녹색이었다. 금속인지 아니면 잘 닦은 나무인지는 확실히 알 수 없었다. 위아래의 원반에는 세밀한 문양이 동심원 형태로 조각되어 있었고, 그 중앙에는 교차하는 두 가닥의 지그재그 선이 새겨져 있었다. 폴른 엘프가 사용하는 얼음과 번개의 문장이었다.

니르니르의 설명에 의하면 이것은 《고대의 전이 장치》라고 한다. 어제 그런 말을 들었을 때에는 SAO에 그런 SF 같은 기믹이 있다니 하고 놀랐는데, 곰곰이 생각해보니 각층의 주거 구역에도 겉모습은 다를망정 실제로는 완전히 똑같은 기능인 《텔레포트 게이트》라는 것이 존재했다. 덤으로 다크 엘프와 포레스트 엘프도 《영수》를 써서 플로어 간을 오가고 있으니 텔레포터 자체는 그다지 희귀한 것도 아니었다.

그보다 문제는 이 전이 장치가 어디로 이어져 있는지 전혀 모른다는 점이었다.

어제 다크 엘프 기사단한테서 비밀 열쇠를 강탈한 폴른 엘프는 이 장치를 써서 어딘가로 이동했다. 아까 그 안전지대에서 키즈멜과 그런 이야기를 했을 때에는 가정형을 쓸 수밖에 없었지만, 사실상 거기까지는 이미 확정된 상태였다. 엘프 전쟁 캠페인 퀘스트 제5장인 《홍옥 비밀 열쇠》의 로그가 연속으로 갱신되어 거기까지는 분명히 적혀 있었기 때문이다.

【다크 엘프 부대가 회수한 홍옥 비밀 열쇠를 폴른 엘프에게 빼앗기고 말았다. 추적해서 되찾자.】

【비밀 열쇠를 빼앗은 폴른 엘프는 미궁 구역에서 모습을 감췄다. 어디로 갔는지 알아내자.】

【비밀 열쇠를 빼앗은 폴른 엘프가 사용했다고 추정되는 전이 장치를 발견했다. 추적해서 되찾자.】

아무리 그래도 게임 시스템이 거짓말을 하지는 않을 것이다. 고로 이 원반이 텔레포터라는 것, 비밀 열쇠를 빼앗은 폴른 엘프가 이 장치를 사용했다는 것은 확실하다고 봐도 된다. 단, 퀘스트 로그에는 '추적해서 되찾자'라고 가볍게 적혀 있지만, 전이한 장소가 안전하리라는 보장은 전혀 없었다.

"……이건 위에 올라타기만 해도 전이가 되는 걸까?"

아스나가 속삭이자 키즈멜이 고개를 끄덕였다.

"조작판 같은 것은 보이지 않으니까 아마도 그런 거겠지. ……내가 제안을 하나 하고 싶은데……."

거기까지 들었을 때 나와 아스나는 이구동성으로 선언했다.

""같이 갈 거야!""

"……하지만 전이하는 장소가 어떤 곳이고 어떤 상황인지 전혀 모르는걸."

"그러니까 같이 가야지."

나는 키즈멜에게 한 걸음 다가가 낮은 목소리로 열변을 토했다.

"어떤 상황이든지 한 명보다는 세 명이 있는 게 틀림없이 안전할 거야. 이 장치가 일방통행이거나 한 번 사용하면 한동안 사용할 수 없게 될 가능성도 있어. 게다가……."

——이렇게 스토리가 전개될 때에는 누구 한 명만 먼저 텔레포트를 하면 무슨 일이 일어나서 합류하지 못하게 되는 것이 클리셰란 말이야.

그런 말을 하려다가 일단 꿀꺽 삼켰다. 그리고 다른 말을 입에 올렸다.

"게다가 만약에 내가 혼자 먼저 간다고 하면 키즈멜도 반대할 거잖아?"

"……확실히 그건 그렇지."

키즈 멜은 작게 숨을 내쉬더니 등을 쭉 펴고 이야기를 계속했다.

"좋아, 하지만 전이해서 이동한 곳이 위험한 상황이라면 다들 내 지시에 따라줘. 도망치라고 하면 꼭 도망쳐야 해. 알았지?"

"……."

나는 아스나와 딱 한순간 시선을 교환한 후 또다시 동시에 대답했다.

""알았어.""

그 순간 키즈멜은 살짝 표정을 누그러뜨리더니 그리운 듯이 이렇게 말했다.

"어릴 때 나와 틸넬이 그렇게 대답하면 어머니는 '대답은 잘해요'라고 하면서 기막혀하셨는데."

"아—…… 나도 그런 말 들어본 것 같아."

"나는 할머니한테 들어봤어."

나와 아스나가 그렇게 대꾸하자 키즈멜은 "그렇군" 하고 짧게 대답하더니 미소를 지우고 전이 장치를 향해 돌아섰다.

"자, 그럼 갈까."

"응." "좋아."

이번에도 또 합창하듯이 대답한 다음에 나는 키즈멜의 왼쪽, 아스나는 오른쪽 옆에 섰다.

원반은 좀 노력해서 올라타면 세 명이 동시에 탈 수 있을 것 같았다. 하지만 기둥과 기둥 사이의 간격은 60센티미터 정도밖에 안 되니까 옆으로 나란히 서서 통과할 수는 없었다. 우선 키즈멜이 원반에 올라타고, 나와 아스나도 즉시 그 뒤를 따랐다. 도착한 곳에서 바로 전투가 시작될 가능성을 생각하면 칼을 뽑아두는 게 좋을지도 모르지만, 반대로 그것이 문제가 될 수도 있으니 일단 칼을 뽑을 준비만 해뒀다.

베타테스트 시절에는 무기를 손에 든 채 텔레포트해서 이동 장소의 다른 플레이어를 공격하거나, 혹은 최고 속도로 텔레포트 게이트에 뛰어들어 이동 장소에서 충돌 사고를 일으키는 문제가 종종 있었다. 그래서 텔레포트는 무기를 다 집어넣고 걸어서 하는 것이 매너가 되었고, 그것은 정식 서비스에서도 이어지고 있다. 물론 지금은 매너에 신경 쓸 만한 상황은 아니지만, 키즈멜이 사브르를 뽑지 않은 것을 보면 엘프들의 세계에도 비슷한 경험칙이 있는 것 같았다.

나는 그런 생각을 하면서 두 사람과 등을 맞대듯이 몸의 방향을 바꿨다. 바로 그때.

발밑과 머리 위에 있는 원반에 새겨진 문양이 바깥쪽부터 푸르게 빛나기 시작했다. 빛이 안쪽으로 점점 퍼지면서 우리의 몸도 같은 색 인광으로 감싸였다. 부웅, 부웅 하는 낮은 진동음이 빛과 동기화되어 맥동하고 있었다.

나는 발밑에 있는 원반을 내려다보면서 폴른의 문장만 빛나지 않는구나 라는 생각을 했다. 그런데 그 순간.

푸른색 빛이 급격히 강해지더니 눈앞을 온통 뒤덮었다. 아주 잠깐 몸이 붕 뜨는 듯한 감각이 찾아왔다가 다시 신발 밑창이 딱딱한 평면에 닿았다.

빛이 사라질 때까지 기다리지 않고 나는 자세를 낮췄다. 필요하다면 즉시 등에 있는 검을 뽑으려고 오른손을 들어 올렸다.

푸르게 물들었던 눈앞의 세계가 감질나게 천천히 색채를 되찾아간다. 맨 처음에 보인 것은 까칠까칠한 질감의 석벽. 몇 초 전까지 있었던 비밀의 방의 벽과 똑같았다. 혹시 같은 곳으로 텔레포트를 해버린 건가. 그렇게 생각했는데 색깔이 조금 다른 듯한 느낌이 들었다.

"아까랑 비슷한 방이네……."

등 뒤에서 아스나가 속삭였고 키즈멜의 "그러게"라는 대답도 이어졌다. 두 사람의 말대로 방의 구조와 치수, 그리고 머리 위와 발밑에 있는 원반은 전이하기 전과 똑같았다. 하지만 역시 여기에 사용된 돌의 종류는 좀 다른 것 같았다. 어디로 텔레포트했는지는 잘 모르겠지만 적어도 이 방 안에 적은 없었다.

한 발 앞으로 내디딘 나는 아스나와 키즈멜이 장치에서 나올 때까지 기다렸다가 다시 원반에 올라탔다.

"앗, 키리토 군!"

당황하여 외치는 아스나에게 나는 괜찮다는 제스처를 취한 뒤 발밑을 내려다봤다. 가장 바깥쪽에 있는 문양이 푸르게 빛나기 시작한 것을 확인하고 얼른 원반에서 내려왔다.

아스나도 내 의도를 이해한 듯했다. 빛이 사라질 때까지 기다렸다가 볼륨을 낮춰서 불만을 계속 늘어놨다.

"뭔가를 할 때에는 한다고 말한 다음에 해."

"미안, 미안. 이 녀석으로 원래 있던 장소로 돌아갈 수 있는지 확인해보고 싶었어."

아스나는 "어휴, 진짜!"라고 말하며 사과하는 나를 한 번 째려본 후 방 안을 빙 둘러봤다.

"이 방에도 문이 없네……."

"아까 그 방과 같은 시스템의 비밀 문이 있겠지."

"그럼 그걸 열 때에는 또 요란한 소리가 나겠네? 근처에 적이 없으면 좋겠는데…… 애초에 여긴 대체 몇 층일까?"

고개를 갸웃거리는 아스나에게 나는 눈을 깜빡이다가 대꾸했다.

"응? 8층 아니야?"

"꼭 그렇다고 할 수는 없지. 텔레포트 게이트도 멀리 떨어진 층과도 연결돼 있잖아?"

"뭐, 그건 그렇지만…… 스토리 전개상 이게 8층이 아닐 수도 있나……?"

내가 중얼중얼 이야기하고 있는데 키즈멜이 의아하다는 듯이 말했다.

"모르겠으면 조사를 해보면 되잖아?"

"어…… 조사라니, 어떻게?"

아스나와 동시에 시선을 돌리자 기사는 가볍게 어깨를 으쓱하더니 오른손 손가락으로 허공을 휘저었다.

"그야 물론 《환서술》로. 그건 처음 와본 장소여도 몇 층인지는 알려준다고 하지 않았나?"

"……."

또다시 아스나와 얼굴을 마주 봤다. 듣고 보니 그 말이 정답이었다. 메뉴 윈도의 맵은 처음 와본 층에서 열어보면 전체가 회색으로 뒤덮여서 아주 가까운 곳의 지형밖에 모르지만, 플로어 넘버는 분명히 표시되니까.

아스나가 눈짓으로 재촉했으므로 나는 헛기침을 하고 오른손을 들어 올렸다. 검지와 중지를 모아서 세로로 쓱 움직여 메뉴 윈도를 불러내고 즉시 지도 탭으로 이동했다.

그 순간.

"""어……?!"""

나뿐만 아니라 옆에서 들여다보던 아스나도 놀라서 소리를 냈다.

당연히 맵 전체가 회색으로 칠해져 있을 거라고 확신, 아니, 각오하고 있었는데 맵은 푸르게 빛나고 있었다. 아마도 이 방의 바깥은 던전인 듯했다. 복잡하게 얽힌 통로와 다른 방들이 상세히 표시되어 있었다. 가보지 않은 공간의 면적은 20퍼센트 이하. 현재 위치인 작은 방에서부터 가장 가까운 통로까지 가는 부분도 회색이지만 그것도 기껏해야 3미터밖에 안 됐다. 즉, 나는 예전에 이 방 근처를 지나간 적이 있다는 뜻이다.

1초도 안 걸려 거기까지 확인한 후 나는 맵의 오른쪽 위로 시선을 옮겼다. 거기 표시되어 있는 플로어 넘버는――.

"""4층이라고?!"""

또 다시 아스나와 동시에 소리를 질렀다. 그 말을 들은 키즈멜도 "호오" 하고 소리를 냈다.

기사가 다가오는 발소리를 들으면서 나는 맵을 손가락 두 개로 반복해서 핀치인을 했다. 지도의 축척이 최소가 되면서 던전 지도는 사라지고 원형 플로어 전체가 표시됐다.

현재 위치는 플로어의 남쪽 끝. 그러니까 이 던전은 아마도 미궁 구역 타워일 것이다.

미궁 구역의 북서쪽에는 산악지대, 북동쪽에는 커다란 호수가 있다. 그 호수로 흘러 들어가는 강이 구불구불 굽이치면서 플로어 전체를 가로지르다가 북쪽 끝에 있는 주거 구역까지 이어진다. 이 특징적인 지형만 봐도 확실했다. 이곳은 많은 추억이 있는 4층이었다.

"4층의 미궁 구역에 이런 비밀의 방이 있었다니……."

그렇게 중얼거리다가 문득 뭔가를 깨닫고 덧붙였다.

"아니, 그럼 공략 당시에 이 방을 발견했으면 5층과 6층을 건너뛰어서 7층으로 갈 수 있었던 거야……?"

"에이, 아무리 그래도 그렇게 쉽진 않겠지. 문이 열리지 않거나 장치가 기동되지 않거나, 둘 중 하나가 아니었을까?"

아스나의 지적을 듣고 '그건 그런가' 하고 납득했다. 애초에 4층 공략 당시의 레벨과 장비로 7층의 미궁 구역으로 텔레포트를 해봤자, 보스인 화룡 아기엘러는 물론이고 일반 몬스터조차 이기지 못했을 것이다.

맵을 핀치아웃해서 다시 던전 안이 표시되도록 한 뒤, 이번에는 두 손가락으로 빙글 돌렸다. 그러자 지도가 안쪽으로 기울어지면서 탑의 각층이 겹겹이 쌓인 입체 표시로 변경됐다.

"이 방은…… 총 20층 중 18층인가. 아래까지 내려가려면 얼마나 걸릴까……?"

별생각 없이 중얼거리자 아스나가 이번에는 다소 심각한 목소리로 말했다.

"그러게, 새벽까지 이제 세 시간 정도밖에 안 남았는데. 지금부터 탑을 내려가서 주거 구역인 로비아까지 가는 것은 도저히 불가능하겠어……."

"맞아. 이 탑을 공략했을 때에는 꼭대기까지 30분도 안 걸렸지만 그때는 아르고와 자작님도 있었으니까."

"자작님이 무척 강했잖아?"

나와 아스나가 서로 얼굴을 마주 보고 끄덕거리고 있는데 키즈멜이 조금 토라진 것처럼 말했다.

"혹시나 하고 묻는 건데, 나도 있었다는 사실을 잊진 않았겠지?"

"무, 물론 안 잊어버렸지!"

크게 고개를 흔드는 내 옆에서 아스나도 허둥지둥 변명을 했다.

"그때와 지금의 파티 구성을 비교해봤을 뿐이야. 키즈멜이 도와준 것을 어떻게 잊어버리겠어?"

"……후후, 농담이다."

키즈멜은 짧게 웃고는 다시 정색했다.

"물론 자작님의 실력은 말할 것도 없고 아르고의 은밀 행동 기술도 굉장했지. 하지만 나도 아스나도 그때보다 강해졌고, 키리토는 그때의 3인분 정도의 활약은 할 수 있을 거야."

"아니, 기껏해야 2.5인분 정도가 아닐까?"

아스나가 눈빛으로 '태클은 안 걸어줄 거야'란 의지를 표시했으므로 나는 헛기침을 한 다음에 말을 이었다.

"뭐, 어쨌든 길은 알고 있고, 이 던전에는 까다로운 몬스터도 안 나왔던 것 같으니까. 길어봤자 한 시간 내에 밖으로 나갈 수 있을 거라고 생각해. 하지만 좀 전에 아스나가 말했듯이 로비아까지는 아무래도 두 시간 내에 갈 수는 없어. 그러니 좀 더 가까운 우스코 마을로 가면 어떨까?"

"안 돼!"

즉시 아스나가 외쳤다. 나에게는 반응할 기회조차 주지 않고 와르르 쏟아내듯이 열변을 토했다.

"우스코 마을도 4킬로미터나 떨어져 있잖아. 더구나 이 플로어는 강물 위로 배를 타고 이동해야 한다는 것을 잊어버린 건 아니겠지? 배 자체는 탑 앞의 선착장에 공략 집단 사람들이 두고 간 것이 여러 척 있을 테지만, 우스코까지는 강물을 거슬러 올라가야 하니까 두 시간 만에 도착할 수 있으리란 보장은 없어."

"……그건 그래."

아스나의 논리적인 주장에 나는 고개를 끄덕일 수밖에 없었다. 하지만 오늘 해가 질 때까지는 거의 열네 시간이나 남아 있었다. 폴른이 이용하는 비밀의 방에 계속 머무르는 것은 위험하니까 일단 7층의 미궁 구역으로 돌아가 안전지대에서 잠깐 눈을 붙이든가, 아니면 이 4층 미궁 구역의 보스룸에 있는 계단을 통해 5층까지 올라가서 카를르인이란 도시로 가야 할 텐데——라고 생각했을 때.

"뭐야, 아까부터 자작님 이야기를 하기에 난 당연히 그럴 생각인 줄 알았는데.”

키즈멜이 그런 이야기를 했다. 나와 아스나는 동시에 고개를 갸우뚱했다.

“그럴 생각……이 뭔데?”

“굳이 인간족 도시나 마을로 가지 않아도 요펠성으로 가면 되잖아? 강물을 좀 거슬러 올라가야 하지만, 그래도 절반 이상은 강물을 따라 편하게 갈 수 있을 거다.”

“…….”

‘플로어 맵을 열어보면 된다’는 말을 들었을 때처럼 나와 아스나는 얼굴을 마주 봤다.

요펠성. 그것은 미궁 구역 북동쪽의 호수에 세워져 있는 다크 엘프의 성채다. 좀 전부터 우리의 대화에 등장했던 《자작님》 레슈렌 제드 요필리스 경은 바로 그곳의 성주였다. 그의 검술 실력은 지금까지 만났던 NPC들 중에서도 최강 클래스이고, 나의 독단적인 착한 사람 랭킹에서도 5위 안에 들 정도로 훌륭한 인격자였다. 하지만 과연 새벽 네다섯 시에 쳐들어온 불청객이 단잠을 방해하더라도 기분 좋게 환영해줄까?

“음…… 자작님은 야행성인 것 같았으니까 괜찮지 않을까?”

내 머릿속을 들여다본 건지 아스나가 그런 말을 했다. 하지만 표정은 100퍼센트 확신하는 것처럼 보이진 않았다. 애초에 《야행성 같다》는 것도 한낱 이미지에 불과했다.

그런데 키즈멜은 태연하게——심지어 웃는 얼굴로 대꾸했다.

“문제없을 거다. 너희는 포레스트 엘프와 싸웠던 호상 전투에서 혁혁한 공을 세웠으니까. 아침이든 밤이든 찾아가면 크게 환대해주실 거야."

"환대……까지는 필요 없는데."

쓴웃음을 지은 나는 마지막으로 한 번 더 플로어 맵을 살펴보면서 4층 남부의 지형을 머릿속에 집어넣었다. 그리고 윈도를 닫고 늘어지게 기지개를 켰다. 현재 시각은 오전 3시 몇 분이었다.

"좋아, 한 시간 내에 밑으로 내려가서 30분 안으로 요펠성에 도착하는 것을 목표로 하자."

내가 난이도가 조금 높은 목표 시간을 제시하자, 아스나와 키즈멜은 특별한 의욕도 없이 가볍게 "응" "알겠다"라고 대답했다.

3

비밀 문을 여는 열쇠 구멍은 30초도 안 돼서 발견됐다.

일단 벽 너머의 기척을 살펴보고 나서 구멍에 《스파인 오브 슈마르고어》를 찔러 넣어 개폐 장치를 작동시켰다. 석벽의 일부분이 바닥으로 쑥 내려가는 구조는 7층 미궁 구역의 비밀의 방과 동일했다.

그렇다면 이 문도 두척용 침을 열쇠 구멍에서 뽑아내면 5초 이내에 닫히기 시작할 것이다. 그래서 먼저 아스나와 키즈멜을 내보낸 후 나도 재빨리 침을 뽑고 밖으로 나갔다. 벽이 올라오는 소리와 진동을 등으로 느끼면서 주위의 상황을 확인해봤다.

촉촉해 보이는 석벽의 질감은 분명히 4층 미궁 구역의 질감이었다. 보스였던 반마반어(半馬半魚)의 괴물《위스게 더 히포캄프》는 이미 토벌되었고, 육로로는 찾아올 수 없다는 귀찮은 특징도 있어서 굳이 여기까지 와서 사냥을 하는 플레이어는 없을 것……이라고 생각하지만 그래도 경계는 필요했다. 왜냐하면 전이 장치에서 나왔거나 거기로 들어가려고 하는 폴른 엘프가 근처에 있을 가능성이 있기 때문이다.

일단 안전하다고 판단한 뒤 나는 두 사람에게 신호를 보내고 통로를 걷기 시작했다.

겨우 대여섯 걸음 걸었더니 좀 넓은 다른 통로로 나오게 되었다. 맵만 보면 우리는 예전에 이곳을 통과했던 것 같지만 명확하게 기억이 나지는 않았다. 비밀의 방으로 이어지는 통로에 들어가지 않았던 건 그쪽이 완전히 막다른 골목이었고, 보스룸으로 서둘러 가는 도중이었기 때문일 것이다.

아무튼 밑으로 가는 길은 알고 있으므로 우리는 조심하면서도 가능한 한 빨리 전진했다. 일반 몬스터와는 필연적으로 조우할 수밖에 없지만 4층의 적을 상대로 이제 와서 고전할 리도 없었다. 마주치는 족족 적을 해치우면서 부지런하게 전진했다.

예정대로 한 층을 약 3분마다 돌파해서 눈 깜짝할 사이에 10층까지 도달했다. 우리는 이 플로어의 중앙부에 있는 안전지대에서 잠깐만 휴식을 취하기로 했다. 맵으로 길을 확인하고 최단 루트로 그 방으로 향했다. 그리하여 모퉁이 하나만 돌면 도착할 수 있는 지점에 다다랐을 때.

"……!"

나는 재빨리 왼손을 들어 뒤쪽의 두 명에게 멈추라고 신호를 보냈다. 그리고 나 자신은 두 걸음쯤 슬금슬금 전진해 공기의 냄새를 맡아 보았다.

4층 미궁 구역에는 벽과 천장에서 흘러나온 물이 고인 장소가 곳곳에 있었는데, 그래서 그런지 공기는 약간 축축한 냄새가 났다. 거기에 뭔가 다른 냄새가 섞여 있다면 그것은 몬스터 출현의 징조였다.

그러나 지금 내 후각이 포착한 희미한 냄새, 아니, 향기는 분명 인공적인 것이었다. 마치 고기와 향초를 굽고 있는 듯한 향긋한 냄새…… 아니, '듯한'이 아니라 실은 그 자체 아닌가.

나는 고개를 돌려 아스나와 키즈멜에게 속삭였다.

"뭔가 좀…… 좋은 냄새가 나지 않아? 고기를 굽고 있는 듯한……."

"뭐……? 으—음, 그러고 보니……."

"뭔가를 굽는 냄새가 나는 것 같기도 하고, 안 나는 것 같기도 하고……."

알쏭달쏭한 표정으로 코를 실룩거리는 두 사람의 얼굴에 피로한 기색은 보이지 않았다. 나도 아직 싸울 수 있으니 휴식은 관두고 그냥 아래층으로 가도 될 것이다. 하지만 이 냄새가 공복으로 인한 환각인지, 아니면 누군가가 정말로 고기를 굽고 있는지 확인하고 싶은 마음도 있었다.

"……저기, 저 안전지대 안을 멀리서 살짝 훔쳐보기만 해도 될까?"

그렇게 묻자 아스나는 가볍게 고개를 갸웃거렸다.

"그거야 뭐…… 괜찮지 않을까? 그 방 안에 있다면 당연히 몬스터는 아닐 테고, 폴른 엘프가 던전에서 고기를 굽지는 않을 테니까."

그렇게 따지면 다른 NPC나 플레이어도 그런 짓은 안 할 거라고 생각하지만. 이런 데서 이것저것 생각만 해봤자 소용없을 것이다. 나는 이 앞의 지도를 머릿속에 그려보면서 소리 죽여 지시했다.

"다음 모퉁이에서 오른쪽으로 돌면 통로가 20미터쯤 쭉 뻗어 있고, 그 통로 중간의 왼쪽에 안전지대의 입구가 있을 거야. 모퉁이에서부터 살금살금 거기까지 가서 안을 살펴보자고."

두 사람이 고개를 끄덕거리자 나는 눈짓으로 답했다. 이동 재개. 모퉁이에 도달하자 신중하게 앞쪽을 몰래 살펴봤다.

내 기억과 마찬가지로 그곳에는 어두운 통로가 일직선으로 뻗어 있었고, 중앙 왼쪽 벽에는 좀 작은 출입구가 있었다. 자세히 보지 않아도 거기서 은은한 오렌지색 빛이 흘러나오고 있는 것은 확인할 수 있었다. 게다가 광원의 위치는 상당히 낮았다.

안전지대에는 상설 모닥불 같은 것은 존재하지 않았다. 고로 누군가가 안에서 불을 피운 것은 거의 확실했다. 몬스터가 없는 것을 제대로 확인한 후, 통로에 들어가 살금살금 신중하게 전진했다.

그렇게 3미터도 가지 않았을 때 나는 이미 확신했다. 역시 고기 굽는 듯한 냄새가 난다. 심지어 어딘가에서 아주 비슷한 냄새를 맡아본 적이 있었다.

저절로 속도가 빨라지려고 하는 두 다리를 힘겹게 억제하면서 나머지 7미터를 여전히 살금살금 조용히 걸어갔다. 그리고 출입구 바로 앞의 벽에 등을 딱 붙이고 섰다. 힐끗 오른쪽을 봤더니 아스나와 키즈멜도 같은 자세를 취하고 있었다. 그걸 확인한 뒤 살며시 안을 들여다보려고――.

"그런 곳에 숨어 있지 말고 들어오지 그래?"

돌연 방 안에서 남자 목소리가 튀어나왔다. 나는 움찔 하고 몸을 움츠렸다.

착 가라앉았는데도 잘 울리는 저음이다. 그것만으로도 보통내기가 아니란 것을 알 수 있었다. 애초에 우리가 숨어 있는 것을 어떻게 눈치챘을까. 발소리도 옷자락 스치는 소리도 한계까지 죽였고, 설령 우리가 무슨 냄새를 풍겼더라도 이 향기로운 구운 고기 냄새에 묻혀 사라져버렸을 텐데.

하지만 수단이야 어찌 됐든 간에 저 안전지대 안에 있는 남자는 이미 우리의 존재를 간파했다. 이대로 후퇴해서 안전한 곳까지 물러난 후 쏜살같이 밑으로 내려가는 계단까지 전력 질주를 한다는 선택지도 있지만, 저 남자가 폴른 엘프라면 빼앗아간 비밀 열쇠를 가지고 있을지도 모른다. 던전의 안전지대는 '몬스터가 들어오지 않는다'뿐이지 범죄 방지 코드가 작동하는 것은 아니다. 그러니까 만에 하나 싸우게 된다면 통로보다는 실내에서 싸우는 편이 불확정 요소를 줄일 수 있을 것이다.

"……어, 어쩌지?"

그 목소리에 딱 한순간 뒤를 돌아봤다. 불안해 보이는 아스나의 뒤에서 키즈멜이 어쩐지 애매모호한 표정을 짓고 있었다. 나는 "가자"라고 짧게 대답하고 돌풀 녹턴을 꽉 고쳐 쥔 후 안전지대로 들어갔다.

맨 처음 보인 것은 깜빡깜빡 빛나면서 일렁이는 불이었다. 굵기는 2센티미터이고 길이는 20센티미터쯤 되는 나뭇가지를 딱 세 개만 엮어 만들어놓은 소꿉장난 같은 모닥불이었다. 그 위에는 믿을 수 없을 정도로 가느다란 삼발이가 세팅되어 있었고, 또 그 위에 놓인 소형 프라이팬 안에서는 조그만 고깃덩어리가 치익치익 경쾌한 소리를 내고 있었다.

순식간에 거기까지 확인한 후, 나는 드디어 그 모닥불 너머에 앉아 있는 사람 그림자 쪽으로 시선을 이동시켰다.

프라이팬이 불빛을 가리고 있어서 그 얼굴은 그늘 속에 숨어 있었다. 하지만 잘 깎은 턱수염과 억세게 생긴 목은 간신히 보였다. 역시 남자——그것도 얼굴 윤곽 옆으로 쑥 튀어나온 날카로운 귀 부분을 보니 엘프임이 확실했다.

폴른인가? 하고 내가 온몸을 긴장시킨 순간.

거의 동시에 등 뒤에서 키즈멜이 경악하여 소리를 질렀다.

"라빅 공?!"

"뭐?!" "어?!"

나와 아스나도 똑같이 소리를 질렀다. 그 직후에 드디어 남자의 머리 위에 노란색 컬러 커서가 출현했지만, 그때는 이미 나의 암시 능력이 모닥불의 밝기를 조정해서 그늘 속의 얼굴을 나에게 보여주고 있었다.

침착하게 우리를 바라보고 있는 인물은 분명 키즈멜의 말대로 하린 수궁에서 만났던 다크 엘프 죄수이자 선대 백단향 기사단장인 라빅 펜 코르타시오스였다.

라빅이 시키는 대로 나, 아스나, 키즈멜은 작은 모닥불 주위에 앉았다. 프라이팬으로 빨려 들어갈 것 같은 시선을 잡아당겨 새삼스레 전직 기사단장을 바라봤다.

덥수룩했던 턱수염과 콧수염은 짧게 다듬어져 있고 옷차림이 다소 깔끔해지긴 했지만, 그 외에는 7층에서 헤어졌을 때의 모습 그대로였다. 그런데 생각해보면 그 탈옥 사건은 1월 6일 오전 7시경에 있었던 일이니까 아직 3일도 안 지난 셈이

다. 수명이 긴 엘프족의 외모가 며칠 만에 눈에 띄게 달라질 리도 없었다.

그나저나 3일 전에 어디론가 떠났던 라빅이 왜 4층의 미궁 구역에 있는 걸까. 그리고 어째서 고기를 굽고 있는 걸까.

아니, 엄밀히 말하자면 평범한 고기가 아니었다. 다진 고기에 양파와 향신료를 섞어 반죽해서 타원형 모양으로 만들어놓은 것이었다. 나는 이것과 같은 요리를 아인크라드에서 과거에 딱 한 번 본 적이 있었다. 6층의 갈레성에 은거하고 있는 자칭 《대현자》 부흘름 노인의 특기 요리인 《프리카테루》——즉, 햄버그였다.

그 외에 물어봐야 할 것이 산더미같이 많았지만 도저히 식욕——이 아니라 지식욕을 억누를 수 없었다. 나는 라빅에게 질문을 던졌다.

"저, 이거, 프리카테루죠?"

"호오."

가만히 프라이팬을 바라보고 있던 라빅이 약간 놀란 듯한 얼굴로 나를 쳐다봤다.

"용케 그걸 알았구나, 키리토. 프리카테루의 이름과 조리법은 9층의 왕도에서도 벌써 오래전에 사라졌는데. 대체 어디서 누구한테 들은 거냐?"

"어, 그건…… 6층의 갈레성에 있는 부흘름이란 영감…… 현자님한테 들었어요."

그 순간 라빅이 오른쪽 눈썹을 쓱 들어 올리더니, 곧이어 입꼬리를 움직여 히죽 웃었다.

"아하, 그래. 그럼 너도 그 할아…… 현자님의 시련을 받았단 거구나."

"네…… 그, 그렇죠. 그럼 혹시 라빅 씨도……?"

"그래."

짧은 대답이었지만 나는 알았다. 눈앞에 있는 전직 기사단장도 과거에 부흘름 노인한테 《갓 구운 프리카테루를 눈앞에 둔 채 세 시간 동안이나 마음의 평온을 유지한다》는 지옥의 시련을 받았던 것이다.

"그런데 키리토, 그 시련에는 합격했나?"

거듭된 질문에 나는 조금 망설이다가 고개를 끄덕였다. 왼쪽에 앉아 있는 아스나에게 저절로 향할 것 같은 내 시선을 힘겹게 정면에 고정시켰다. 문제의 그 시련을 받았을 때 나는 《세 시간 동안 오로지 아스나만 생각한다》는 방식으로 클리어했는데, 그걸 본인 앞에서 밝힐 용기는 없었다.

라빅은 무언가를 곱씹어보는 표정을 짓더니 엄숙하게 선언했다.

"검사 키리토. 그렇다면 너도 이 프리카테루를 먹을 자격이 있다."

그리고 키즈멜과 아스나도 쳐다보더니 말을 이었다.

"기사 키즈멜, 검사 아스나. 미안하지만 그대들에게는 이걸 나눠줄 수 없다. 심술을 부리는 게 아니야. 이건 현자님과의 약정이다."

"아, 네……. 그건 상관없습니다만……."

키즈멜이 웬일로 상황을 잘 파악하지 못한 듯한 표정으로 그렇게 대답하더니, 이어서 헛기침을 한 다음에 말했다.
"실은 느긋하게 여유를 부릴 만한 시간이 없습니다."
그로부터 겨우 2분 만에 기사는 우리의 현재 상황――비밀 열쇠를 빼앗아간 폴른 엘프를 추적하고 있다는 것, 내가 《시비스 녹테》가 되어버렸다는 것, 날이 밝기 전에 요펠성에 도착해야 한다는 것을 설명했다.
이야기를 다 들은 라빅은 그동안 본 적도 없는 엄격한 얼굴과 말투로 나에게 말했다.
"왜 그걸 빨리 말하지 않았지? 한가하게 프리카테루 이야기나 할 때가 아니었잖아."
"아, 아니, 하지만 마침 딱 좋게."
"꾸물거릴 시간이 없다. 1분 내에 여기서 출발한다. 너희도 이동 준비를 해라."
"아, 저기, 좀 전에 자격이 있다고."
나는 끈질기게 물고 늘어졌다. 그런 내 눈앞에서 라빅은 어딘가에서 은 포크를 불쑥 꺼내더니, 잘 구워져서 현란한 빛깔을 뽐내는 프리카테루를 푹 찔러 육즙이 뚝뚝 떨어지는 그것을 들어 올렸다.
"아…… 아앗!"
내 비명 따위에는 아랑곳하지 않고 그는 입을 크게 벌려 덥석 물어뜯었다. 그 일격에 커다란 프리카테루의 절반이 날아갔고, 겨우 3초 후에는 나머지도 콧수염 아래로 사라져갔다.
"아아아아앗!"
우물우물 입을 움직이면서 전직 기사단장은 익숙한 손놀림으로 프라이팬과 삼발이를 치우고 모닥불에 물을 끼얹어 불을 껐다. 신기하게도 세 개의 나뭇가지는 우리가 이 방에 들어오기 전부터 불타고 있었는데도 끄트머리의 극히 일부분만 까맣게 변해 있었고 바닥에도 재는 하나도 없었다.

나뭇가지를 잘 모아서 가죽 주머니에 도로 집어넣고 벌떡 일어난 라빅은 벽에 기대어 세워뒀던 대형 사브르——분명 이름은 《사브르 오브 산탈럼 나이츠》였을 것이다——를 집어서 왼쪽 허리에 차고 이쪽을 돌아봤다.

"오래 기다렸지? 자, 여기서부터는 나도 같이 가마."

이미 서 있었던 키즈멜과 아스나는 나란히 고개를 숙였다.

"감사합니다. 라빅 공."

"고맙습니다. 라빅 씨."

출입구를 향해 걸어가는 세 명. 그 뒤에서 비틀비틀 일어난 나는 미련을 못 버리고 허공에 떠도는 냄새의 잔향을 코로 빨아들였다.

류슬라 왕국을 지키는 3대 기사단 중 하나, 괴화목 기사단 및 운향 기사단과 어깨를 나란히 하는 백단향 기사단을 이끌었던 기사단장답게 라빅의 검술은 그야말로 호쾌했다.

춤추듯이 유려한 키즈멜의 검술과는 다르게 일격의 위력을 철저히 추구하는 강력한 검술. 그만큼 검을 한 번 휘두른 다음에는 약간의 빈틈이 생기기 때문에 몬스터 여럿을 한꺼번에 상대할 때에는 적의 접근을 허락하게 되는데, 적이 코앞까지 닥쳐온다 해도 그는 전혀 당황하지 않았다. 시간이 있으면 검으로 받아내고, 시간이 없다고 판단되면 발차기나 몸통박치기까지 감행해 거리를 벌리는 등 융통성 넘치는 전법을 구사했다.

돌이켜보면 하린 수궁에서 라빅이 검을 휘두른 것은 딱 두 번밖에 없었다. 잠금장치를 베어서 부쉈을 때와 위병을 칼등으로 쳐서 쓰러뜨렸을 때. 겨우 그것만으로도 보통내기가 아니란 것은 확신할 수 있었지만, 역시 실전에서만 느껴지는 것도 있었다.

세 번째로 조우했을 때 라빅은 딱딱한 게 타입의 몬스터를 찌르기 기술 한 방으로 박살냈다. 그것을 본 순간 나는 문득 기억에 자극이 가해지는 것을 느꼈다.

비슷한 칼놀림을 예전에 어딘가에서 본 적이 있는 듯했는데, 누구의 기술이었는지 기억이 나지 않았다. 사브르 전사라고 하면 당연히 키즈멜이지만 그 검놀림은 전혀 달랐다. 6층의 갈레성을 습격했었던 폴른 엘프 지휘관도 롱 사브르를 장비하긴 했지만 기억에 남을 정도의 실력자는 아니었다. 곡도 전체로 범위를 넓혀보자면 폴른의 부장군 카이사라가 레어 무기인 카타나를 장비하고 있었는데, 그 여자가 카타나를 휘두른 것은 광역 소드 스킬 《선차(旋車)》를 발동시킬 때밖에 없었다. 같은 기술을 라빅이 사용했던 기억은 없는 데다, 애당초 사브르로는 그 기술을 쓸 수 없기도 하고.

차라리 유파나 스승님에 관해 본인에게 물어볼까. 그런 생각도 들었지만 나를 위해 서둘러주고 있는데 쓸데없는 잡담을 시작하는 것도 마음에 조금 걸렸다. 그렇게 혼자 답답해하는 와중에 어느새 1층까지 내려와버렸다. 10층부터의 소요 시간은 약 20분. 안전지대에서 소비한 몇 분을 만회하고도 남을 정도로 빨라진 진행 속도였다.

아직 오전 3시 50분이라서 그런지 당연하게도 미궁 구역 타워의 현관에서 보이는 필드는 어둠으로 뒤덮여 있었다. 하지만 앞으로 한 시간만 더 있으면 동쪽 하늘이 푸르스름하게 밝아질 것이다.

"이봐, 셋 다 안 쉬어도 괜찮아?"

라비의 그런 질문에 나와 아스나와 키즈멜은 다 같이 고개를 끄덕거렸다. 이 중에서 가장 연장자인 듯한 라빅이 내내 앞에서 싸웠음에도 불구하고 태연해 보이는데, 편하게 여기까지 온 우리가 나약한 소리를 할 수는 없었다. 물론 무리는 금물이지만. 곁눈질로 아스나의 상태를 살펴보니 그녀는 꼿꼿하게 잘 서 있었다.

"좋아, 그럼 가자."

라빅은 찰캉! 소리를 내면서 사브르를 칼집에 넣고 출입구로 향했다.

현관홀에서 밖으로 나가자마자 상쾌한 밤바람이 뺨을 어루만졌다. 아스나와 키즈멜이 기분 좋게 심호흡을 했다. 나도 질세라 한껏 기지개를 켰다.

미궁 구역 안에서는 별로 의식하지 않았는데 이제 보니 7층과는 전혀 기온이 달랐다. 그쪽은 밤이어도 체감 온도가 25도가 넘을 정도였는데 이 4층의 밤은 기껏해야 15도 정도인 것 같았다. 춥지는 않았지만 강에서 헤엄치는 것은 가능한 한

피하고 싶었다.

ALS나 DKB의 곤돌라가 제발 남아 있어야 할 텐데. 그렇게 기도하며 탑을 지지하는 암반을 파내서 만든 계단을 따라 내려갔다. 이 계단은 깊은 협곡으로 이어진다. 그 협곡에 흐르는 계곡물을 거슬러 올라가면 4층 전체를 통과하는 큰 강으로 나갈 수 있을 것이다.

계단에는 조명 같은 건 없으므로 30단쯤 내려가면 사방이 캄캄해진다. 내 눈으로도 가까스로 자기 발치만 볼 수 있을 정도였기 때문에, 아스나는 물론이고 엘프들도 아무래도 이건 좀……이라고 생각했을 때 선두에서 걷고 있던 라빅의 손에서 소리도 없이 불빛이 생겨났다.

눈에 힘을 주고 자세히 봤더니 간소한 램프 속에서 작은 버섯이 연녹색 빛을 발하고 있었다. 7층의 《흔들바위 숲》에서만 자라는 배웅불버섯인 게 확실했다. 채집하면 30초도 못 버티고 말라 죽어버린다는 섬세한 버섯을 대체 어떻게 램프 속에서 키우고 있는 걸까.

——잠깐만, 전에도 같은 의문을 느낀 적이 있었다. 월룹타 시내의 중앙 광장에서 그랜드 카지노의 니르니르 저택으로 이어지는 비밀 통로도 배웅불버섯 램프로 밝혀져 있었던 것이다. 어떻게 버섯을 살려놓은 거냐고 내가 물어보자 메이드인 키오는 잘난 척하면서 대꾸했다. 네가 니르니르 님에게 충성을 맹세하고 나크토이 가문의 시종이 되지 않는 한 가르쳐줄 수 없다고.

나는 니르니르의 시종이 되지는 않았지만 권속이란 것은 거의 비슷한 무게를 지니고 있지 않나? 월룹타를 떠나기 전에 버섯 램프를 만드는 방법을 물어볼걸 그랬네……. 그렇게 후회하며 꾸불꾸불한 계단을 내려갔다. 이윽고 시끄러운 물소리가 들려왔다. 마지막 모퉁이를 돌자 커다란 선착장이 눈앞에 나타났다.

그 순간 앞에서 걷고 있던 아스나가 뒤를 홱 돌아봤다.

"저거 봐, 내가 말했잖아! 배가 있을 거라고!"

의기양양한 표정을 짓는 세검 전사에게 나는 "없다고 한 적은 없는데……"라고 입속으로 대꾸한 후 마지막 몇 단을 내려갔다.

선착장은 협곡의 표면을 옆으로 길쭉한 디귿 자로 파내고 적층 안벽(岸壁)을 다듬어놓은 것에 불과했지만, 등 뒤에 있는 계단까지 포함한다면 사람의 힘으로 이걸 만든다는 것은 엄청난 대공사였을 것이다. 하지만 그렇게 따지면 높이가 100미터나 되는 미궁 구역 타워——엘프들의 말로는《천주의 탑》이라고 하는데, 그걸 만든 것은 대체 누구냐 하는 의문이 생길 것이다.

엘프 전쟁 퀘스트가 진행되면 언젠가는 그쪽의 설정도 밝혀질지도 모른다. 하지만 그것도 빼앗긴 비밀 열쇠를 되찾았을 때의 이야기다. 폴른 엘프의 흔적은 미궁 구역의 비밀의 방에서 뚝 끊겨버렸지만, 전이된 곳이 8층이 아니라 4층이라면 그놈들이 어디로 갔을지는 짐작이 갔다. 그렇다고 안이하게 그곳으로 쳐들어갈 수는 없었다. 왜냐하면 그곳에는…….

"호, 이건 꽤 훌륭한 배구나."

라빅의 목소리가 내 상념을 방해했다.

그쪽을 바라보니 전직 기사단장은 안벽 가장자리의 끝부분에 서서 잔물결에 출렁거리는 두 척의 곤돌라를 번갈아 보고 있었다.

오른쪽에 정박한 곤돌라는 선체는 파란색, 뱃전은 하얀색으로 칠해져 있었고, 왼쪽에 정박한 곤돌라는 선체가 이끼색이고 뱃전은 진회색으로 칠해져 있었다. 전자는 길드 DKB가 건조한 리바이어던호이고 후자는 ALS가 건조한 리버레이터호였다. 둘 다 거창한 이름에 어울리게 열 명이나 탈 수 있는 초대형 배였다. 곤돌라 중에서 초대형이란 뜻이지만.

"이런 배를 제멋대로 써도 되는 건가?"

배짱 좋은 라빅도 이번에는 조금 걱정된다는 듯이 돌아봤다. 나는 즉시 고개를 끄덕였다.

"괜찮아요. 소유주들은 당분간 이걸 안 쓸…… 아니, 아마 두 번 다시 안 쓸 테니까요."

"아깝군. 안 쓸 거면 팔면 되잖아. 제법 큰돈이 될 텐데."

"그 녀석들은 다음 층에 도착하면 이전 층의 기억은 머릿속에서 싹 날려버리거든요."

"세상에, 마치 운향 기사단의 단세포들 같군."

하하하 웃는 라빅과 웃음을 참는 표정을 짓는 키즈멜. 그 모습을 보고 있는데 아스나가 내 옆구리를 찔렀다.

"저기, 키리토 군."

"응?"

"나 방금 생각났는데. 로프나 닻으로 고정되어 있는 배는 소유주만 움직일 수 있는 거 아냐……?"

"아……."

나는 두 척의 대형 곤돌라를 힐끗 봤다. 안벽에 계선주는 없으므로 둘 다 닻을 내려 고정시켜둔 상태였다. 그걸 확인한 다음에 불안해하는 아스나를 다시 보면서 대답했다.

"그건 그런데, 로프로 계류된 경우에는 잠금 상태가 영구히 지속되지만 저렇게 닻으로 정박된 경우에는 기한이 정해져 있거든. 아마도 7일…… 아니, 10일이었나……? 4층을 클리어한 게 12월 27일이고 오늘은 1월 9일이니까 어느 쪽이든 이미 잠금은 해제됐을 거야."

"어, 정말?"

"틸넬호의 취급설명서에 그렇게 적혀 있었다……고 생각하는데……."

급격히 자신감을 잃은 나는 기억을 확인해보려고 두 척의 곤돌라로 다가갔다. 색깔만 빼고는 완전히 똑같은 배라서 어느 쪽을 골라도 상관없었지만, DKB의 린드보다는 ALS의 키바오가 배를 잊어버렸을 확률이 아주 조금 더 높을 것 같아서 왼쪽에 있는 리버레이터호를 선택해 뛰어 올라가봤다.

뱃머리의 고정 도구에 매달려 있는 쇠사슬을 붙잡고 이판사판으로 확 당겨봤다. 그러자 딱 한순간 묵직한 저항이 느껴졌는데, 곧이어 쇠사슬이 경쾌한 소리를 내면서 움직이기 시작했다. 닻이 강바닥에서 올라오는 감촉을 느끼고 곧바로 손을 뗐다.

"움직일 수 있을 것 같아!"

큰 소리로 말하자 아스나 일행은 차례차례 안벽에서 이쪽으로 뛰어 건너왔다. 나는 세 명이 각자 원하는 자리에 앉을 때까지 기다렸다가 다시 쇠사슬을 잡았다. 이번에는 닻이 수면 위로 얼굴을 내밀 때까지 쭉 잡아당겨서 그 곡괭이 같은 닻을 뱃바닥에 내려놓았다.

성공적으로 곤돌라를 움직일 수 있게 되었지만 시스템상 소유자는 여전히 키바오였다. 뇌리에 그의 삐죽삐죽한 머리를 떠올리면서 '잠깐만 빌릴게'라고 속으로 말한 뒤 뱃고물 쪽으로 이동했다.

위에 올라와 있는 긴 노를 붙잡고 아랫부분을 물속에 집어넣었다. 다행히 조작 방법은 아직 몸에 배어 있었다. 굳이 생각을 안 해도 저절로 양팔이 움직였다.

곤돌라를 천천히 후퇴시켜 선착장에서 빼낸 뒤, 강물의 흐름을 이용해 뱃머리를 상류 쪽으로 움직였다. 틸넬호의 두 배 이상은 될 것 같은 거체는 반응이 좀 느리긴 했지만 그만큼 안정적이어서 다소 험하게 배를 몰아도 흔들리진 않았다.

"좋아, 간다!"

내가 크게 외치자 아스나는 여전히 앞을 보면서 "그래~" 하고 느긋하게 대답했다. 키즈멜은 뒤를 돌아보며 "잘 부탁한다"라고 말했고, 라빅은 말없이 오른손을 들어 올렸다.

노를 고쳐 쥐고 힘껏 저었다. 리버레이터호는 물의 흐름을 거슬러 힘차게 전진하기 시작했다.

산을 관통하는 지류에서 평지를 구불구불 나아가는 넓은 본

류로 나가기까지 약 20분이 걸렸다.

거기서부터는 강물의 흐름을 따라갈 수 있으므로 목적지인 호수까지는 10분 정도밖에 안 걸렸다. 뭐, 그래 봤자 거리로 따지면 5킬로미터도 안 되니까 시속 10킬로미터 미만인 셈이지만. 이 정도면 두 발로 뛰는 게 더 빠르지 않을까 싶었지만, 그것도 몬스터와 마주치지 않을 때의 이야기이고 애초에 이 4층에는 길다운 길이 존재하지도 않았다.

물론 강에서도 게나 개구리나 가재 같은 수생 몬스터가 출현했다. 하지만 곤돌라에 뛰어 올라오는 그놈들은 믿음직한 승객들이 모조리 격퇴해줬다. 그리하여 리버레이터호의 뱃머리가 광대한 호수로 미끄러져 들어간 것은 4시 30분. 거의 예정했던 시각이었다. 이 정도면 새벽이 오기 전에 여유롭게 요펠성에 들어갈 수 있을 것이다. 그렇게 안도의 한숨을 내쉬었을 때.

"귀찮게 해서 미안하지만 나는 이 근처의 기슭에 내려주지 않겠나?"

라빅이 그런 말을 꺼내서 나는 반사적으로 노를 세웠다. 곤돌라는 속도를 줄이다가 호수에 약 50미터쯤 들어간 곳——인스턴스 경계선 바로 앞에서 멈춰 섰다.

"왜 그러십니까? 라빅 공도 요펠성으로 가려고 하신 게 아닌가요?"

키즈멜이 곤혹을 숨기지 못하고 물어봤다. 그러자 전직 기사단장은 그닥지 않게 어물거리면서 말했다.

"으음…… 뭐, 그건 그렇지만 정식으로 방문하기는 어려운 사정이 있어서…….”

“앗.”

아스나가 작게 소리를 질렀다. 고개를 돌려 나를 쳐다보더니 또다시 엘프들을 돌아봤다.

“저, 혹시 7층에서 탈옥을 해서…… 그런 건가요?”

“아…….”

나도 뒤늦게 깨달았다.

우리 네 명이 하린 수궁에서 탈옥한 지 벌써 3일 정도나 지났다. 아마 늦어도 어제까지는 전령병이 각층의 성과 요새에 수배서를 전달했을 것이다. 요필리스 자작도 성주라는 입장상 그것을 무시하지는 못할 터다.

고개를 갸우뚱하는 키즈멜에게 나는 머뭇거리면서 이렇게 말했다.

“어, 그러니까 키즈멜과 라빅 씨와 나와 아스나는 하린 수궁의 지하 감옥에서 탈옥한 수배범이니까……. 요펠성에 그 정보가 전해졌다면 아무래도 문제가 생기지 않을까~하고 생각해서…….”

“아, 그거 말인가.”

키즈멜은 고개를 끄덕이더니 미안해하는 듯한 얼굴로 말을 이었다.

“좀 더 빨리 이야기해줄 걸 그랬구나. 무조건 확실하다고 단정할 수는 없지만 십중팔구 그럴 걱정은 없을 거다.”

“어…… 왜?”

어리둥절해진 아스나에게 이번에는 라빅이 쓴웃음을 지으

며 설명했다.

“하린 수궁의 신관 녀석들은 기사단의 실패는 침소봉대하여 왈가왈부하는 주제에 자기들의 실패는 아무리 작은 일이라도 숨기고 싶어 하거든. 수궁에서 한꺼번에 네 명이나 탈옥수가 나오다니, 그런 엄청난 실패를 그놈들이 외부에 알리지는 않을 거라고 생각해.”

“그, 그렇군요…….”

다크 엘프 신관이란 것은 아무래도 수많은 판타지 작품에 등장하는 《궁정 관료》 같은 녀석들인 모양이다. 4층 공략 도중에 요펠성의 대식당에서 언뜻 본 기억은 있지만, 직접 얽힌 적은 없기 때문에 그렇게까지 이기적인 녀석들인 줄은 몰랐는데……. 거기까지 생각했을 때 나는 겨우 기억해냈다.

그것은 6층에 있는 갈레성에서 길드 《큐잭》의 멤버 네 명과 만났을 때의 일이다. 퀘스트 전문 길드를 표방하는 그들은 엘프 전쟁 캠페인 퀘스트를 우리와 마찬가지로 다크 엘프 측에서 진행시키고 있었으므로, 6층의 비밀 열쇠 회수 임무를 받기 위해 갈레성에 찾아왔던 것이다.

그 이야기를 들은 나는 존재론적 의문에 부딪쳤었다. 6층 사당에 봉인되어 있는 《마노 비밀 열쇠》는 이미 나와 아스나와 키즈멜이 회수했는데, 퀘스트의 키 아이템은 퀘스트를 받은 플레이어 혹은 파티의 수만큼 생성되는 구조였다. 요컨대 큐잭이 퀘스트를 달성하면 그들도 마노 비밀 열쇠를 가지고 돌아오는 셈이다. 그렇게 되면 유일무이한 아티팩트여야 할 물건이 동시에 여러 개 존재하게 되어버린다. 키즈멜이나 다른 엘프들은 그 모순을 어떻게 해석할 것인가——.

그런데 키즈멜은 마치 이런 나의 의혹을 눈치챈 것처럼 스스로 이렇게 이야기해줬다. 각층의 사당에서 진짜 비밀 열쇠가 회수된 후에도 신관들이 만든 비밀 열쇠의 모조품이 사당에 다시 봉인되어서 그것을 다른 다크 엘프 병사나 의뢰를 받은 모험가가 또 회수하는 행위가 몇 번이나 이루어지고 있다고. 그 목적은 포레스트 엘프를 속이는 것이며 가짜 비밀 열쇠를 운반하는 다크 엘프 병사가 포레스트 엘프 병사에게 습격당해 목숨을 잃는 사태도 실제로 벌어지고 있다고.

그 이야기를 들었을 때 나는 메타적 의문에 휩싸였었다. '똑같은 비밀 열쇠가 여러 개 존재한다'는 모순을 NPC를 몇 명이나 희생시키면서 어떻게든 해소하려고 하는 것은 과연 아가스의 스태프인가, 아니면 게임 시스템 그 자체인가. 그쪽에 정신이 팔려서 키즈멜의 말 자체는 자세히 고찰해보지 않았었다. 그런데 새삼스레 기억을 떠올려보니 그 시점에서 키즈멜은 이미 가르쳐줬던 것이다. 비정한 기만 작전을 입안하고 실행하는 것은 신관들이라고.

그런 녀석들이라면 자신들의 실패인 탈옥 사건을 은폐하려고 하는 것도 전혀 이상하지는 않을 것이다. 하지만 그렇다면 이 사건이 들통나기 전에 은밀하게 처리해버리자……라고 생각할 가능성도 있지 않을까……?

"그런데 라빅 공."

키즈멜의 목소리가 들렸다. 나는 어느새 내리깔았던 시선을 들어 올려 다크 엘프 두 명을 쳐다봤다.

"이번 탈옥 소식이 성에는 전해지지 않았을 거라고 생각한다면 어째서 방문하기를 주저하는 겁니까?"

그런 질문을 받은 라빅은 까끌까끌한 짧은 턱수염을 쓰다듬으면서 5초쯤 생각에 잠겼다가 살짝 고개를 흔들었다.

"지금은 설명할 수 없어."

"그렇……습니까."

키즈멜은 석연찮은 반응을 보였다. 라빅은 시선을 돌려 나와 아스나를 보더니 갑자기 고개를 푹 숙였다.

"말할 수 없는 것이 너무 많아서 괴롭지만…… 하나만 더, 부탁을 들어주지 않겠나?"

"……무슨 부탁인가요?"

내가 조심스럽게 물어보자 전직 기사단장은 천천히 고개를 들고 말했다.

"오늘 밤 나를 내려준 곳까지 성주 요필리스 경을 데려와줬으면 좋겠어. 내가 있다는 것은 말하지 말고, 호위병도 시종도 없이 오직 그 한 명만…… 데려와줘."

4

밤안개 혹은 아침안개가 하얗게 드리워져 있는 호수에서 천천히 남쪽으로 미끄러져 나아가자 이윽고 건너편에서 거대한 그림자가 보이기 시작했다. 4층의 다크 엘프 거점인 요펠성이었다.

북쪽에는 배를 댈 수 있는 장소가 없으므로 성의 서쪽을 지나쳐 빙 돌아서 남쪽에서부터 접근했다.

사방에 높은 첨탑이 있는 커다란 슬레이트 지붕 건물. 우아하고도 중후한 이 5층짜리 성관은 다크 엘프들의 미의식이 구석구석까지 발휘되어 있었다.

그 성을 떠받치는 것은 조그만 천연 섬이었는데, 전면은 화강암 벽돌로 정비되어 있고 거기서 위풍당당한 대형 선창이 호수 쪽으로 쑥 튀어나와 있었다. 선창 좌우에는 리버레이터호보다도 조금 더 큰 곤돌라가 두 척씩 계류되어 있고, 선창의 쑥 튀어나온 끝부분에 걸려 있는 램프의 불빛이 수면에 반사되어 깜빡깜빡 빛나고 있었다.

마치 한 폭의 그림 같은 풍경이었다. 그런데 저번에 방문했을 때에는 검은 곤돌라는 총 여덟 척이 있었는데, 그중 절반은 포레스트 엘프 군대와 호상 전투를 벌이다가 격침되고 말았다. 다음 날 아무렇지도 않게 부활했어도 나를 비롯한 플레이어들은 아무도 불평하진 않았을 테지만, 그런 것을 허용해주는 세계라면 애초에 비밀 열쇠의 중복에도 신경 쓰지 않았을 것이다.

창백한 램프의 불빛에 의지해 천천히 배를 몰아 그쪽으로 다가갔다. 침로 오른편에 보이는 동쪽 하늘이 조금 희끄무레하게 변한 듯한 기분이 들었지만 아직 특별한 영향은 느껴지지 않았다. 성에 들어가는 것을 거부당하면 좀 곤란해질 테지만, 그때는 스스로 탈옥수라고 자수해서 지하 감옥에 가둬 달라고 해야겠다.

그런 생각을 하면서 리버레이터호를 대형 선창 오른편으로 몰아갔다. 안쪽의 정문 좌우와 네 개의 첨탑 상부에는 위병이 있었지만, 현재로선 경계의 호각 소리가 울려 퍼질 낌새는 보이지 않았다.

나는 계류되어 있는 두 척의 검은색 곤돌라를 지나쳐 뱃머리를 돌리려고 했다. 그런데 그때.

"다행이다―!!"

아스나가 갑자기 소리를 지르는 바람에 나는 또다시 급브레이크를 걸면서 물어봤다.

"뭐, 뭔데?"

"저기 봐, 저거!"

왼쪽 뱃전에서 몸을 쑥 내민 아스나가 선창의 저쪽 끝을 가리켰다. 그쪽을 자세히 봤더니 아침안개 속에 어렴풋이 흰 그림자가 떠올라 있었다.

다시 노를 눕혀 느릿느릿 전진하자 그림자가 모습을 드러냈다. 순백색과 진녹색으로 칠해져 있는 한 척의 곤돌라. 리버레이터호보다 훨씬 작지만 공예품처럼 우아한 그 배는 바로 사랑하는 우리의 배, 틸넬호였다.

이번에야말로 리버레이터호를 좌측으로 돌려서 뱃머리가 선창에 닿기 직전에 아슬아슬하게 멈춰 섰다.

"키리토 군, 고마워!"

"배를 조종하느라 고생했다!"

아스나와 키즈멜이 입을 모아 나에게 고마워하면서 선창 위로 펄쩍 뛰어 넘어갔다. 그대로 틸넬호 쪽으로 달려가는 두 사람을 쫓아가고 싶었지만, 그 전에 리버레이터호를 고정시켜야만 했다.

선창의 계선주에 배의 밧줄을 묶어두면, 소유자인 키바오 외의 플레이어는 영원히 그것을 풀지 못하게 된다. 문제는 닻을 내렸을 때 어떻게 되느냐였다. 현재의 잠금 해제 상태가 쭉 유지된다면 좋겠지만, 혹시나 또 7일 혹은 10일이 지날 때까지 움직이지 못하게 된다면 이 배를 원래 있던 곳에 돌려놓는 것도 그만큼 늦어져버릴 것이다.

……에이, 뭐 어때. 안 들킬 거야.

나는 머릿속으로 그렇게 되뇌면서 닻을 호수 속에 던져 넣었다. 그리고 얼른 선창으로 뛰어 이동해서 서둘러 아스나와 키즈멜에게 다가갔다.

두 사람은 틸넬호가 묶여 있는 계선주 옆에 서서 가만히 새하얀 선체를 들여다보고 있었다. 나도 키즈멜 옆에서 우리 배를 바라봤다. 계류하는 동안에는 내구도가 보호되므로 당연하다면 당연한 이야기지만, 그 반들반들하게 도장된 표면에는 작은 얼룩 하나조차 없었다.

"이 상황에서 이런 말을 하기도 뭐하지만…… 다시 이 배를 볼 수 있어서 다행이야."

문득 키즈멜이 그런 말을 중얼거렸다.

생각해보면 우리가 요펠성을 방문한 것은 7층의 미궁 구역에 숨겨져 있었던 전이 장치가 4층과 연결되어 있었기 때문이다. 다시 말해 폴른 엘프한테 비밀 열쇠를 빼앗기지 않았더라면 이렇게 틸넬호와 재회하지도 못했을 것이다. 확실히 순수하게 기뻐할 수는 없는 상황이지만, 그래도 정신적 여유가 없으면 중요한 순간에 집중력을 발휘하지도 못할 터다.

"성에서 한숨 자고, 이따 오후에 아스나랑 둘이서 타봐."

내가 그렇게 권하자 키즈멜은 순간적으로 무슨 말을 하고 싶은 표정을 지었지만, 이내 미소를 지었다.

"응, 그렇게 할게……. 무사히 일어난다면 말이지."

두 사람이 틸넬호를 타고 뱃놀이를 하는 광경은 한 폭의 그림처럼 아름다울 것이다. 그러나 아쉽게도 나는 동승하기는커녕 선창에서 구경하는 것조차 할 수 없다. 밤의 주민이란 것이 무엇인지 앞으로 서서히 깨닫게 되겠지……. 그렇게 나답지 않은 감상에 젖어 있을 때.

성 쪽에서 찰칵 하고 희미한 금속음이 들렸다. 우리는 다 같이 그쪽을 봤다.

흐린 어둠의 저편을 뚫어져라 살펴봤더니 거대한 아치형 정문——이 아니라, 그 문 오른쪽에 설치되어 있는 외짝 통용문이 열리고 거기서 늘씬한 사람 그림자가 나타났다. 왼손에 램프를 들고 있었는데, 그 빛이 방해하는 바람에 내 눈으로도 상대의 윤곽밖에 알아보지 못했다.

정문 좌우에는 완전무장을 한 보초들이 서 있었다. 그들은 그 사람 그림자를 보자마자 철컥 소리를 내면서 몸을 확 돌려 다크 엘프식 경례를 했다. 그러자 그는 보초들에게 간단히 무슨 말을 하고 나서 홀로 이쪽으로 걸어왔다.

보초가 저렇게까지 예를 갖추다니. 어쩌면 성주인 요필리스 자작일지도 모른다——고 생각했는데, 곧바로 상대의 키와 어깨너비가 자작님의 절반 수준으로 작다는 것을 깨달았다. 계속 그쪽에 시선을 고정하고 있었더니 이윽고 머리 위에 컬러 커서가 출현했다.

그 칸의 색깔은 당연히 NPC를 나타내는 노란색이었다. 그리고 HP바 밑에는【Cetrann : The Heir of Yofel】이라고 적혀 있었다.

이름은 세트랑이라고 읽는 거겠지. 요펠은 물론 성의 이름이고. 그런데 슬프게도 저 Heir라는 단어는 내 머릿속의 사전에 실려 있지 않았다.

"으음……."

내가 그렇게 신음하자 어느새 바로 옆으로 이동해온 아스나가 속삭였다.

"에어는 적자 혹은 후계자란 뜻이야."

"감사합니다."

진심으로 감사를 표하고 다시 한 번 그 노란 커서를 쳐다봤다. 요컨대 저 문자열의 의미는《세트랑, 요펠성의 후계자》라는 뜻이다.

……후계자?

내가 미간을 찌푸린 순간, 사람 그림자가 우리에게 말을 걸었다.

"키즈멜 공, 아스나 공, 키리토 공이시죠?"

상쾌한 남성…… 아니, 소년의 목소리. 멈춰 선 사람 그림자가 왼손의 램프를 밑으로 내리자, 지금까지 접근하지 못했던 달빛이 드디어 상대의 얼굴을 비춰줬다.

역시 나랑 거의 비슷한 또래의 젊은이였다. 뱅글뱅글 감긴 곱슬머리와 아직 애티가 나는 이목구비 때문에 한순간 여자애인가? 하고 생각했지만, 간소한 면 셔츠와 검은색 바지를 입은 몸의 실루엣은 역시나 소년의 실루엣――인 것 같았다. 아마도. 애초에 다크 엘프니까 외견만 보고 나이를 짐작할 수는 없지만.

현실세계의 게임이나 애니메이션이나 만화에서 봤던 엘프는《아기일 때부터 성장이 느린》패턴과《성인이 될 때까지는 인간과 같은 속도로 성장하는》패턴이 있었다. SAO의 엘프가 어느 쪽인지 알아보려고 예전에 키즈멜에게 몇 살인지 물어본 적이 있는데, "엘프족 사이에서는 남에게 대놓고 연령을 묻는 것은 무례한 행위로 간주된다"면서 혼났다. 만약에 전자의 패턴이라면 이 소년도 실제로는 나보다 훨씬 더 나이가 많을 가능성이 있다.

하지만《도미나스 녹테》인 니르니르는 실제 나이에 걸맞은 위엄을 갖추고 있었는데, 그에 비해 이 소년의 태도는 거만함이 전혀 없었다. 외모도 분위기도 나와 같은 또래처럼 느껴지는 이 소년에게 과연 존댓말을 제대로 쓸 수 있을까? 내가 자신 없어 하고 있는데 키즈멜이 앞으로 나서서 빠릿빠릿하게 경례를 했다.

"괴화목 기사단 소속 근위 기사 키즈멜, 그리고 이쪽은 협력자인 인간족 검사 키리토와 아스나. 임무 수행 도중에 하룻밤의 잠자리를 찾아 요펠성에 오게 되었습니다."

그러자 소년도 면 셔츠의 왼쪽 가슴에 오른손 주먹을 대고 꼿꼿한 자세로 이름을 밝혔다.

"요펠 성주 레슈렌의 자식, 세트랑 디 요필리스라고 합니다. 아침 일과를 준비하다가 이 호수를 건너오는 배를 발견하고 실례지만 용건을 들으러 왔습니다."

아침 일과란 것은 아마도 아침 훈련일까. 왼쪽 허리를 보니 가느다란 레이피어를 차고 있었다. 그렇다면 이 소년은 아침 해가 뜨기도 전에 검술 연습을 하는 것이 일과인데, 몸단장을 하는 도중에 성으로 접근하는 배를 발견하고 누구인지 확인하려고 혼자 나왔단 말인가. 어쩌면 이쪽은 다크 엘프와 인간족으로 위장한 포레스트 엘프나 폴른 엘프일 가능성도 있을텐데, 변변한 방어구도 몸에 걸치지 않고 훈련용 레이피어 한 자루만 가지고?

얌전해 보이는 외모와 달리 경솔하고 오만한 소년인 걸까. 아니면 행동에 걸맞은 실력을 가지고 있는 걸까……. 나는 그런 호기심을 억누르지 못하고 입을 열었다.

"저기…… 저는 키리토라고 합니다. 당신은 뭐라고…… 어떻게 불러드려야 실례가 아닐까요?"

"세트랑이라고 부르면 됩니다, 키리토 공."

소년이 싱긋 웃으며 대답했다. 여기서 그 말을 곧이곧대로 믿고 편하게 반말을 하지 않을 정도의 분별력은 나한테도 있었다. 이 세계에 와서 학습한 것이다.

"저, 세트랑 님……."

"세트랑이라고 부르세요."

"그…… 그럼, 세트랑 공……."

"세트랑이라고 해도 됩니다."

"……."

나는 도와 달라는 심정으로 아스나와 키즈멜을 봤다. 그런데 아스나는 대놓고 웃음을 참는 표정을 짓고 있었고, 키즈멜은 여전히 태연한 얼굴이지만 속으로는 재미있어하고 있었다. 오래 사귄 사이니까 그 정도는 알 수 있었다.

"어, 그러면…… 나도 세트랑이라고 부를 테니까, 그쪽도 편하게 키리토라고 불러줄래?"

"물론이지!"

세트랑은 확 밝아진 얼굴로 오른손을 내밀었다. 엘프도 악수하는 습관이 있다는 것은 알고 있었지만, 거의 교류가 없는 인간족에게 이렇게까지 친근하게 다가와주는 것은 역시 소년의 순수함 때문일까.

그런 생각을 하면서 나는 오른손의 가죽 장갑을 벗고 가능한 한 힘을 주지 않으려고 조심하면서 상대의 손을 잡았다.

그 순간 1초 전의 인식이 싹 달라졌다. 소년의 손바닥은 피부가 두꺼웠고 그 손가락 아랫부분에는 딱딱한 굳은살이 박여 있었다. 이 손은 날마다 혹독한 훈련을 꾸준히 하고 있는 자의 손이다. 우리 같은 플레이어들은 아무리 검을 휘둘러도 굳은살이 생기지 않고 근육이 늘어나지도 않는다——덤으로 밥을 아무리 많이 먹거나 적게 먹어도 체중은 1그램도 늘거나 줄지 않는다. 나는 이 부유성에 갇히고 나서 처음으로 자신의 부드러운 손에 대해 부끄러움을 느끼면서 손을 뗐다.

한 발 물러나 세트랑의 얼굴을 바라본 순간 아차 하고 후회했다. 소년은 살짝 놀란 표정으로 말똥말똥 나를 쳐다보고 있었다. 아마도 내 손이 부드러워서가 아니라 비정상적으로 차가워서 그런 것이리라.

창백한 피부나 날카로운 송곳니까지 들키기 전에 내가 먼저 사정을 설명하는 게 좋을까 생각했다. 그러나 세트랑은 순식간에 놀란 기색을 지우고 미소를 띠면서 아스나와 키즈멜을 돌아봤다. 그는 두 사람과 악수하고 꾸벅 인사한 다음에 이렇게 말했다.

"《요펠 호수 전투》의 영웅이신 여러분을 맞이하게 된 것은 우리 가문 최대의 영예입니다. 자, 어서 이쪽으로 오시죠."

세트랑은 오른손으로 성을 가리키더니 다시 램프를 높이 들고 걷기 시작했다.

그 뒤를 따라가면서 나는 새로운 의문을 느꼈다. 세트랑이 방금 말했던 요펠 호수의 전투란 것은 아마도 약 2주 전에 있었던 포레스트 엘프와의 호상 전투일 터였다. 감각적으로는 벌써 그렇게 시간이 흘렀나 싶었지만, 수백 년이나 이어지고 있는 엘프 전쟁 기간을 생각하면 2주일 정도는 최소 단위나 마찬가지일 것이다. 하지만 그런 것치고는 성의 경비가 영 허술해 보였다.

그리고 또 하나의 의문. 호상 전투 당시에 나는 세트랑을 본 기억이 없었다. 이렇게 겁도 없고 실력에도 자신 있어 보이는 젊은이가 그 상황에서 안전한 곳에 숨어 있었다고? 과연 그게 말이 될까? 아니면 혹시 아버지인 요필리스 자작이 절대로 나오지 말라고 그에게 엄명을 내린 걸까……?

수수께끼는 계속 쌓여가기만 했다. 뭐, 그래도 요펠성에 탈옥 소식이 전해지지 않았다는 것과 이 호수가 성과 같은 이름이란 것만은 알게 되었네……. 나는 마음속으로 그렇게 중얼거렸다.

일단 통행증인 반지──《시길 오브 류슬라》를 보여줄 준비는 해뒀다. 그러나 보초 두 명은 전혀 의심하는 기색도 없이 우리를 통과시켜줬다.

세트랑이 안내해준 곳은 성관의 동쪽 건물 4층에 있는 최상급 객실이었다. 지난번에 머물렀을 때 우리에게 주어진 것과 완전히 똑같은 방으로, 거실 한 개와 트윈 베드룸 두 개가 있는 호화로운 스위트룸이었다.

편히 쉬세요, 성내의 시설도 전부 다 자유롭게 이용하셔도 됩니다──라는 말을 남기고 세트랑이 떠나자, 아스나는 무기도 해제하지 않고 오른쪽 침실로 뛰어들었다. 대체 뭐 하는 걸까 싶어서 쫓아가보니 창문 바깥의 덧문을 닫고 있었다. 뒤늦게 그 의도를 눈치챈 나도 반대쪽 창문으로 가서 같은 작업을 했다.

요펠성은 다크 엘프의 방어 거점이기도 해서, 덧문도 두꺼운 판자를 금속으로 보강한 튼튼한 물건이었다. 위아래의 슬라이드 레일에도 빈틈은 없었고 안쪽에는 고정용 걸쇠도 붙어 있었다. 지금은 오전 5시가 좀 넘은 시각. 앞으로 한 시간 내에 태양이 떠오를 테지만, 이 정도면 햇빛 따윈 머리카락 한 올만큼도 들어오지 못할 것이다.

"휴……."

모든 덧문과 창문을 닫아놓고 안쪽의 커튼도 쳤다. 그 외에 또 개구부가 없는지 꼼꼼하게 확인한 후 아스나는 겨우 한숨 돌렸다.

"이 방이면 괜찮을 것 같아. 그런데 첫날부터 꽤 아슬아슬한 시간에 도착했네……. 내일은 아무리 늦어도 오전 3시까지는 여기 돌아와야 해, 알았지?"

이어서 출입구에 서 있는 키즈멜도 진지한 얼굴로 말했다.

"여차할 때에는 《벽엽의 케이프》와 내 망토로 온몸을 둘둘 말아버릴 생각이었는데, 실은 그걸로도 대낮의 태양광을 완전히 차단할 수 있으리란 보장은 없으니까……. 아스나의 말대로 여유 있게 실내로 돌아오는 것은 기본이고, 만일의 경우에 대비해 태양광을 막아낼 수단도 마련해두는 게 좋겠어."

두 사람의 말투는 마치 경솔한 남동생을 타이르는 신중한 누님들 같았다. 하지만 둘 다 나를 진지하게 걱정해주고 있다는 건 확실했다. 그래서 나는 순순히 "알겠습니다!"라고 대답한 후 키즈멜을 보고 한마디 덧붙였다.

"그런 수단이 있으면 좋겠지만, 만약에 그런 게 존재한다면 니르 님이 벌써 찾아내지 않았을까?"

"아, 하긴……. ──하지만 이건 확실한 정보는 아니긴 하지만……."

거기서 일단 말을 끊었다가 키즈멜은 어딘가 먼 곳을 보는 것처럼 눈을 좀 가늘게 떴다.

"……니르니르 님의 저택에서 조금 이야기했던 것 같은데, 나는 어릴 때 9층의 왕성에서 도미나스 녹테를 멀리서 본 적이 있다. 눈보다 더 하얀 피부와 은을 녹여 만든 듯한 머리카락을 지니고 있었지. 그걸 보고 놀라서 눈을 동그랗게 뜨고 있었는데 옆에서 아버지가 가르쳐주셨어. 저것이 도미나스 녹테, 엘프보다 더 오래 살아온 분이시라고. 나는 좀 무서워져서 아버지 뒤에 숨었다. 그런데 이제 와서 돌이켜보면 그때는 밤이 아니라 낮이었던 것 같아."

"뭐……?!"

아스나가 작게 소리를 질렀다. 빈틈없이 쳐둔 커튼을 힐끔 보고 나서 질문을 던졌다.

"그 성의, 햇빛이 안 들어오는 장소였던 거 아냐……?"

"언젠가 아스나가 직접 눈으로 봐줬으면 좋겠는데, 왕성은 매우 개방적인 구조로 되어 있어. 햇빛이 완전히 차단되는 장소는 아마 왕족들이 사는 거성밖에 없을 거야."

──아— 맞아, 그랬지.

나는 그렇게 맞장구를 칠 뻔했다가 가까스로 입을 다물었다. 베타테스트 시절에 방문했던 왕성은 분명히 개구부가 유난히 많았고, 여왕님을 만났던 알현실도 나뭇잎 사이로 비치는 햇살이 가득 쏟아졌던 기억이 나는데——그걸 지금 이야기할 수는 없었다.

키즈멜은 내가 입을 뻐끔거린 것을 눈치채지도 못한 것처럼 옛날이야기를 계속했다.

"아버지도 근위 기사이신데 옛 상관이 퇴임한 후 유년학교의 검술 사범으로 일하고 계시거든. 그날 내가 성을 방문했던 것은 그 사범님에게 입학 인사를 하고 돌아갈 때였어. 즉 여섯 살이었거나 많아 봤자 일곱 살이었을 텐데…… 그런 어린 애를 밤중에 성에 데려가지는 않았을 거야. 역시 내가 도미나스 녹테를 본 것은 낮이었거나, 아무리 늦어도 저녁때가 아니었을까……?"

"뭐?!"

또다시 아스나가 소리를 질렀다. 이번에는 웃는 표정이었다.

"유년학교가 성안에 있어?!"

"아…… 아니, 부지는 인접해 있지만 성안에 있는 것은 아니야."

"그래도 굉장해! 교실 창문 너머로 성이 보였던 거야?!"

"그거야 뭐, 보이긴 했지만…… 아이한테는 그저 덩치만 큰 건물이니까. 1년도 안 돼서 그런 풍경에는 익숙해져버렸어."

키즈멜의 대답을 듣고 아스나는 조금 불만스런 표정을 지었지만 금방 또 미소를 지었다.

"후후, 그건 그럴지도 몰라. 우리 학교에도 아주 훌륭한 성당이 있었지만, 입학한 직후에는 좀 무섭다고 생각했으니까…….”

거기서 갑자기 말을 끊더니 힐끗 나를 봤다. 그리고 당황한 것처럼 급하게 말했다.

“그, 그 이야기는 나중에 하고. 어…… 그러니까 키즈멜이 여섯 살 때 아직 해가 지지 않았는데도 성에서 도미나스 녹테를 봤단 말이지? 요컨대 그분은 어떤 수단을 써서 햇빛에 대한 내성을 얻었다는 뜻이야……?”

“그럴지도 모른다는 추측에 가까운 이야기지만……. 그래도 그때 봤던 도미나스 녹테가 여왕 폐하의 손님이었다면…….
——분명히 니르니르 공도 말씀하셨잖아? 어쩌면 포레스트 엘프의 왕이나 우리 여왕님은 시비스 녹테를 인간으로 되돌릴 방법을 알고 있을지도 모른다고. 그게 사실이라면 밤의 주민이 태양빛을 견뎌내는 방법을 알고 계신다 해도 이상할 것은 없지.”

“……그건 그래.”

나는 수긍했다. 이것도 베타 시절의 지식인데, 다크 엘프의 여왕님은 비할 데 없이 뛰어난 약사이기도 했다. 그래서 이 여왕님만 만들 수 있는 영약이 캠페인 퀘스트의 마지막 장에서 중요한 역할을 했었다. 그런 설정이 정식 서비스에도 그대로 존재한다면, 키즈멜이 지적한 대로 밤의 주민에게 태양광 내성을 부여하는 약이나 그를 인간으로 되돌려주는 약까지 만들 수 있을지도 모른다.

하지만 유감스럽게도 현재로선 우리가 9층에 갈 수단은 존재하지 않았다. 아니, 설령 그런 수단이 있다고 해도 빼앗긴 비밀 열쇠를 되찾기 전까지는 여왕님을 알현하기는커녕 왕성에 접근하는 것조차 불가능할 것이다. 아무튼 이 세 명은 누가 뭐래도 완벽한 탈옥수니까.

"뭐, 어쨌든 나는 조심하기만 하면 괜찮으니까. 우선 비밀 열쇠 탈환을 최우선으로 하고 햇빛 대책은 그다음에 생각하자."

내가 키즈멜에게 그렇게 말하자 기사는 걱정과 미안함이 4 대 6의 비율로 섞인 표정을 지었다.

"……정말 미안하다. 내 힘이 부족해서 너희를 괜히 위험하게 만들었구나……."

"그건 이미 다 끝난 이야기잖아!"

후다닥 뛰어간 아스나가 키즈멜의 두 손을 꼭 잡았다.

"우리는 우리가 하고 싶은 일을 하고 있는 거야. 자, 아무튼 목욕탕이나 가자! 비치에서 놀고 나서 욕탕에 들어가지 못했잖아? 이동하는 동안에도 어찌나 들어가고 싶던지……."

"아…… 응, 그래. 이 시간대라면 비어 있겠지."

두 사람의 대화를 들으면서 나는 2초쯤 갈등했다. 이 세계에서는 설령 옷을 입은 채 바다에 뛰어들어도 다시 육지로 올라오면 순식간에 속옷까지 싹 마르고 끈적끈적한 소금기도 안 남는다. 고로 아스나가 주장하는 불쾌감이란 것은 착각일 테지만, 그런 논리만으로는 해결할 수 없는 것도 SAO에는 분명히 존재한다. 이를테면 지금 내가 느끼고 있는 목과 등의 긴장감 같은 것 말이다.

"나도 갈래."

내가 그렇게 말을 건 순간, 복도 쪽 문으로 향하던 아스나가 뭔가 기묘한 표정으로 이쪽을 쳐다봤다. 한편 키즈멜은 생긋 웃으며 고개를 끄덕거렸다.

"그래, 좋은 생각이야. 아직 동이 트려면 시간이 좀 남았으니까."

아스나가 이상한 표정을 지었던 이유는 1분 후에 겨우 밝혀졌다.

요펠성의 대욕탕은 성관의 서쪽 건물 3층에 있었다. 보태니컬 조각이 된 아치를 경계선으로 삼아 복도의 붉은 융단은 대리석 타일로 바뀌었고, 그 타일 안쪽에서는 희미한 물소리가 들려왔다.

탈의실에는 관엽식물 화분과 발받침이 있는 등의자가 여러 개 놓여 있었고, 또 둥근 테이블에는 시원한 물과 신선한 과일까지 준비되어 있었다. 막다른 곳에는 욕탕으로 이어지는 두 번째 아치……가 한 개.

"아……."

이곳의 대욕탕은 남탕과 여탕이 구별되어 있지 않다는 사실을 그제야 겨우 기억해냈다. 나는 내 옆에 서 있는 파트너를 힐끔 봤다. 그와 동시에 아스나도 곁눈질로 이쪽을 봤으므로 나는 반사적으로 변명을 시도했다.

"아, 아니…… 나는, 카지노의 대욕탕에도 못 들어갔으니까……."

"아무 말도 안 했어."

"너희들이 느긋하게 목욕탕에 들어가 있는 동안에 나는 몬스터 축사를 조사했었고…….”

“아무 말도 안 했어.”

우리는 작게 소곤소곤 입씨름을 했다. 그때 벌써 장비를 80퍼센트쯤 해제한 키즈멜이 의아해하면서 이쪽을 돌아봤다.

“너희들, 뭐 하는 거지? 빨리 벗어, 시간 없으니까.”

“으, 응, 알았어.”

여전히 나를 남동생처럼 취급하는 키즈멜한테서 황급히 시선을 떼며 대꾸했다. 그리고 한층 더 소리를 낮춰 옆 사람에게 물어봤다.

“어, 저기, 우리는 또 수영복을 입고 들어가야 하나요……?”

“아— 진짜, 됐어. 수영복은 됐으니까 키리토 군, 먼저 가!”

욕탕 코앞에서 꾸물거리는 이 상황을 더 이상은 못 참겠는지 아스나가 그렇게 명령했다. 나는 “네, 넵!” 하고 대답하고 즉시 왼쪽 벽 근처로 이동했다.

붙박이 선반에는 옷을 넣어두는 등나무 바구니들이 놓여 있었다. 하지만 《환서술》——즉 아이템 스토리지를 사용할 수 있는 나에게는 필요 없는 물건이었다. 관엽식물 뒤에 숨어 윈도를 열고 장비 해제 버튼을 연타해서 금속 방어구, 천 방어구, 속옷 순으로 없애버린 후 키즈멜을 추월해 욕실로 뛰어들어갔다.

하얀색 석회암이 깔린 바닥 안쪽에는 검은색 현무암을 쌓아 만든 거대한 욕조가 있었는데, 황금 수도꼭지에서는 폭포처럼 힘차게 뜨거운 물이 쏟아져 내리고 있었다. 키즈멜의 추측대로 욕실 안에 먼저 온 손님은 없었다. 마침 잘됐다 싶었던 나는 바닥을 가로질러 달려가서 욕조 한가운데로 뛰어들었다. 성대한 물보라가 일었고 넘치는 목욕물이 수십 리터나 바닥으로 흘러넘쳤다. 뭉게뭉게 피어오른 수증기가 욕실을 하얗게 뒤덮었다.

이로써 한동안 우리는 실루엣밖에 못 보게 되었다. 나는 욕조 구석으로 도망쳐 목까지 물에 푹 담갔다. 긴 여행을 하느라 차가워진 몸을 뜨거운 목욕물에 담그자 짜릿함이 물결처럼 밀려왔다.

"다짜고짜 뜨거운 물에 뛰어드는 것은 몸에 안 좋아."

쓴웃음이 섞인 훈계와 목욕물을 끼얹는 소리가 동시에 들렸다. 이 세계에서는 *히트쇼크 같은 일이 일어날 리 없다——고 생각했지만, 사실 《마비》라는 배드 스테이터스가 존재하니까 어쩌면 《심장마비》도 있을지도 모른다. 그러나 뜨거운 물이나 찬물 속에 뛰어들기만 해도 즉사한다는 것은 진짜 목숨이 걸려 있는 데스 게임의 경우에는 너무 가혹한 게 아닐까.

베타테스트 시절에 누가 욕조에 뛰어들었다 죽었다는 이야기가 있었나 기억을 더듬어보려고 했다. 하지만 압도적인 행복감이 더 이상 사고를 불가능하게 했다. 매끈매끈한 현무암에 등과 뒤통수를 맡기고 팔다리를 쭉 뻗었더니 입에서 저절로 "으아~~"라는 소리가 흘러나왔다.

하지만 그렇게 이완된 상태도 오래 이어지진 못했다. 물소리가 2연속으로 울려 퍼지더니 아스나와 키즈멜이 욕조에 몸

*히트쇼크 : 급격한 온도 변화로 혈압이 급변해 심혈관에 무리를 주는 현상.

을 담그는 모습이 어렴풋이 보였기 때문이다. 더구나 뭉게뭉게 피어나는 수증기에 가려졌을 텐데도 나의 강화된 시력 때문인지 쓸데없는 사실을 확실히 깨닫고 말았다. 키즈멜뿐만 아니라 아스나도 수영복을 장비하지 않았다는 사실을.

잽싸게 시선을 딴 데로 돌리면서 응, 그래, 수영복을 입으면 이런 쾌감도 30퍼센트쯤 줄어들 테지……라고 생각했다. 욕조는 폭이 약 8미터나 되었으므로 두 사람이 반대쪽으로 가 준다면 이번에야말로 아무것도 안 보이게 될 것이다.

그렇게 생각을 했는데. 어째서인지 물소리가 이쪽으로 다가왔다. 경고할 새도 없이 한층 더 짙은 수증기 덩어리를 헤치고 나타난 아스나. 그녀는 나의 존재를 눈치채자마자 즉시 목까지 퐁 잠겨버렸다.

"앗…… 왜 거기에 있는 거야?!"

"너, 너희들이 이쪽으로 온 거잖아!"

"거기가 이 욕탕에서 제일 전망이 좋은 자리란 말이야!"

듣고 보니 그렇긴 했다. 내가 자리 잡은 곳은 옆으로 길쭉한 이 욕조의 오른쪽 구석. 등 뒤에 커다란 남향 창문과 서향 창문이 직각으로 접합되어 있어서 드넓은 요펠 호수와 호반의 숲, 험준한 바위산 너머에 우뚝 서 있는 미궁 구역 타워까지도 전부 다 볼 수 있었다――물론 낮이라면 말이지만.

"아직 캄캄해서 아무것도 안 보이잖아……."

내가 시선을 피한 채 반론하자 아스나는 "그건 아니지!" 하고 남쪽으로 몸을 돌렸다. 나도 따라 해봤지만 역시나 창문 안쪽은 새카맸다. 더구나 유리의 대부분은 하얗게 흐려져서 경치고 뭐고 하나도 보일 리 없었다.

그래도 아스나는 끈질기게 창문을 오른손으로 닦아 투명한 작은 창을 만들어내서 그 안을 들여다봤다. 그것도 따라 해봤지만, 나의 시력으로도 호수 표면에 반사되는 달빛만 간신히 볼 수 있을 뿐이었다.

둘이서 그렇게 자세히 살펴보고 있는데, 아스나 건너편에서 키즈멜이 또다시 타이르듯이 말을 꺼냈다.

"아스나, 키리토. 너희는 아직 젊으니까 이해는 하지만, 앞으로도 계속 모험가로 활동하고 싶다면 같은 욕조에 들어가는 것쯤은 익숙해지는 게 좋을 거다. 영원히 요펠성이나 갈레성이나 니르니르 공의 저택 같은 곳에 머무를 수는 없……."

"앗, 저거 봐, 저기!"

갑자기 아스나가 소리를 지르며 창문을 향해 검지를 세웠다.

그쪽 방향으로 시선을 집중시켰다. 그 순간 나도 "아!" 하고 무심코 소리를 냈다. 요펠성의 남서쪽, 호숫가에 펼쳐져 있는 숲의 어딘가에 외롭게 존재하는 작은 불빛이 보였다. 불규칙하게 일렁이는 저 오렌지색 빛은 아마도 모닥불일 것이다.

"……저건 틀림없이 라빅 씨일 거야."

아스나가 그렇게 중얼거렸고 나는 말없이 수긍했다. 저곳은 그가 배에서 내린 장소와 가까웠다. 야영하면서 오늘 밤이 되기를 기다리는 것이리라.

"……요필리스 자작을 혼자 데려와 달란 말이지……. 그것도 라빅 씨의 이름은 밝히지 않고……."

내가 라빅에게 부탁받은 내용을 소리 내어 말하자, 아스나는 창문에서 손을 떼고 작게 신음했다.

"으음……. 자작님한테 이유는 묻지 말고 같이 와주세요! 하고 부탁해도 안 되겠지……?"

"안 되겠지."

키즈멜이 동조했다.

"포레스트 엘프가 이곳을 습격한 지 아직 2주일도 안 지났다. 그 전투에서 커다란 공을 세웠던 너희를 의심하지는 않겠지만 그래도 우연히 적과 마주칠 가능성은 있으니까. 요필리스 각하는 나 같은 놈은 발끝에도 미치지 못하는 검의 달인이긴 하다만, 그와 동시에 이 땅을 지키는 성주님이시기도 해. 경솔하게 위험한 행동을 하시진 않을 거다. 게다가……."

키즈멜은 어깨 너머로 새까만 호수를 힐끗 보더니 이어서 말했다.

"설령 각하가 동의해주시더라도 이 성에서 아무도 모르게 그분을 호숫가까지 모셔가는 것은 상당히 어려운 일이야. 선창에서 배를 띄우면 보초에게 들킬 수밖에 없으니까."

"그건 그래……."

아스나가 중얼거리더니 참방 하고 물소리를 내면서 몸을 뒤집어 욕조에 등을 기대었다. 나는 사고력의 대부분을 이용해 라빅의 어려운 부탁을 들어줄 방법을 모색하면서 멍하니 그쪽으로 시선을 보내고 있었다. 그때 갑자기 아스나가 나를 째려봤다.

"잠깐만, 뭐 그렇게 당당하게……."

"어……? 아, 아냐, 안 봤어, 안 봤어. 수증기랑 물의 반사

때문에 어깨 윗부분밖에 안 보여."

"봤잖아!"

아스나가 수면 위로 오른손을 꺼내더니 딱밤을 날리듯이 재빨리 중지를 튕겼다. 그동안 갈고닦은 민첩성 덕분인지, 아니면 물총 스킬이라도 취득했는지 고속으로 발사된 물의 산탄이 내 미간을 직격했다.

"크헉!"

나는 요란하게 비명을 질렀다. 그 순간 뇌리에 어떤 정경이 떠올라 다시 옆을 쳐다봤다.

말없이 다음 탄환을 발사하려고 하는 아스나. 나는 잽싸게 시선을 피하고 속사포처럼 질문을 던졌다.

"저기, 그거 기억해? 요필리스 각하는 4층 플로어 보스전에서 물 위를 달렸잖아."

"……기억하는데, 그건 왜?"

"분명히 각하의 구두에는 물의 정령……의 일종인, 위……위……."

내가 입술을 어색하게 깨물고 있는데 키즈멜이 옆에서 도와줬다.

"윌리?"

"맞아! 윌리의 머리카락이 들어가 있어서 그 마력으로 수면 위를 걸을 수 있다고 했지?"

"응, 그렇다고 들었는데……."

그렇게 대답한 아스나 건너편에서 키즈멜도 "맞아" 하고 긍정했다.

“그럼 각하는 그 구두를 신고, 우리는 키즈멜이 준 《윌리의 이슬》을 사용한다면 보초에게 들키지 않고 호숫가까지 걸어서 건너갈 수 있지 않을까?”

그래, 이 방법밖에 없어! 하고 생각하면서 입 밖에 낸 아이디어였다. 그런데 기사는 마뜩잖은 듯한 목소리로 대꾸했다.

“가능한지 불가능한지만 따지자면 일단 가능하지만……《이슬》은 엄청난 귀중품이라고 말하지 않았던가?”

“……마, 말했지…….”

“어차피 거의 안 남았잖아. 내 생각에는 그것은 죽느냐 사느냐 하는 상황이 닥쳐올 때까지 소중하게 간직해두는 게 좋을 것 같은데.”

그렇게 타이르신다면 나도 “그렇군요”라고 대답할 수밖에 없었다. 확실히 《윌리의 이슬》이 든 작은 병에는 내용물이 겨우 예닐곱 방울밖에 안 남아 있었다. 우리 세 사람의 신발에 좌우 한 방울씩 떨어뜨리면 병이 텅 비어버릴 것이다.

“으음~ 그럼 어떻게 호숫가까지 건너가지……?”

나는 다시 신음했다. 그때 아스나가 힐끔 이쪽으로 시선을 돌린——것 같았다.

“처음부터 거의 불가능한 부탁이었으니까, 그냥 자작님한테 혼사서 리빅 씨가 있는 곳까지 가 달라고 하면 안 돼?”

“안 되는 건 아니지만…….”

코밑까지 목욕물 속에 푹 담그고 욕실 천장을 우러러봤다. 바닥과 완전히 똑같은 저 석회암 나일은 현실세계였다면 순식간에 줄눈 부분부터 곰팡이가 피었을 테지만, 실제로는 세

월이 좀 느껴지긴 해도 구석구석까지 여전히 유백색 광택을 간직하고 있었다.

저 천장보다 훨씬 높은 곳, 주건물 5층에 요필리스 자작의 집무실과 거실이 있을 것이다. 근위 기사 키즈멜은 당연히 이 성의 어디든 마음대로 갈 수 있고, 나와 아스나도 자작님이 주신 류슬라의 인장이 새겨진 반지를 왼손에 끼고 있으므로 그분을 만나는 것 자체는 어렵지 않을 것이다.

하지만 집무실에 "안녕하심까~" 하고 들어가서 자작님에게 "죄송한데 저기 호수 건너편의 기슭에서 라빅이라는 탈옥수가 기다리고 있거든요. 자작님 혼자 호수 위를 걸어서 만나러 가주시면 안 될까요?"라고 부탁하는 일련의 흐름을 떠올려 봐도, 각하가 "좋습니다"라고 응해주는 장면은 전혀 상상할 수 없었다. 게다가——.

"……아스나 씨."

"……왜?"

"알고 싶지 않으십니까? 라빅 전 기사단장과 요필리스 자작 사이에 무슨 과거가 있는지."

윽, 하고 말문이 막히는 기색. 이윽고 보글보글 소리와 더불어 대답이 들려왔다.

"그야 당연히 알고 싶지. 하지만 우리는 배를 안 쓰고 호숫가까지 건너갈 방법이 없으니까 혼자 가시라고 할 수밖에 없잖아."

"……그게, 없지 않을지도 몰라."

그렇게 중얼거린 것은 키즈멜이었다. 나는 무의식중에 기사

쪽으로 눈을 돌렸다가 필연적으로 아스나의 모습까지 봐버렸다. 하지만 물총은 발사되지 않았다. 아스나 본인도 오른쪽에 있는 키즈멜을 보고 있었기 때문이다.

"뭐? 어떻게 호수를 건넌다는 거야?"

아스나가 목욕물 속에서 몸을 쑥 내밀자, 키즈멜은 의외의 질문을 던졌다.

"……너희들, 혹시 켈피라는 요정인지 마수(魔獸)인지 뭔지를 알고 있나?"

"켈피?! 어…… 이름 정도는 들어봤지만……."

아스나가 그렇게 대답했다. 곧이어 나도 그 켈피라는 동물인지 몬스터인지의 이름을 기억해냈다. 분명 물속에 사는 육식 말로, 등장하는 작품에 따라 지느러미나 비늘이 있거나 없기도 하고 하반신이 물고기이거나 그냥 말이거나 했을 것이다. 즉, 4층의 플로어 보스였던 히포캄프와 비슷한 몬스터인 것이다. 그 둘의 차이점이 뭔지는 잘 모르겠지만.

지금까지 아인크라드에서 켈피를 만난 적은 없었다. 하지만 앞으로 마주칠 가능성은 있고, 단순히 그놈의 서식지를 지나치지 않았을 가능성도 있다. 아니, 키즈멜이 그 이름을 알고 있다는 것은 어쩌면――.

"키즈멜은 켈피를 본 적이 있어?"

내가 알고 싶었던 것을 아스나가 먼저 물어봐줬으므로 나는 얌전히 대답을 기다렸다.

키즈멜은 잠시 목욕물 표면에서 손가락을 꼬물꼬물 움직이다가 갑자기 고개를 끄덕였다.

"응, 아마도…… 봤을 거야. 그것도 이 요펠성에서……."
"뭐? 언제?"
"나와 틸넬이 사관학교를 졸업했던 해니까…… 그로부터 벌써 3년쯤 지났나. 졸업 후 군대에 들어가는 젊은이는 그 직전의 봄휴가 때 일주일쯤 여행을 하는 것이 관례거든. 유년학교 시절부터 12년 동안 공부나 수련을 하느라 애썼으니까 그에 대한 포상이라고나 할까."
현실세계의 학생도 졸업여행이란 것을 간다고 하던데. 나는 그런 것을 생각했지만 당연히 입 밖으로 내지는 않았다. 아스나도 분명히 비슷한 생각을 했을 테지만 묵묵히 이야기를 듣고 있었다.
"젊은이는 그때 태어나서 처음으로 영수 사용을 허가받게 돼. 그래도 대부분의 젊은이들은 9층 어딘가를 선택하지만 틸넬은 4층에 가고 싶어 했어. 그 애는 어릴 때부터 물놀이를 좋아했거든. 왕도의 호수나 수로를 지나가는 유람선을 볼 때마다 타고 싶어, 타고 싶어! 하고 떼를 썼었지……. 아, 이 이야기는 전에도 했던가."
고개를 갸웃하는 키즈멜 앞에서 나와 아스나는 고갯짓으로 수긍했다. 키즈멜은 미소를 짓더니 시선을 허공으로 이리저리 옮겼다.
"그런 아이였으니까 4층에는 호수에 둘러싸인 성이 있다는 이야기를 어딘가에서 듣거나 읽었던 모양인데, 그 후로 쭉 가보고 싶다고 생각했었나 봐. 하지만 9층의 왕국 안에 있으면 위험은 거의 없지만 다른 층에서는 괴물한테 습격당할 가능성이 있으니, 영수를 사용할 경우에는 같은 목적지를 고른 자가 같이 이동하고 기사들 몇 명이 호위하게 되어 있어. 사실 나는 6층의 갈레성에 관심이 있었지만 틸넬이 4층에 가자고 몇 번이나 졸라대서 결국 내가 져버렸지…….”

추억에 잠겼는지 키즈멜의 말이 끊겼다. 나와 아스나는 둘 다 뒷말을 재촉하지 않고 가만히 침묵을 지켰다.

키즈멜의 쌍둥이 여동생 틸넬은 우리가 엘프 전쟁 캠페인 퀘스트를 개시한 시점에서 이미 고인이 되어 있었다. 그러므로 대화를 해보기는커녕 얼굴을 본 적도 없었지만, 어쩐지 키즈멜에게 어리광을 부리는 틸넬의 모습이 어렴풋하게 뇌리에 떠올랐다. 그 웃는 얼굴은 어쩐지 아스나와 닮은 것 같았다.

“……영수를 통해 4층으로 이동한 나와 틸넬과 다른 졸업생들, 호위 기사들은 아무 문제도 없이 요펠 호수에 도착했다.”

또다시 키즈멜이 이야기를 시작했다. 여전히 앞을 보면서 이야기에 귀를 기울였다.

“봄이라서 호숫가에는 많은 꽃이 피어 있었어. 정말 멋진 광경이었지. 틸넬은 마치 그 광경을 평생 기억하려고 하는 것처럼 오래오래 그 자리에 서 있었어……. ──그러다가 우리를 데리러 온 곤돌라를 타고 성으로 건너가서 여기저기 둘러본 후에 입욕과 식사를 마치고 병사용 2인실에 묵게 되었다. 이층 침대는 처음이었고 침상도 좀 딱딱했지만 그때는 워낙 피곤해서 금방 잠들어버렸는데…… 동틀 무렵에 틸넬이 나를 깨웠어. 나는 아직 졸렸지만 동생이 호수를 보러 가자고 자꾸만 졸라대는 바람에 어쩔 수 없이 일어났지. 그대로 잠옷 위에 망토만 걸치고 성을 빠져나갔다. 그런데 아침안개가 너무 짙어서 앞으로 뻗은 자기 손조차 보이지 않을 지경이었어. 선창으로 나가는 것은 위험하니까 그냥 벽을 따라 어슬렁어슬렁 걸어 다니게 되었지. 그러다가 성 뒤편에 있는 작은 모래밭에 도착하게 되었다."

키즈멜은 거기서 잠깐 침묵했다가 이윽고 속삭이듯이 말을 이었다.

"그때 바람도 없는데 쏴아 하고 아침안개가 좌우로 갈라졌다. 호면은 마치 거울 같았고…… 그곳에 새파란 말 한 마리가 서 있었어. 갈기와 꼬리는 투명한 지느러미로 되어 있었고 피부는 희미한 비늘로 덮여 있더군. 발에는 발굽 대신 물갈퀴가 달린 갈고리발톱이 있었고. 그동안 훈련을 하면서 온갖 괴물과 싸워봤고 그중에는 말이나 소나 사슴을 닮은 마수도 있었지만, 그런 생물을 본 것은 오직 그때밖에 없었어. 나와 틸넬은 둘 다 소리도 못 낼 정도로 놀라서 우두커니 서 있었지. 푸른 말은 가만히 우리를 바라보고 있었는데, 이윽고 흥미를 잃었는지 몸을 돌려 호수 안쪽으로 걸어가기 시작했어. 한 걸음 옮길 때마다 수면 위에 동그란 파문이 퍼져 나갔고…… 그러다가 결국 소리도 없이 호수 속으로 미끄러져 들어갔지. 그 후 낮에 확인해봤는데 물속에 숨어 있는 바위나 나무 같은 것은 없었어. 요컨대 그 푸른 말은 수면 위를 걸었던 거야."

"그게…… 켈피였던 거야?"

아스나가 조그맣게 물어보자 키즈멜은 가볍게 어깨를 으쓱했다.

"나는 그렇게 믿고 있지만 실상은 어떤지 몰라. 이 성에서 수십 년이나 살아온 병사들과 하인들도 그런 괴물은 본 적이 없다고 했으니까……. 우리는 다음 날 아침에도, 또 왕도로 돌아가는 날 아침에도 그 모래밭에 가봤지만 푸른 말은 나타나지 않았다. 그런데 틸넬이 왕도로 돌아간 다음에 도서관에서 여러 가지 문헌을 마구 조사하다가 마침내 요펠 호수에 켈피의 전설이 있다는 사실을 밝혀냈어. 언젠가 둘이서 다시 한번 4층에 가서 켈피를 찾아보자고 약속했는데, 그건 끝내 이룰 수 없게 되었지……."

"……."

아스나가 오른손을 들어 올리더니 수면 위로 나와 있는 키즈멜의 왼손을 잡았다. 나도 그러고 싶었지만 아스나의 몸 너머로 손을 내밀 정도의 배짱은 없었다.

그 대신 물속에서 몸을 살짝 일으키면서 말했다.

"저기, 그럼 지금부터 그 모래밭에 가보지 않을래? 마침 동트기 직전이잖아. 켈피가 돌아다니고 있을지도 몰라."

아마 확률은 낮을 테지만 만약 그 푸른 말을 멀리서라도 눈으로 보게 된다면 그것이 켈피인지 아닌지 판별할 수 있을 것이다. 왜냐하면 나와 아스나에게는 컬러 커서가 보이니까. 거기에 켈피——철자는 모르겠지만 아스나는 알 것이다——라고 적혀 있으면 100퍼센트 켈피다. 이번에야말로 좋은 아이디어라고 생각했는데 키즈멜의 대답은 쌀쌀맞았다.

"안 돼."

"어……? 왜……."

"잊었어? 이제 곧 동이 트잖아."

"아."

남쪽 창을 보니 좌측——동쪽 하늘이 군청색과 진보라색의 그러데이션으로 변해 있었다. 이제 곧 그 아랫부분에 어두운 붉은색이 섞일 것이다. 태양빛이 요펠성을 비출 때까지는 앞으로 20분…… 아니, 15분 남았을까.

"와, 어떡해, 잊고 있었어!"

아스나가 소리를 질렀다. 목욕물 속에서 좌악 일어나려다가 즉시 첨벙 하고 앉았다.

"키리토 군, 먼저 나가서 옷 입어!"

그러면 내 엉덩이가 두 분의 눈을 더럽히게 될 텐데……라고 생각했지만 순서를 반대로 해 달라고 말할 수도 없었다. 나는 목까지 푹 잠긴 상태로 욕조를 횡단한 뒤 최대한 신속하게 가장자리를 뛰어넘어 그대로 질주했다. 축축한 바닥을 밟고 화려하게 넘어진다는 클리셰 같은 전개가 뇌리를 스쳤지만, 석회암 타일은 물을 뒤집어써도 마찰력을 잃지 않아서 나는 무사히 탈의실에 도착할 수 있었다.

아무것도 안 해도 물기는 순식간에 마를 것이다. 하지만 모처럼 준비된 목욕수건이 있으니 그걸 써서 몸의 물기를 닦고 있는데, 욕실 쪽에서 찰박찰박 두 사람의 발소리가 들려왔다. 황급히 화분 뒤로 대피해 기척을 숨겼더니 자동으로 은폐 스킬이 발동됐다.

이래놓고 고개를 획 돌린다면 여탕을 훔쳐보는 범죄자가 될 것이다. 하지만 물론 그런 짓은 하지 않았다. 윈도를 열고 위아래 속옷과 셔츠와 바지만 장비했다. 습관적으로 스토리지로 이동해서 다른 장비품이 전부 다 모여 있는 것을 확인했다.

그때 입수 순서대로 정렬되어 있는 리스트 윗부분에서 《소드 오브 이벤타이드 +3》이란 이름을 발견하고 한순간 손을 멈췄다. 이것은 퀘스트 보상으로 요필리스 자작한테 하사받아서 5층 초반부터 7층 플로어 보스전까지 메인 무기로 활약해줬던 요펠성의 명검이다. 스펙은 아직도 일선에서 활약할 수준이고 강화 시행 횟수도 남아 있지만, 마검 돌풀 녹턴의 폭력적인 성능 때문에 뒷선으로 밀려나고 말았다.

이대로 스토리지에 넣어두는 것보다는 좀 더 유효하게 활용하는 게 낫지 않을까……? 그렇게 생각하면서 몸을 돌려 화분 뒤에서 빠져나갔다. 그 순간.

"꺄악!"

그런 비명과 더불어 부웅 하고 공기를 가르는 소리가 났다. 나는 윈도를 들여다보던 고개를 들었다. 그때 뭔가가 엄청난 기세로 내 입으로 날아왔다.

"우욱?!"

비명을 지르며 반사적으로 확 깨물었다. 독특한 식감에 이어서 새콤달콤한 과즙이 흘러넘쳤다. 식감은 파파야 같았고 맛은 키위나 리치와 비슷한 무언가였다. 나는 그것을 뱉지도 못하고 필사적으로 우물우물 씹었다. 그러자 이번에는 벼락이 쳤다.

"왜 그런 곳에 숨어 있어?! 탈의실에서 안 보이면 당연히 방으로 돌아간 줄 알잖아!"

자세히 보니 하얀 수건으로 몸 앞을 간신히 가리고 있는 아스나가 닥치는 대로 더듬더듬 아무 과일이나 집어 들고 있었다. 나는 전력을 다한 고속 씹기로 입안의 과일을 처리한 후 사정을 설명하려고 했다.

"아, 아니, 숨어 있었던 게 아니라, 너희 둘이 욕실에서 나오는 모습을 보지 않으려고 내 나름대로 배려를……."

"그, 그럼 그냥 평범하게 뒤돌아 있었으면 됐잖아!"

"그, 그건…… 그렇죠."

깔끔하게 논파당한 나는 신속하게 몸을 돌렸다. 등 뒤에서 아스나가 "흥!" 하고 콧방귀를 뀌었고 키즈멜은 못 말리겠다는 듯이 어휴 하고 한숨을 쉬었다.

동쪽 건물 4층 객실로 돌아간 것은 최종적으로는 오전 5시 55분. 제한 시간이 끝나기 직전이었다.

물론 오전 6시에 1초의 어긋남도 없이 새벽빛이 플로어에 비쳐 들어온다고 정해진 것은 아니었다. 단지 두 달 동안 아인크라드 생활을 해오면서 대충 그때쯤에 날이 밝는다고 느꼈을 뿐이다. 실제로 아침 해가 필드에 도달하는 시간은 플로어의 지형에 따라서도 앞뒤로 빨라지거나 느려질 테고. 그런 의미에서는 동쪽의 바깥둘레 부분에 바위산들이 쭉 늘어서 있는 4층은 해가 좀 늦게 뜬다고 할 수 있을 것이다. 하지만 내 눈으로 그걸 확인하는 것은 당분간 불가능할 것이다.

나와 아스나에 이어 방으로 들어온 키즈멜은 두꺼운 문을 꾹 닫은 다음에 이쪽을 돌아보더니 숨을 휴 내쉬었다. 거실

창문의 덧문과 커튼도 다 닫아놨지만 램프는 계속 켜뒀으므로 캄캄하진 않았다. 일렁이는 등불 빛 아래 키즈멜이 정면에서 나를 똑바로 보더니 엄한 목소리로 말했다.

"자, 지금부터 해가 질 때까지 열두 시간 동안 키리토는 절대로 우측 침실에서 나오면 안 돼. 알았지?"

말로 들으니까 '그렇게 길어—?!'라는 생각이 들었지만, 이것은 밤의 주민에게 주어진 힘의 대가다. 인간으로 돌아갈 때까지는——돌아갈 수 있을지 없을지도 모르겠지만——달게 받아들이는 수밖에 없으리라.

"성대수에 맹세하건대 밤이 될 때까지 방에서 나가지 않겠습니다."

내가 그렇게 대답하자 키즈멜은 위엄 있는 얼굴로 "음" 하고 고개를 끄덕이더니 아스나를 쳐다봤다.

"좋아, 그럼 아스나도 키리토와 같은 방을 써도 되겠지? 아, 물론 아스나는 해가 질 때까지 방에 틀어박혀 있을 필요는 없지만, 방에서 나갈 때에는 거실 창문이 열려 있지 않은지 신중하게……."

"어…… 저기, 나는 키즈멜과 같은 방이어도 되는데."

아스나가 끼어들자 키즈멜은 가볍게 고개를 흔들었다.

"가능성은 극히 낮지만 혹시나 낮에 누군가가 덧문이나 벽을 파괴해서 방 안에 햇빛이 들어간다면 아마도 키리토는 육체가 타는 고통 때문에 움직이지 못하게 될 거야. 그때는 누군가가 즉시 그늘로 그를 피난시켜줘야 해. 그런데 다른 방에서 쉬고 있으면 제때 대처할 수 없을지도 모르잖아? ……물론 내가 키리토와 같이 자도 상관 없지만, 어쩔래?"

키즈멜의 마지막 질문은 나에게 던진 것이었다. 순간적으로 예스라고도 노라고도 대답할 수 없었다. 그저 눈꺼풀을 0.3초 간격으로 개폐하고 있었는데 아스나가 한참 동안 뜸을 들이다가 대답했다.

"음~~~~~~~~~ 그럼 내가 이쪽 방에서 잘게……."

그러면서 가리킨 것은 우측——즉 내가 해 질 때까지 틀어박힐 예정인 침실이었다. 정식으로 그런 선언을 들으니까 중학교 2학년 남자로서는 다소 당황할 수밖에 없었지만 어차피 4월에는 3학년이 될 테고, 우리가 같은 방이나 텐트에서 자는 것도 처음이 아니었다. 나는 최선을 다해 평정을 유지하면서 고개를 끄덕였다.

"응, 그럼 미안하지만 **요차할** 때에는 잘 **부타케**."

좀 발음이 불분명했을지도 모르지만 의미는 전달됐을 것이다. 나는 키즈멜에게 잘 자라고 말한 뒤 우측 침실로 들어갔다. 이쪽은 램프를 켜놓지 않았지만 거실의 불빛이 새어 들어오고 있었으므로 암시 능력을 쓸 필요도 없었다.

나란히 붙어 있는 두 개의 침대. 그중 안쪽 침대로 쏙 들어가 재빨리 이불을 코까지 끌어당기고 눈을 감았다.

몇 초 후 찰칵 하고 문이 닫히는 소리가 났다. 이어서 희미한 발소리가 들렸고, 오른쪽 침대에서 전이 부스럭거리는 소리가 들려왔다.

아무리 이제 곧 중3이어도 이런 상황에서는 잘 수 없어……라고 생각했는데, 그 직후 의식이 가물가물해졌다. 어느새 긴장감은 사라지고 그 대신 은은한 안심감이 가슴속 깊은 곳에서 우러나오고 있었다. 튼튼한 석벽과 두꺼운 덧문이 지켜주고 있어서 그런 것만은 아니리라. 1층에서 만난 다음부터 쭉 모험을 함께했던 파트너가——엄밀히 말하자면 아직 '잠정'이란 두 글자가 붙지만——바로 옆에 있다고 생각하니 이런저런 불안이 저절로 물거품처럼 사라지는 것 같았다.

7층 미궁 구역의 안전지대에서 나에게 기대어 잠들었던 아스나도 어쩌면 이런 기분을 느꼈을까……라고 생각한 직후, 내 의식은 사라졌다.

5

그 다음 순간에 나는 번쩍 두 눈을 떴다.

체감상 고작 몇 초가 지난 것 같았다. 역시 그리 쉽게 숙면을 취할 수는 없구나……라고 생각하면서 시야의 우측 하단을 봤다. 그 순간 눈을 부릅떴다. 새카만 어둠 속에 하얗게 표시된 디지털 숫자는 17:52――오후 5시 52분.

침대에 누운 것이 오전의 거의 비슷한 시각이었다. 놀랍게도 열두 시간이나 쿨쿨 잠을 잔 것이다. 아니, 설마 하루하고도 열두 시간인 건 아니겠지? 허둥지둥 날짜도 확인해봤는데 다행히 이쪽은 아직 1월 9일이었다.

하기야 나는 현실세계에서 평화롭게 살던 시절보다도 아인크라드에 오고 나서 신기하게도 잠을 푹 잘 수 있게 되었는데, 아무리 그래도 이렇게까지 장시간 동안 죽은 듯이 잠만 잔 것은 오랜만인 것 같았다.

물론 피곤하기도 했고 수면 부족이기도 했지만, 그래도 열두 시간은 좀 걱정이 되는데. 애당초 옆 침대에서 자고 있을 아스나는 왜 나를 깨워주지 않은 걸까. 혹시 키즈멜과 둘이서 밥을 먹으러 가버린 걸까――등등, 이런저런 생각을 하면서 몸을 일으키려고 하다가 나는 비로소 깨달았다.

내 몸의 오른쪽, 20센티미터도 떨어지지 않은 곳에 누군가가 누워 있었다. 이불 속에 머리까지 쏙 들어가 있어서 얼굴은 안 보였지만 이 상황에서 짐작 가는 인물은 한 명밖에 없었다――.

그래도 나는 살며시 이불을 들추고 암시 능력으로 상대의 옆얼굴을 확인한 후, 얼른 원래대로 되돌려놓았다. 틀림없이 상대는 나의 잠정 파트너였다.

침대와 침대 사이에는 10센티미터 정도의 틈이 있고, 침대 자체의 폭도 120센티미터는 되어 보였다. 그런데도 여기까지 긴 여행을 오시다니 도대체 이게 무슨 잠버릇인가……. 앗, 잠깐, 설마.

나는 쭈뼛쭈뼛 좌우를 둘러봤다. 자신이 아스나의 침대에 기어 들어온 게 아니란 사실을 확인한 뒤 휴 하고 안도의 한숨을 쉬었다. 돌이켜보면 윌룹타의 《앰버문 인》에서도 비슷한 일이 있었다. 침실이 따로따로 있는 비싼 방을 빌렸는데도 아스나가 잠이 안 온다면서 밤중에 나를 깨우러 오더니, 갑자기 이제는 잠잘 수 있을 것 같다면서 내 침대 구석에 몸을 둥글게 말고 누워서 정말 그대로 잠들어버렸던 것이다. 또 그보다 더 옛날로 거슬러 올라가보면, 크리스마스이브의 요펠성에서도 잠이 안 와서 침실에서 빠져나온 아스나와 함께 거실 소파에서 이불 한 장――정확히 말하자면 《아르기로의 얇은 천》이지만――을 덮고 딱 붙어 잤던 기억도 있다.

아마 나와는 정반대로 아스나는 이 세계에서 그다지 잠을 잘 못 자는 것이리라. 그야 당연했다. HP가 0이 되면 진짜로 목숨을 잃는다는 극한의 데스 게임 속에 갇힌 채 현실세계에서 소중히 여겼던 것들을 모조리 빼앗겨버렸으니까. 밤마다 불안과 공포와 초조에 시달리지 않을 리 없었다.

만약에 그런 감정들을 뿌리치는 데 내가 도움이 되고 있다면 순수하게 기쁜 일일 것이다. 하지만 그렇다고 앞으로는 매일 밤 같이 자자고 제안할 수도 없고, 혹시 제안하더라도 "바보 아냐?"라는 소리만 들을 것이다. 내가 할 수 있는 일은 그저 우연히 이런 상황이 되었을 때 가능한 한 오랫동안 아스나를 자게 해주는 것밖에 없지 않을까.

그런 결론에 다다른 나는 아주 천천히 왼쪽으로 이동해서 아스나가 흔들리지 않도록 신중하게 침대 밖으로 나갔다. 맨발로 살금살금 바닥을 가로질러 가서 문손잡이를 슬금슬금 돌리다가 찰칵……하고 희미한 금속음이 났을 때 살며시 문을 당겨 열었다. 그리고 최소한의 틈새로 쏙 빠져나가 다시 문을 닫고 한숨 돌렸다.

그 순간 "잘 잤어?" 하는 목소리가 들려와서 나는 고개를 들었다.

램프 하나만 켜져 있는 거실 한가운데, 휘어진 나무 프레임 소파에 키즈멜이 앉아 있었다. 광택 있는 회색 나이트가운을 입고 있는 것을 보면 키즈멜도 방금 일어난 모양이다.

"아…… 응, 잘 잤어? 키즈멜."

벌써 저녁때인데 하고 생각하면서 그렇게 대답하자, 키즈멜은 살짝 미간을 찌푸렸다.

"약속 시간인 오후 6시보다 5분이나 빨리 나왔잖아. 이미 해는 졌지만."

"어…… 아, 그렇구나. 아니, 그게, 아스나를 깨우고 싶지 않아서……."

그렇게 말하고 나서 속으로 좀 당황했지만, 눈치 빠른 키즈멜도 '아스나가 같은 침대에서 자고 있었기 때문에'라는 사정까진 눈치채지 못한 듯했다. 그저 가볍게 고개를 끄덕이더니 오른손으로 옆을 가리켰다.

"서 있지 말고 앉지 그래?"

"으……응."

고개를 끄덕인 나는 똑같이 흰 나무로 제작된 낮은 테이블 옆으로 돌아서 이동해 키즈멜의 오른쪽 옆에 간격을 두고 앉았다. 기사가 무슨 말을 하고 싶은 것처럼 눈썹을 꿈틀거렸지만 어쩔 수 없었다. 얇은 가운 하나만 걸치고 있는 누님의 바로 옆에 앉을 수 있게 되려면 앞으로 3년은 걸릴 것 같았다.

"잘 잔 것 같구나."

키즈멜은 그렇게 말하면서 테이블 위의 물병을 들어 올려 찬물을 컵에 따라줬다.

"응, 일어났을 때 깜짝 놀랐어. 그러는 키즈멜은 잘 잤어?"

"물론이지. 어떤 상황에서나 잘 자고 잘 먹는 것은 기사의 필수 자질……이라고 말하고 싶지만……."

자신의 컵에 든 물을 한 모금 마시더니 컵을 손에 든 채 말을 이었다.

"실제로는 좀처럼 그렇게 하기 어렵지. 괴물이 어슬렁거리는 장소에서 야영을 할 때나 중대한 작전을 수행하기 직전이라거나…… 그리고 동생이 생각나는 밤에는 나도 쉽게 잠을 이루지 못해."

"……그렇구나."

고개를 끄덕이면서 아주 잠깐 생각해봤다. NPC에게 수면이란 것은 대체 뭘까. 단순히 인간을 흉내 내는 걸까, 데이터 구조 최적화 같은 처리가 이루어지는 걸까, 아니면…….

아니, 이런 것을 고찰해봤자 의미가 없다. 키즈멜은 AI화된 NPC인 동시에 이 세계에서 살아가는 한 명의 다크 엘프 기사다. 진짜 생각과 감정을 가지고 있는 우리들 플레이어와 전혀 다르지 않은 존재인 것이다. 그런 인식을 자기 머릿속에 단단히 심어놓지 않으면 아마도 엘프 전쟁 캠페인 퀘스트는…… 아니, 이 데스 게임은 클리어할 수 없을 터다.

――실은 키즈멜 같은 존재들도 플레이어한테는 없는 능력을 이것저것 가지고 있지만. 이를테면 시계도 없는데 현재 시각을 정확히 파악하는 능력 같은 것 말이다.

머릿속으로 그렇게 한마디 덧붙이면서 나도 컵을 집어 들고 단숨에 쭉 들이켰다.

감귤향 물은 몹시 차가웠다. 오랫동안 자고 일어났을 때 느껴지는 특유의 나른함을 그 물이 깨끗이 씻어줬다. 저녁부터 공략을 시작하는 것은 좀 신기한 느낌이 들었지만, 사실 SAO에 갇히기 전에는 학교 수업을 마치고 곧장 귀가해서 내 담당인 집안일과 그날의 숙제를 해치우고 저녁밥을 먹은 다음부터가 하루의 골든타임이었다.

게다가 이러고 있는 동안에도 요펠 호수 서쪽의 숲에서는 라빅 전 기사단장이 홀로 쓸쓸하게 야영을 하고 있을 것이다. 가능한 한 빨리, 아니, 오늘 밤 내로 어떻게든 요필리스 자작을 만나게 해주고 싶었다.

우선 자작과 면회——를 하는 게 아니다. 그 전에 아무에게도 들키지 않고 호수를 건널 방법을 생각해봐야 한다. 자작은 마법 구두를 사용한다 쳐도 우리 셋은 어쩌면 좋을까…….

"……아."

내가 문득 소리를 내자 키즈멜이 이쪽을 돌아봤다. 왜 그래? 하는 질문을 받기 전에 왼쪽을 보면서 물어봤다.

"저, 키즈멜. 어제 목욕탕에서 켈피 이야기는 왜 해준 거야?"

"응……? 왜냐니, 네가 호수를 건널 방법을 알고 싶다고 했잖아?"

"응, 그러니까 그거랑 켈피가 무슨……."

내가 거듭해서 물어보려고 할 때였다.

소파의 대각선 왼쪽 앞에서 푹 잠긴 목소리가 들려왔다.

"난 뭔지 알 것 같아."

그쪽을 봤더니 좀 전에 닫았던 침실의 문이 반쯤 열려 있었다. 거기서 비틀비틀 아스나가 걸어 나왔다. 날씬한 몸에는 푸른색 원피스 잠옷을 걸쳤고, 언제나 반묶음으로 묶어 올렸던 머리카락은 아무렇게나 풀어헤쳐 늘어뜨리고 있었다. 혹시나 어두운 던전에서 마주쳤다면 레이스나 와이트라고 착각할 만한 모습이었다.

아스나는 그런 아스트랄계 몬스터는 끔찍하게 싫어하는데 말이지. 그렇게 생각했을 때 장난기가 좀 발동됐다. 이대로 바닥을 구르면서 "귀신이다~~~!"라고 소리를 질러볼까? 하는 생각을 0.001초쯤 해보다가 얼른 취소했다. 요펠성은 코드 권내가 아니니까. 나한테 속았다는 것을 알게 된 아스나가 내 HP를 90퍼센트쯤 날려버릴 게 뻔했다.

당연히 키즈멜은 그런 장난을 치지도 않고 아스나에게 소파 가운데에 와서 앉으라고 권했다. 내가 20센티미터 오른쪽으로 이동하자, 아스나는 불안정한 걸음걸이로 테이블을 우회하여 털썩 자리에 앉았다. 딱 한순간 이쪽을 향한 그 얼굴에는 뭔가 미묘한 표정이 떠올라 있었다. 설마 아까 겁주려고 했던 걸 들켰나 싶어서 찔끔했는데 그게 아니라는 것을 곧 깨달았다.

침실에서 눈을 뜬 아스나는 자신이 처음 잠들었던 곳과는 다른 침대에 있다는 사실을 눈치챘을 것이다. 먼저 일어난 내가 그걸 모를 리 없지만, 아스나가 스스로 언급할 필요도 없다 보니 아무래도 복잡 미묘한 표정을 지어버렸나 보다. 그리고 나도 여기서 그걸 가지고 놀릴 정도로 철없는 어린애는 아니었다. 우리는 0.0001초의 눈빛 교환을 통해 '둘 다 입 다물자'라고 신속히 합의하고서 나란히 소파에 등을 기대었다.

키즈멜이 컵에 따라준 물을 아스나가 다 마실 때까지 기다렸다가 나는 드디어 입을 열었다.

"응, 그래서 뭘 알았는데?"

"……어, 그건……."

아스나는 아직도 좀 잠겨 있는 목소리로 서두를 떼더니, 왼쪽에 있는 키즈멜과 오른쪽에 있는 나를 차례대로 보면서 설명했다.

"키즈멜이 말하고 싶었던 것은 아마도 이런 걸 거야. 우리 세 사람이 케이블카를 타고 건너편 기슭까지 이동하면 어떻겠느냐는 거지.”

“뭐어?!”

나의 외침 소리. 키즈멜의 차분한 목소리가 그 뒤를 이었다.

“오, 역시 굉장하군. 그 말이 맞아.”

“뭐라고?!”

나는 다시 한 번 소리치고 나서 두 사람을 향해 떠들어댔다.

“아, 아니, 켈피는 몬스터잖아? 그야 물론 전투 도중에 억지로 등에 올라타는 것은 가능하겠지만. 그게 어디로 뛰어갈지도 모르고 최악의 경우에는 호수 속으로 잠수해버릴지도 모르는데…….”

“그런 무모한 짓은 안 해.”

찬물과 수다 덕분에 완전히 깨어난 듯한 아스나는 평소처럼 기막혀하는 얼굴로 나를 힐끗 보더니 묘하게 우쭐거리듯이 말했다.

“켈피를 길들이는 거야. 그렇지? 키즈멜.”

“그렇다.”

“뭐라고옷?!”

또다시 얼빠진 소리를 내버렸다. 그런데 이건 어쩔 수 없었다. 테이머(마물 조련사)는 예로부터 수많은 RPG에 등장해온 인기 클래스다. 그것을 메인 콘텐츠로 삼은 작품도 수도 없이 많을 정도였다. 하지만 SAO에서는 아직까진 테이밍 스킬은 습득할 수 없었고, 그게 정말 존재한다면 《체술》이나 《명상》 같은 특수한 출현 조건을 가진 엑스트라 스킬일 것이다——라고 정보상 아르고도 말했었다.

그 점을 두 사람에게 어떻게 설명하면 좋을까? 그런 고민을 하다가 문득 깨달았다.

우리는 테이밍 능력을 가진 NPC를 7층에서 만나지 않았던가. 월룹타 그랜드 카지노를 지배하는 코를로이 가문의 문주 바당과 나크토이 가문의 문주 니르니르.

7층에서는 원수나 마찬가지였던 바당이 우리를 도와줄 것 같지는 않았다. 그렇다면——.

"……어, 설마 니르 님한테 여기까지 와 달라고 부탁드리려고……?"

"아—니—야!"

아스나가 오른손을 번쩍 들더니 검지로 내 왼쪽 어깨를 콱 찔렀다.

"찾을 수 있을지 없을지도 모르는 몬스터를 테이밍하기 위해 니르 님을 4층까지 불러낸다고? 키즈멜이 그런 생각을 할 리가 없잖아."

"그, 그렇지. 아니, 그럼 대체 어떻게……."

"나 참, 키리토 군은 자기 자신에 대해서는 극단적으로 눈치가 없어지는구나?"

들으란 듯이 한숨을 내쉬더니 아스나는 내 어깨를 여전히 쿡 찌르고 있는 손가락을 빙글빙글 돌렸다.

"만약 우리가 켈피를 찾아내면 네가 테이밍을 하는 거야!"

"……뭐라고오옷?!"

네 번째 절규는 테이블 위의 물병에 작은 파문을 일으켰다.

너무 놀랐더니 배고픔도 한계에 달해버렸다. 나는 이런저런 문제들은 일단 제쳐두고 식당에 가지 않겠느냐고 두 사람에게 제안했다.

아스나와 키즈멜도 거의 하루 종일 변변한 식사를 하지 못했으므로 당연히 반대할 리 없었다. 우리는 옷을 제대로 갖춰 입고 성관의 서쪽 건물 2층에 있는 대식당으로 향했다.

거대한 문을 열자 맛있는 냄새와 조용한 담소 소리가 흘러나왔는데——어쩐지 기억과는 좀 달랐다. 대체 뭘까? 하고 의아해하고 있자 옆에서 아스나가 속삭였다.

"어라……? 음악이 없네."

듣고 보니 그랬다. 저번에 여기 왔을 때에는 넓은 식당 안쪽에 설치되어 있는 무대에서 네다섯 명의 현악단이 맑은 음악을 연주하고 있었다. 우리가 너무 일찍 와서 그런가? 하지만 자세히 보니 무대 자체가 존재하지 않았다.

그 대신 전에는 없었던 것이 있었다. 주방 옆의 벽 쪽에 카운터 테이블이 설치되어 있는데, 그 위에 주르르 놓인 큰 접시들에 온갖 요리들이 수북하게 쌓여 있었다. 덜어 먹을 접시와 포크, 나이프 등도 준비되어 있는 것을 보면 이른바 뷔페 스타일인 듯했다. 저번에는 메이드가 순서대로 요리를 테이블까지 가져다주는 코스 스타일이었는데.

겨우 2주 만에 대식당의 비용 절감을 단행한 건가? 아니, 물론 뷔페에 불만은 전혀 없지만. 오히려 대환영이다.

——왜냐하면 마음껏 먹을 수 있으니까.

그렇게 소리 없이 중얼거렸는데 지나가던 메이드가 우리를 발견하고 미소 지었다.

"어머나, 근위 기사님과 인간족 검사님들. 오랜만이네요."

"저, 저희를 기억하세요?"

아스나가 깜짝 놀랐다. 그러자 양손에 빈 접시를 몇 개나 겹쳐 들고 있는 메이드는 재주도 좋게 어깨를 으쓱했다.

"그야 물론 기억하죠. 포레스트 엘프에 맞서 싸워 이 성을 구해주신 영웅이시잖아요. 어머, 나도 참, 제가 붙잡았군요? 30분 후에는 병사들로 만원이 되어버릴 테니까 어서 식사를 하시는 게 좋을 거예요. 오늘 저녁의 추천 메뉴는 민물게 프리토(이탈리아식 튀김)와 코울 수프입니다. 맛있게 드세요!"

맹렬한 속도로 단숨에 끝까지 말한 뒤 메이드는 가벼운 발걸음으로 주방으로 떠나갔다. 나는 아스나와 얼굴을 마주 보고 말없이 고개를 끄덕인 뒤, 뷔페 카운터로 직행했다.

제일 큰 개인 접시를 들고 방금 추천받은 민물게 프리토와 그릴드 치킨, 사슴고기 로스트, 감자 퓌레를 넘치도록 가득 담아서 창가의 테이블에 놔두고 다시 출격했다. 이번에는 빵을 종류별로 다 담고 덤으로 추천받은 유백색 포타주 수프를 확보했다.

동시에 착석한 나와 아스나는 서로 한마디도 안 하고 키즈멜을 기다렸다. 따끈따끈 김이 피어오르는 푸짐한 진수성찬을 이렇게 눈앞에 두고 있으니 내장이 확 뒤틀리는 듯한 감각이 느껴졌다. 과거에도 몇 번이나 생각했는데, 이것이 니브기어에 의해 생성된 가상의 공복감이란 것을 도저히 믿을 수가 없었다.

이윽고 키즈멜이 와인 병과 잔 세 개를 손에 들고 돌아왔다. 기다린 시간은 내 시야 우측 하단의 시계에 의하면 겨우 2분 정도였지만, 주관적으로는 그보다 열 배는 더 길게 느껴졌다.

"앗, 뭐야. 먼저 먹어도 되는데."

그런 말을 하면서 의자에 앉은 키즈멜은 나와 아스나 앞에도 와인 잔을 놓았다. 그리고 이미 개봉된 병을 기울여 심홍색 액체를 차례대로 따랐다.

"일부러 기다려줬으니 건배라도 할까. 흠, 그래……."

자기 잔을 손에 들고 고개를 옆으로 살짝 기울였다.

"새해를 축하하기에는 너무 늦었고, 7층의 수호수를 해치운 것을 축하하고 싶어도 그때 키리토가 치렀던 희생을 생각하면 조금……. 으음……."

고민하는 키즈멜에게 아스나가 제안을 했다. 놀랍도록 잘 억제했지만 말꼬리는 조금 떨리고 있는 목소리로.

"그럼 축하 대신 기원을 하는 것은 어때? 이 층에서의 임무가 무사히 달성되기를 바란다……라거나."

"아하, 그것도 좋지. 그럼……."

잔을 들어 올린 키즈멜이 엄숙한 어조로 선창했다.

"빼앗긴 것을 순조롭게 되찾고, 키리토가 태양빛과는 무관한 삶을 유지할 수 있기를 바라며. 건배."

"건배!"

"거…… 건배."

물론 그것은 현재의 내가 가장 조심해야 할 부분이긴 하지만, 그런 식으로 말하면 어쩐지 내가 언데드 같지 않나? 아,

언데드 맞구나. 그렇게 머릿속에서 혼자 북 치고 장구 치고 놀면서 나는 두 사람과 함께 잔을 들어 올렸다. 어쨌든 키즈멜이 진심으로 나를 염려해주고 있는 것은 확실하니까. 나는 잡념을 떨쳐내고 비밀 열쇠 탈환 미션의 성공을 진지하게 기원하면서 짙은 루비색 와인을 입에 머금었다.

지난 두 달 사이에 다양한 술을 마실 기회가 있었는데, 제일 맛있다고 느끼는 것은 역시나 차갑게 식힌 에일이었다. 유감스럽게도 아인크라드에는 냉장고나 제빙기나 얼음 속성 마법 같은 것은 하나도 없기 때문에 얼음처럼 차가운 생에일을 마실 기회는 많지 않았지만, 적당히 차가운 것도 늘 여름철인 7층에서는 유난히 맛있게 느껴졌었다.

그에 비해 와인——특히 레드와인은 너무나도 어른스러운 맛이 났다. 그래서 애들 입맛인 나는 그 맛을 잘 몰랐다. 잔에 부을 때마다 맛이 달라지는 《픽클 와인》이나 틸넬이 좋아했다고 하는 《윌루초 와인》처럼 가공된 와인은 비교적 달콤하고 산뜻한 종류가 많아서 나도 쉽게 마실 수 있었지만, 아마도 진짜 와인의 맛을 재현한 듯한 레드와인은 쓴맛과 떫은 맛이 있어서 입에 넣으면 저절로 얼굴이 찌푸려졌다.

하지만 모처럼 키즈멜이 준비해준 와인이니까. 맛있다고 느끼지 못하더라도 그걸 표정으로 드러낼 수는 없었다. 좋아, 아무리 떫어도 표정근을 움직이지 말아야지. 나는 그렇게 마음의 준비를 하고 꿀꺽 삼켰다.

"……어라?"

나도 모르게 그런 소리를 냈다. 떫은맛도 쓴맛도 없는

데…… 아니, 둘 다 분명히 있지만 그게 단맛과 신맛 너머에 얌전히 숨어 있어서 혀를 찌르는 듯한 느낌은 전혀 안 들었다. 전체적인 맛은 놀랄 만큼 농밀하고 매끄러웠다. 황홀한 향기가 콧속을 지나쳐 갔다.

"어때, 맛있지?"

내가 멍하니 있으니까 키즈멜이 의기양양하게 말했다.

"이건 9층의 왕립 양조장에서 만들어진 지 90, 아니, 91년 된 와인이다. 지난번에 여기서 식사했을 때 저장실에서 이 병을 보고 점찍어뒀었지."

저장실이란 것은 주방 옆에 있는 거대한 와인셀러를 뜻하는 것이리라. 식당에서도 출입할 수 있으므로 식사하는 자가 원하는 와인을 자유롭게 골라도 되는 시스템인가 보다. 하지만 그렇게 귀중한 와인이라면 맨 먼저 병사들이 먹어치우지 않았을까——.

그런 의문이 표정에 드러난 건지, 키즈멜은 내 앞으로 와인 병을 신중하게 살살 밀어줬다.

"라벨이 빛바래서 거의 읽을 수 없지만, 자, 여기를 살짝 쓰다듬어봐."

나는 키즈멜이 가리킨 라벨 하부를 오른손 중지로 신중하게 훑었다. 그러자 손가락에 약간 올록볼록한 요철이 느껴졌다.

"그건 왕립 양조장의 각인이다. 또 오른쪽을 잘 보면 주조 연도도 희미하게 남아 있어."

"아하……."

나는 병을 손에 들고 거의 다 풍화돼버린 라벨을 바라봤다.

과거에 누군가가 손수 적었을 상품명이나 생산지 등의 정보는 잉크가 거의 완전히 퇴색되어서 극소량의 흔적만 남아 있었다. 옆에서 아스나도 들여다봤는데 금방 절레절레 고개를 저었다.

"나한테는 전혀 안 보여."

나도 상품명 등을 읽는 것은 포기하고 키즈멜이 말했던 각인의 오른쪽을 자세히 살펴봤다. 하다못해 밝은 광원이 있었으면……이라고 생각했을 때 암시 보정이 작용했는지 내 시야의 명도가 올라갔다. 어두운 갈색 라벨에 흐릿하게 네 개의 아라비아 숫자가 떠올랐다.

"어, 그러니까…… 2, 4, 0…… 7인가?"

"오, 역시 밤의…… 크흠."

키즈멜은 도중에 입을 다물고 재빨리 좌우로 눈을 굴렸다. 근처에 있는 테이블은 죄다 비어 있어서 우리의 이야기를 듣는 사람이 있을 것 같지는 않았지만, 확실히 내가 밤의 주민이란 사실은 가능한 한 숨기는 편이 나을 것이다.

말없이 어깨를 으쓱하는 키즈멜. 나도 똑같은 제스처를 취하고 나서 병을 다시 테이블 위에 올려놓았다.

"키즈멜, 너도 이렇게 다 지워져가는 숫자를 용케 알아봤구나. 그러니까 이 와인이 만들어진 것은 2천……."

이번에는 내가 입을 딱 다물었다. '2407년이라고~~?! 하고 절규할 뻔했다가 겨우 참은 것이다. 옆에 있는 아스나를 봤더니 이쪽도 똑같이 눈을 동그랗게 뜨고 있었다.

아까 키즈멜은 이 와인이 91년 된 와인이라고 했다. 고로 올해는 다크 엘프의 달력에 의하면 2498년이란 뜻이다.
나와 아스나의 침묵을 와인의 나이 때문에 놀라서 입을 다문 거라고 생각한 건지, 키즈멜은 장난스런 미소를 지으며 속삭였다.
"아마도 자작 각하께 헌상되어야 할 물건이 실수로 그 옆의 저장실에 보관됐다가 그대로 오랫동안 방치된 게 아닐까. 너무 오래된 와인은 보통은 시고 떫기만 하거든. 그래서 술을 좋아하는 병사들도 건드리지 않았던 거겠지."
처음 만났을 때에 비하면 꽤 소탈한 성격이 되었구나……하고 차마 말할 수 없는 감개에 젖어 있었는데, 키즈멜이 잔을 테이블에 내려놓고 나이프와 포크를 집어 들었다.
"자, 식기 전에 어서 먹자."
"아…… 으, 응."
다크 엘프 역사의 장대함에 대해서는 나중에 생각하자. 그렇게 정한 순간, 잊고 있었던 공복감이 배 속에서 날뛰기 시작했다. 재빨리 나이프와 포크를 쥐고 "잘 먹겠습니다" 하고 합창하듯이 말했다.
아스나는 교양 있게 샐러드부터 먹기 시작했지만 나는 처음부터 그런 것은 접시에 담지도 않았다. 소형 민물게에 튀김옷을 얇게 입혀 통째로 튀긴 프리토를 한입에 쏙 집어넣었다.
오독오독한 딱딱함을 예상했지만, 그 동그스름한 게딱지는 한 번 씹기만 해도 가볍게 부서졌고 그 안에서 육즙이 가득한 살이 흘러넘쳤다. 향신료가 듬뿍 들어가서 비린내 따윈 전혀 없었다. 정신없이 씹어 삼킨 뒤 이번에는 미디엄레어로 구워진 사슴고기 로스트 하나를 통째로 입속에 쑤셔넣었다. 기름기가 적은 살코기인데도 촉촉하고 부드러운 고기라서 농후한 그레이비소스가 절묘하게 잘 어울렸다. 그릴드 치킨은 소금으로만 간한 것 같았는데, 그 덕분에 바삭바삭하게 구워진 껍질의 식감을 유감없이 즐길 수 있었다.

7층에서는 팟카프라오, 카오만까이, 돌마, 무사카, 포트 스튜 같은 이국적인 요리를 이것저것 먹었고 당연히 전부 다 맛있었지만, 역시 이렇게 《정직한 진수성찬》에서만 얻을 수 있는 만족감이 있었다. 그리고 시비스 녹테가 된 것이 미각이나 식욕이나 저작 능력에 영향을 주는 것 같지도 않았다.

한바탕 고기와 게를 맛있게 먹어치우고 나서 이번에는 수프에 도전해봤다. 유백색 포타주는 메이드의 설명에 의하면 《코울 수프》라고 했는데, 코울이 어떤 식재료인지는 모르겠다. 스푼으로 조금만 떠서 맛을 봤더니 무난한 단맛과 독특한 향기가 확 퍼졌다. 감자도 아니고 양파도 아니고 옥수수도 아닌 건 확실한데. 두 입, 세 입 먹어봐도 정체를 알 수 없었다.

이것은 욕탕에서 아스나가 내 입에 던져 넣었던 수수께끼의 과일처럼 현실세계에는 존재하지 않는 판타지 야채인가……라고 생각하고 있었는데.

"아, 그렇구나……."

같은 수프를 먹은 아스나가 납득했다는 듯이 중얼거렸다. 나는 몸을 오른쪽으로 기울여 물어봤다.

"저기요, 코울이 뭡니까?"

"아마 콜리플라워일 거야."

"아, 아하…… 그렇구나……."

듣고 보니 이건 확실히 콜리플라워의 풍미였다. 튀김이나 고기 요리에 곁들여진 음식으로서 접시 한구석에 얌전히 놓여 있는 이미지밖에 없었고, 심지어 나는 그 부슬부슬한 식감을 별로 안 좋아하는 편이기도 했다. 하지만 이렇게 포타주로 만들어놓으니까 그 향기와 깊은 맛을 마음껏 즐길 수 있었다.

"그런데 왜 콜리플라워가 코울이 된 거야?"

내가 고개를 갸웃거리자 아스나가 작은 목소리로 가르쳐주었다.

"아마 콜리플라워의 어원은 코울 플라워일 거야. 코울은 네덜란드어로 양배추란 뜻……이었던 것 같은데. 그러니까 양배추류의 꽃이란 뜻이겠지?"

"아~ 코울슬로의 코울이 그건가? ……어? 그럼 이건 콜리플라워 수프가 아니라 양배추 수프인 거 아냐?"

"맛이 전혀 다르잖아."

그렇게 다른가……? 나는 의문을 느꼈지만 미각에 관해서는 아스나와 맞대결을 할 자신이 없었다. 덤으로 게임 이외의 분야의 지식이나 사람을 대하는 커뮤니케이션 능력도 도저히 상대가 안 되었는데, 그렇다고 불쾌한 느낌은 전혀 안 드는 것이 아스나의 인덕의 힘일 것이다.

아무튼 이 포타주가 콜리플라워든 아니든 맛 자체는 변하지 않는다. 갓 구운 빵과 함께 눈 깜짝할 사이에 먹어치우고, 술잔에 반쯤 남아 있던 와인을 다 마셨다. 그리고 잠시 여운을 즐기다가 다시 뷔페 카운터 쪽으로 출격했다.

최종적으로는 내가 두 번, 아스나도 한 번 더 음식을 가져다 먹었다. 키즈멜은 음식을 더 먹지는 않았지만 91년 된 와인의 70퍼센트 정도를 혼자 다 마셔버렸다. 그러고 있는데 슬슬 대식당에 사람들이 붐비기 시작했으므로 우리는 메이드에게 잘 먹었다고 인사하고 신속하게 이탈했다.

복도도 배고픈 병사들 때문에 혼잡했는데, 4층으로 올라가자마자 사람 하나——아니, 엘프 하나 없는 공간이 펼쳐졌다.

나는 고요한 복도를 걸으면서 매일 저런 음식을 마음껏 먹을 수 있다면 요펠성을 거점으로 삼는 것도 괜찮지 않을까, 어떻게든 이 성과 최전선을 편하게 오갈 수 있는 방법은 없을까……하고 진지하게 생각해봤다. 파트너가 입을 다물고 있는 이유도 나와 비슷하지 않을까? 하고 추측했는데 그건 또 아니었나 보다.

"있잖아, 키즈멜."

기사가 그쪽을 돌아보자 아스나는 조심스런 말투로 질문을 던졌다.

"지난달에 왔을 때에는 메이드가 음식을 날라줬잖아? 그런데 왜 스스로 가져다 먹는 형식으로 변한 걸까. 물론 싫다는 뜻은 절대로 아니야. 음식도 전부 다 굉장히 맛있었고. 다만 이유가 뭔지 신경 쓰여서……."

하기야 그건 나도 궁금했다. 실링 시스템상의 이유에 의한 변경이라 해도, SAO라면 그 세계 안에서 논리적으로 그럴듯한 이유를 만들어두지 않았을까.

그런데 키즈멜의 대답은 의외였다.

"아…… 그날은 요울 축제여서 그랬던 거야. 성에 있는 자들 전원에게 특별한 요리를 대접한 거겠지. 그 자리에 참석한 우리는 운이 좋았던 거고."

"와, 그랬던 거구나!"

아스나가 좀 신난 것처럼 소리를 질렀다. 아마도 요울 축제라는 게 무엇인지 짐작이 가나 보다. 물론 나는 처음 듣는 말이었으므로 단 한순간도 주저하지 않고 물어봤다.

"요울이 뭔데?"

"크리스마스야."

아스나는 속삭이듯이 대답했다. 이어서 딱히 요구하지 않았는데도 알아서 추가 정보를 주셨다.

"현실세계의 북유럽에서는 크리스마스를 율이라고 부르거든. 원래 동지 축제였는데, 그것이 크리스트교의 크리스마스와 합체한 거래. 요울이란 것은 아마도 그것의 고어 발음이 아닐까?"

"아하…… 그렇구나. 그럼 그날만 내렸던 눈이라든가 식당에서 음악을 연주하던 현악단도 크리스마스 한정 이벤트였던 걸지도 모르겠네……."

우리의 대화가 일단락되자 기다렸다는 듯이 키즈멜이 다시 입을 열었다.

"그날은 자작 각하의 자제분도 대식당에 계셨잖아? 귀족 도련님과 아가씨가 하인이나 병사와 같은 테이블에 앉는다는 것은 본디 있을 수 없는 일이지만, 요울의 밤은 예외적으로 특별해. 하기야 그런 풍습을 좋게 보지 않는 녀석들도 있지만…….”

“혹시 그때 그 대식당에 있었던 신관들 말이야?”

아스나가 그렇게 묻자 키즈멜은 쓴웃음을 지으며 소리 낮춰 대답했다.

“그래, 정답이다. 하지만 류슬라의 영역에서 그놈들에 관한 이야기를 할 때에는 목소리를 낮추는 편이 좋을 거야. 어디서 누가 들을지 모르니까.”

“알았어.”

아스나는 어깨를 움츠렸다. 그러다 문득 생각난 것처럼 말을 덧붙였다.

“아, 그럼 그날 세트랑도 대식당 어딘가에 있었던 거야?”

“아니…….”

키즈멜이 다시 정색하더니 살짝 고개를 흔들었다.

“난 너희보다 이틀 먼저 요펠성에 도착했는데 여기 머무는 동안에 세트랑 공을 본 기억은 없어. 물론 성은 넓으니까 우연히 안 마주쳤을 가능성도 있지만…….”

“그랬구나…….”

생각에 잠긴 것처럼 중얼거리는 아스나에게 나는 질문을 던졌다.

“왜, 세트랑이 신경 쓰여? 아…… 물론 신경 쓰인다는 것은 이성으로서 신경 쓰인다는 뜻이 아니라…….”

그런 말을 덧붙였다가 아차, 사족이었구나! 하고 목을 움츠렸다. 그러나 아스나는 차가운 눈빛으로 이쪽을 한 번 째려보기만 하고 넘어가줬다.

“그냥 생각을 좀 해봤을 뿐이야. 혹시 요울 축제라는 특별한 날에 세트랑이 성을 비웠다면, 도대체 무슨 이유가 있었던 걸까 하고.”

“흠, 그건 그렇군. 요울의 밤에는 마물들도 행렬을 이루어 돌아다닌다는 전설이 있다. 그래서 왕성의 보초들도 그날은 외부 순찰 임무에서 해방되어 실내에서 동료나 가족과 함께 지내거든. 그런데 그 나이대의 젊은이가 집에 돌아오지 않는다는 것은 상식적으로 말이 안 되는데…….”

“마물……이라니, 어떤 마물? 키즈멜은 본 적 있어?”

그렇게 물어본 사람은 당연히 나였다. 혹시 그 마물 행렬이 정말로 존재한다면 1년에 한 번 있는 한정 이벤트 또는 퀘스트일 가능성이 있다.

그런데 키즈멜은 최대급으로 어이없어하는 얼굴을 좌우로 움직였다.

“본 적이 있을 리 없잖아. 학교를 졸업할 때까지는 매년 자택에서 그날을 보냈고 기사가 된 다음에도 요울의 밤에 외출한 적은 없어. 다만 사령의 무리라든가 마녀 집단이라든가, 검은 말을 타고 있는 명부의 사냥꾼들이라든가, 여러 가지 소문이 있긴 하지. 그리고 이건 전에도 이야기했을 텐데…….”

거기서 이야기가 뚝 끊겼다. 나는 키즈멜의 얼굴을 들여다봤다.

“무슨 이야기인데?”

그러자 기사는 “절대 찾으러 가려고 하지 마”라고 말한 다음에 가르쳐줬다.

“……요울의 밤이 깊어갈 때, 아인크라드의 어느 숲속에 어둠에 물든 사악한 성자가 나타난다고 해. 그 성자가 등에 지고 있는 자루에는 요울의 밤에 혼자 밖에서 돌아다니던 아이들이 들어 있다고도 하고, 또 과거에 훔쳤던 성대수 열매의 파편이 남아 있다고도 하더군. ……분명히 말해두는데 그는 타락하긴 했어도 신의 권속이다. 《시비스 녹테》의 힘이 있어도 상대가 안 될 거야.”

“누, 누가 찾으러 간다고 그래? ……흐음, 신의 권속이라…….”

문득 나는 깨달았다. 키즈멜은 지금까지 신에 대한 이야기를 거의 안 하지 않았나?

두 엘프족은 흑의 성대수와 백의 성대수라는 두 그루의 거목을 진심으로 숭배하고 있다. 그래서 그 나무가 신을 대신하는 줄 알았는데, 혹시 그보다 더 상위이거나 아예 다른 카테고리에 속하는 신도 존재하는 걸까. 《권속》이란 표현을 쓰는 것을 보면 엄밀한 의미에서의 유일신교는 아닌 것 같은데……. 생각이 삼천포로 빠질 뻔했는데, 그때 아스나의 목소리가 나를 현실로 돌려놓았다.

“그럼 세트랑은 왜 성에 없었던 걸까? 게다가…… 아, 그래. 세트랑이나 다른 아이들의 어머니…… 요필리스 자작님의 부인도 본 적이 없잖아.”

“앗…….”

맞다, 그랬지 하고 생각하면서 나는 복도의 천장을 힐끔 쳐다봤다.

자식이 있다면 어머니도 있을 것이다. 귀족 마님이니까 언제나 성 최상층에서만 살아서 아랫사람들은 직접 만날 기회가 없는 것일지도 모르지만, 아무리 그래도 이렇게까지 존재가 느껴지지 않는 것은 부자연스럽기도 했다.

"그건 나도 마음에 걸렸는데……."

키즈멜은 한층 더 소리를 낮춰 속삭였다.

"자작 각하에 대해서는 나도 아직 모르는 게 너무 많아. 지난달에 이곳에 머물면서 그분에게 어린 자식들 세 명과 후계자인 아들이 있다는 사실도 처음 알았어. 그리고 자작 부인의 모습은 본 적도 없고 성함을 들은 적도 없지. 그렇다고 내가 나서서 조사하고 다닐 수도 없고."

"그렇구나……."

아스나가 고개를 끄덕이더니 생각에 잠긴 듯한 표정으로 침묵했다.

기존의 RPG라면 이런 때 성에 있는 NPC들을 닥치는 대로 붙잡고 물어보면 그중에 한두 명쯤은 자작 부인에 대해 가르쳐줄 것이다. 하지만 SAO에서는 예의와 상식에 따라 행동하지 않으면, 대화 한 번 했다가 돌이킬 수 없는 사태가 벌어지기도 한다. 지금 옆에 있는 키즈멜도 우리에게 처음 했던 말은 "방해하지 마라! 지금 당장 떠나라!"였으니 말이다.

요울의 밤에 여기 없었던 세트랑, 엘프들이 믿는 신, 모습을 드러내지 않는 자작 부인——. 이것저것 신경 쓰이는 점은 많았지만, 우선은 한겨울의 호숫가에서 혼자 야영하고 있는 라빅 전 기사단장을 어떻게든 해주고 싶었다. 밖에 있는 보초에게 들키지 않고 호수를 건널 방법도 아직 못 찾았지만, 그 전에 요필리스 자작과 이야기를 해서 "이유는 묻지 말고 호위병도 없이 호수의 저쪽 기슭까지 우리와 같이 가 달라"라는 터무니없는 요구에 대한 동의를 얻어야 한다.

이런저런 고민을 하면서 걷다가 어느새 주건물의 대계단 앞에 도착했다. 이대로 복도를 따라 직진하면 우리가 빌려 쓰는 동쪽 건물의 객실로 돌아갈 수 있지만, 돌아가도 딱히 할 일은 없다.

"그럼…… 슬슬 자작님을 만나러 가볼까요……?"

내가 멈춰 서서 그렇게 제안하자, 아스나뿐만 아니라 키즈멜도 긴장한 얼굴로 고개를 끄덕였다.

붉은 융단이 깔린 대계단을 통해 5층까지 올라가니 아래층에는 없는 으리으리한 홀이 나타났다. 정면의 벽에는 호수와 성을 그린 거대한 유화가 걸려 있었고, 좌우에는 중후한 목제 아치가 입을 벌리고 있었다. 그리고 아치 너머로 이어지는 복도. 오른쪽으로 가면 요필리스 자작의 집무실이 나오고 왼쪽은――가본 적이 없다.

어쩌면 이 왼쪽 복도 끝에는 자작 일가의 주거공간이 있어서 부인도 거기에 살고 있을지도 모른다. 하지만 무단으로 대뜸 쳐들어갈 수는 없었다.

키스멜이 망설임 없는 걸음걸이로 오른쪽 아치를 통과해서 나도 얌전히 그 뒤를 따랐다. 어두운 복도를 따라 나아가자 금방 커다란 검은색 문이 나타났는데, 그 앞에는 완전무장한 두 명의 위병이 있었다. 실내인데도 투구의 가리개를 덮어 내리고 있어서 얼굴도 안 보였다.

무서운 분위기였지만 이 두 명은 요펠성 공방전에서도 포레스트 엘프 병사를 상대로 분투했었고, 플로어 보스 공략전에서도 탱커로 활약해줬다. 키즈멜은 그 두 명 앞에 멈춰 서서 약식 경례를 한 다음에 질문했다.

"자작 각하는 안에 계시는가?"

그러자 두 위병은 완벽하게 똑같은 동작으로 갑옷 소리를 철컥 내면서 경례했다. 그 후 왼쪽에 있는 위병이 낮은 목소리로 대답했다.

"네. 기사님과 손님이 오시면 들여보내라고 명령하셨습니다."

"그렇군. 고마워."

아마도 자작님은 우리의 방문을 이미 알고 있었던 모양이다. 한나절이나 기다리게 해서 미안하지만 이쪽도 피치 못할 사정이 있었다.

오른쪽 문을 소리 높여 두드린 키즈멜은 약 2초 기다렸다가 손잡이를 돌리고 문을 밀어 열었다. 기사가 성큼성큼 안으로 들어가자 아스나가 그 뒤를 따랐고, 마지막으로 내가 들어가 문을 닫았다.

집무실은 크기는 물론이고 인테리어도 지난번과 마찬가지였지만 분위기는 완전히 달랐다. 그 이유는 금방 알았다. 정면의 벽에 나란히 붙어 있는 3연속 격자창 중 가운데 창만 커튼이 젖혀져 있어서 푸르스름한 달빛이 비쳐 들어오고 있었던 것이다. 이전에 방문했을 때는 대낮이었지만 모든 커튼이 빈틈없이 쳐져 있어서 지금보다 훨씬 더 어둡게 느껴졌었다.

조명도 여전히 탁상 램프 하나밖에 없었다. 고풍스러운 책상 가장자리에서 희미하게 일렁이는 그 불꽃 너머에 이 방의——아니, 이 성의 주인이 서 있었다. 어제까지의 나라면 실루엣밖에 못 알아봤을 테지만 지금은 암시 능력 덕분에 그의 이목구비까지 똑똑히 볼 수 있었다.

풍성하게 굽이치는 긴 흑발과 온화함 속에 날카로움이 깃들어 있는 단정한 미모, 그리고 이마에서 왼쪽 눈을 지나 입가까지 뻗어 있는 흉터. 요펠성의 성주인 레슈렌 제드 요필리스 자작이 틀림없었다.

책상 앞에서 2미터 떨어진 곳까지 다가간 키즈멜은 오른손 주먹을 왼쪽 가슴에 대고 고개를 깊이 숙였다. 나와 아스나도 황급히 그 동작을 따라 했다.

세 사람이 고개를 들자 자작은 두툼하고 낙낙한 로브를 펄럭이면서 답인사를 하더니 천천히 입을 열었다.

"건강해 보여서 다행이군요. 기사 키즈멜, 검사 키리토, 검사 아스나. 다만…… 키리토는 전보다 약간 혈색이 안 좋아 보이는데요."

"아니, 그게, 어, 음……."

무의미한 감탄사를 연발하면서 나는 오른손으로 뒤통수를 긁적였다. 이렇게 어두운데도 한눈에 지금의 내가 밤의 주민이란 사실을 간파하다니, 자작의 혜안에는 혀를 내두르지 않을 수 없었다.

"피치 못할 사정이 있어서 이렇게 되긴 했습니다만, 물론 요펠성의 여러분께 위해를 가하지는 않을 겁니다……."

내가 힘겹게 해명하는 말을 짜내자 자작은 은은한 미소를 지었다.

"그런 의심은 안 합니다. 오히려 당신이 여기 머무는 동안에 실수로 햇빛을 쬐지나 않을까, 그게 걱정이 되네요."

"염려해주셔서 감사합니다, 자작님. 창에 덧문이 달려 있는 방을 마련해주셔서 아마 괜찮을 것 같습니다."

"그건 다행이군요."

자작은 고개를 끄덕이더니 갑자기 정색하면서 말했다.

"그런데 딱 하나 물어봐야 할 것이 있습니다. 그대를 권속으로 만든 밤의 주인의 가문 이름은 무엇입니까?"

그 질문에 대답했을 때 자작이 레이피어를 뽑고 나에게 덤벼들 가능성이 있을까 없을까. 나는 반사적으로 그런 생각을 해버렸다. 왜냐하면 니르니르의 메이드인 키오가 나크토이 가문과 코를로이 가문은 다크 엘프의 영역인 흔들바위 숲에서 몬스터를 잡아와 그랜드 카지노의 투기장에서 싸우게 하고 있으므로, 이제 다크 엘프는 두 가문의 포획 부대를 발견하면 즉시 공격해온다고 말했기 때문이다.

하지만 그 숲 한가운데에 있는 하린 수궁은 다크 엘프 신관들의 거점이었고, 그들과 기사들은 반목하고 있을 것이다. 게다가 태어나서 지금까지 월롭타를 떠나본 적이 없다고 하는 니르니르와 이렇게 멀리 떨어진 4층에 사는 요필리스 자작 사이에 개인적인 원한이 생겼을 것 같지도 않았다.

"……나크토이 가문입니다."

나는 용기를 내어 솔직하게 대답했다. 그러자 자작은 기억을 더듬는 것처럼 살짝 고개를 기울였다가 곧 알았다는 듯이 끄덕거렸다.

"아, 그래요……. 그 《용 사냥꾼》 팔할리의 말예군요. 그렇다면 이 성에 머무르는 데에는 아무 지장도 없습니다."

마치 다른 가문의 이름이었다면 지장이 있었을 것 같은 말투였지만, 자세한 사정을 캐물을 만한 배짱도 없고 시간도 없었다.

니르니르의 할아버지인 팔할리가 7층에서 죽은 지는 300년도 넘었다고 하는데 혹시 요필리스 자작은 직접 그를 만났던 걸까, 팔할리는 4층에서도 드래곤을 사냥했던 걸까……. 그렇게 피어나는 온갖 의문들은 일단 덮어두고 다시 한 번 고개를 숙였다.

"온정을 베풀어주셔서 감사합니다."

그 직후 키즈멜과 아스나가 매우 가늘게 숨을 내쉬었다. 내가 이상한 말을 꺼내서 이 회견을 박살내지는 않을까 걱정했던 모양이다. 그건 나한테 실례 아닌가 생각하는 반면, 더 이상 이야기하면 말실수를 할 가능성이 높다는 것은 스스로도 알고 있었다. 그래서 가급적 본론을 꺼내는 역할은 두 사람에게 맡기고 싶었다.

"흠, 그런데…… 단순히 나에게 인사만 하러 온 것은 아닐 테지요?"

자작이 화제를 유도해줬으므로 나는 이때다 하고 반 발짝 뒤로 물러나면서 말했다.

"네. 여기서부터는 아스나가 설명할 겁니다."

"앗……."

그렇게 작게 눌러 죽인 목소리가 들린 것 같았지만, 그래도 아스나는 결연하게 한 발 앞으로 나서서 키즈멜 옆에 나란히 섰다.

"오늘은 요필리스 각하께 부탁을 드리고자 이렇게 찾아뵙게 되었습니다."

매끄러운 그 말에 자작은 똑같이 유창한 말로 대꾸했다.

"그대들은 포레스트 엘프의 군대가 기습해왔을 때 나의 성과 가족들, 수많은 병사들과 고용인들을 구해준 크나큰 공로자입니다. 실은 여왕 폐하께 직접 포상을 받아도 이상하지 않을 정도인데, 저의 개인적 사정으로 인해 그럴 수도 없었죠. 수호수 토벌을 도운 것 정도로는 도저히 그 은혜를 다 갚을 수 없습니다. 그래서 내심 괴로워하던 차였으니 제가 할 수 있는 일이라면 뭐든지 해드리겠습니다."

"관대하신 그 말씀에 감사드립니다."

꾸벅 고개 숙여 인사하고 나서 아스나는 마침내 본론으로 들어갔다.

"그럼 감히 말씀 드리겠습니다. 요필리스 각하. 오늘 밤 9시에 각하 혼자서 저희와 동행을 해주셨으면 좋겠습니다. 목적지는 요펠 호수의 서쪽 기슭. 그곳에서 각하와의 만남을 원하는 분이 기다리고 계십니다."

"……흐음."

아무래도 이건 예상외였을까, 아니면 그런 것도 아니었을까. 자작은 표정을 거의 바꾸지 않고 중얼거렸다.

"혼자서……라는 것은 수행원을 대동하지 말라는 거군요?"

"그…… 그렇습니다."

지금까지 만났던 다크 엘프들 중에서는 갈레성의 성주 멜랑가즈 갈레이온 백작 다음으로 지위가 높은 귀족에게 무례하다는 말로 넘어갈 수 없는 수준의 요구를 하고 있다. 그런 현실을 새삼 인식했는지 아스나의 목소리가 작아졌다.

그 대신 키즈멜이 입을 열었다.

"참으로 실례되는 부탁이란 것은 잘 알고 있습니다. 하지만 저희에게 이 전언을 부탁한 분에게 저는 크나큰 신세를 졌습니다. 자작 각하는 제가 목숨 걸고 지키겠습니다. 부디 동행해주실 수 없으시겠습니까."

머리를 낮게 숙이는 키즈멜. 우리도 그걸 따라 하면서 열심히 목소리를 쥐어짜냈다.

"저기, 저도 전력을 다해 각하를 지키겠습니다!"

"저도 지키겠습니다!"

잠시 후 자작이 쓴웃음을 짓는 것이 느껴졌다.

"셋 다 고개를 들어요. 나는 전장을 떠난 지 오래됐지만, 호수 주변에 출몰하는 마물에게 질 정도로 실력이 녹슬지는 않았습니다."

"무…… 무례를 용서하십시오! 천주의 탑의 수호수조차 가볍게 농락하시던 자작 각하에게, 저 같은 놈이 참으로 주제넘은 이야기를 해서……."

키즈멜이 당황한 것처럼 변명했다. 그러자 요필리스는 오른손을 들어 제지했다.

“자네들의 실력을 의심하는 것은 아니에요. 호위를 잘 부탁합니다.”

“그…… 그럼 동행해주시는 겁니까?”

“대답을 하기 전에 물어보고 싶은 것이 두 가지 있습니다.”

자작은 계속 입가에 머금고 있던 미소를 싹 지우고 말했다.

“호숫가에서 나를 기다리고 있는 자의 이름은 밝힐 수 없는 거죠?”

“……네.”

키즈멜이 괴로운 듯이 수긍했다.

이름도 밝히지 않고 수행원도 없이 자작을 데리고 와 달라는 라빅의 의뢰는 당연히 말도 안 되는 것이었다. 만약에 자작이 안 된다고 대답한다면 최소한 만남 자체만이라도 실현시키기 위해 라빅의 이름을 밝혀야 하나……라는 생각이 내 머릿속에 떠올랐다. 그런데 바로 그때.

“그럼 이게 마지막 질문입니다.”

그렇게 운을 띄우더니 요필리스 자작은 조용히 말했다.

“그자는 류슬라의 기사입니까?”

질문의 형태를 띠긴 했지만 자작은 이미 거의 확신하고 잇는 듯했다. 내 눈에는 그렇게 보였다. 키즈멜도 비슷한 것을 느꼈는지 아주 잠깐 침묵하다가 “네”라고 대답했다.

그 말을 들은 자작은 척안을 한 번 깜빡였다. 그리고 의외의 정도로 쉽게 승낙의 말을 입에 담았다.

“……알겠습니다. 그자를 만나보도록 하죠.”

나는 쭉 참았던 숨을 몰래 뱉어내려고 했다. 하지만 자작이 틈을 주지 않고 우려의 말을 덧붙였다.

"……그런데 설령 내가 호위는 불필요하다고 말하더라도 위병들이…… 특히 문밖에 있는 제라와 고트라가 납득해줄 것 같진 않군요. 나 혼자라면 아무에게도 들키지 않고 호수를 건널 방법이 있지만요. 자네들이 동행해야 한다면…… 으음……."

생각에 잠긴 듯한 요필리스 자작에게 나는 더 이상 참지 못하고 물어봤다.

"저기, 그 호수를 건널 방법 말인데요. 자작님이 플로어 보스……가 아니라 수호수와 싸울 때 신으셨던 수면을 걷는 구두를 말씀하시는 거죠?"

"네. 성 뒤쪽에서 그걸 써서 맞은편 기슭으로 건너가면 성에 있는 자에게는 들키지 않을 겁니다."

"그럼 혹시…… 같은 구두가 세 켤레쯤 더 있다든가……."

그 순간 아스나와 키즈멜이 이쪽을 확 째려봤다. 나는 즉시 궤도를 수정했다.

"……그럴 리는 없겠지요. 죄송합니다."

"유감이지만 없습니다."

자작은 희미한 쓴웃음을 지으며 고개를 끄덕이더니 힐끗 등 뒤의 창문을 봤다. 이어서 다시 우리를 쳐다봤다.

"하는 수 없죠. 우선 자네들끼리 대선창에 있는 배를 타고 출발해서 성 뒤쪽으로 빙 돌아와서 나를 태워주세요. 위병에게 의심받을 가능성은 적잖이 있지만 그 외에는 호수를 건널 방법이 없어 보이니까요."

"……아, 그렇군요……."

나뿐만 아니라 아스나와 키즈멜도 고개를 끄덕거렸다.

그 방법은 떠올리지 못했다. 우리 셋이서 자기 배를 타기만 한다면 누가 뭐라고 하진 않을 것이다. 성의 북쪽으로 돌아 들어가는 움직임이 부자연스럽다면 부자연스럽지만, 야경을 감상하러 간다고 핑계를 대면 어떻게든 되지 않을까. 적어도 실제로 있는지 없는지도 모르는 켈피를 찾아내서 될지 안 될지도 모르는 테이밍을 시도한다는 작전보다는 훨씬 더 현실적이었다.

나는 그렇게 생각했는데.

"저…… 자작님."

아스나가 머뭇머뭇 질문을 꺼냈다.

"혹시 호수의 수면을 걷는 말을 본 적 있으신가요?"

"호."

요필리스 자작은 좀 놀란 것처럼 오른쪽 눈을 크게 뜨더니 미소 지었다.

"요펠 호수에 수마(水馬)…… 켈피의 전설이 있다는 것을 용케 아셨군요. 이 성에서도 이제는 아는 자가 없을 줄 알았는데."

"어, 그게……."

우물거리는 아스나 대신 키즈멜이 설명했다.

"……저는 예전에 사관학교 졸업 여행으로 제 여동생과 함께 요펠성에 찾아왔었습니다. 그때 이른 아침에 성 주위를 산책하다가 한순간 특별한 장면을 봤는데, 그것은 수면을 걷는 푸른 말이었습니다……. 그래서 그게 혹시 켈피가 아니었을까 하고…….”

“허어…… 그것은 삼중 행운이었군요.”

자작의 웃음이 짙어졌다. 키즈멜은 의아한 듯이 물어봤다.

“그게 무슨 말씀이신지……?”

“그 말은 틀림없이 켈피였을 겁니다. 저도 젊은 시절에 딱 한 번 본 적이 있어요. 켈피는 평소에는 깊은 물속에 머물러 있는데, 수면으로 나오는 것은 심야부터 새벽 사이의 극히 짧은 시간…… 그것도 우유처럼 짙은 안개가 꼈을 때밖에 없습니다.”

“……그러고 보니 그날은 안개가 무척 짙었습니다. 앞으로 내민 손도 안 보일 정도로.”

“그랬겠죠. 요펠 호수에 그토록 짙은 안개가 끼는 것은 1년에 겨우 4, 5일 정도밖에 안 되니까.”

요컨대 3년 전 요펠성에 머물렀던 키즈멜과 틸넬은 1년에 몇 번 있을까 말까 한 짙은 농무(濃霧)가 발생했을 때 우연히 산책을 하러 나갔던 것이다. 그건 확실히 행운이었다고 할 수 있겠지만――사실 그 정도 조건이라면 우연히 클리어하는 사람이 몇 년에 한 명씩은 나올 것 같았다. 그렇다면 조건은 그 외에도 있을 것이다. 더구나 삼중 행운이라고 했으니 앞으로 두 개 더 남았다.

뜻밖의 수수께끼 풀이가 시작되자 나는 좀 즐거워졌다. 긴장감도 잊어버리고 요필리스 자작에게 말을 걸었다.

“……그런데 안개가 낀다고 꼭 켈피를 만날 수 있는 것도 아니죠? 그 외에도 조건이 있는 것 아닙니까?”

"호오, 예리하시군요, 키리토. 그렇습니다…… 뭔지 아시겠어요?"

"어, 그건, 그건……."

머릿속에서 키즈멜이 이야기해줬던 추억담을 재생해봤다. 동틀 무렵에 틸넬이 깨워서 일어난 키즈멜은 잠옷 위에 망토만 걸치고 성을 빠져나와 성 뒤편의 모래밭으로…….

"……무기를, 안 가지고 있는 것……인가요?"

"정답……이라고 하고 싶지만 실은 반만 정답입니다."

자작은 싱긋 웃더니 자신의 로브에 달린 장식용 은제 잠금쇠를 만지작거렸다.

"정확히 말하자면 금속류를 일절 몸에 지니지 않는 것. 켈피는 기가 막히게 냄새를 잘 맡는 데다가 금속 냄새를 싫어합니다. 아무 냄새도 나지 않는 금이나 백금으로 된 반지 하나조차도 귀신같이 알아낸다고 하더군요……. 기사 키즈멜, 당신과 동생분이 켈피를 봤을 때 혹시 금속으로 된 물건을 몸에 지니고 있었나요?"

"……아뇨. 하나도 없었습니다. 기사 교육을 받은 자로서 부주의하다는 비난을 받아도 할 말이 없습니다만, 단검 한 자루 가지고 있지 않았습니다. 잠옷이나 망토의 단추 같은 것도 전부 다 호두 껍질을 가공한 것이었다고 기억합니다."

키즈멜의 대답을 들은 자작은 크게 고개를 끄덕거렸다.

"이 성에 사는 자들은 위병은 물론이고 고용인들도 모두 다 성에서 나갈 때에는 최소한의 무기를 휴대하라는 명령을 받았습니다. 이곳은 호수를 지키기 위한 요새이며 언제 포레스트 엘프가 쳐들어와도 이상하지 않다는 점을 잊지 않기 위해서지요. 하기야 성주인 내가 임무를 방기하고 성안에 오랫동안 틀어박혀 있었기 때문에 그런 규범도 어느새 유명무실해지고 말았지만요…….”

그러고 보니 그랬지 하고 기억을 떠올렸다. 2주일 전에 나와 아스나가 요펠성에 도착했을 때에는 성 전체가 상당히 느긋한 분위기였다. 키즈멜도 “이 성의 주둔 부대는 정신이 너무 해이해졌어”라고 쓴소리를 했었던 것이 기억난다.

하지만 지금은 위병의 자세 하나만 봐도 전보다 훨씬 꼿꼿해진 것 같았다. 그런 대규모 전투를 경험했으니 당연하다면 당연한 걸지도 모르지만, 아마도 요필리스 자작이 몇 년 혹은 몇 십 년 만에 병사들 앞에 나타나 용감무쌍하게 싸우는 모습을 보여준 것이 실제로는 더 큰 영향을 주었을 터였다.

아무튼 요펠성의 다크 엘프들은 기강이 해이해졌을 때에도 꼭 검을 차고 다녀야 한다는 규칙만은 잊지 않았던 모양이다. 그래서 아무도 켈피를 만나지 못했던 것이다.

이로써 자작이 말했던 삼중 행운 중 두 개가 무엇인지는 밝혀졌다. 나머지 하나가 뭘까 하고 열심히 머리를 굴려봤다. 두 명이었던 것, 여자밖에 없었다는 것, 아무 말도 안 했다는 것……. 이거다 싶은 게 하나도 없었다.

나는 5초 생각해본 후 미련 없이 포기하고 해명을 부탁했다.

“저, 자작님. 아까 세 가지 조건이 있다고 하셨잖아요. 나머지 하나는 뭐가요……?”

"세 가지 조건……?"

자작은 의아해하는 것처럼 미간을 찌푸리더니 곧 가벼운 웃음을 터뜨렸다.

"하하…… 아까 내가 삼중 행운이라고 했기 때문인가요? 세 번째 행운은 켈피를 보기 위한 조건과는 상관없습니다."

"네……? 그럼 대체 어떤 행운인가요……?"

"그야 물론 켈피에게 습격당하지 않았던 것이 행운이죠."

자작이 태연하게 그런 말을 한 순간, 키즈멜은 움찔하며 상체를 살짝 뒤로 젖혔다. 자작은 온화한 어조로 설명을 이어 나갔다.

"켈피의 주식은 물고기지만 육지에 올라와 짐승을 덮치는 경우도 있습니다. 물론 인간이나 엘프도 말이죠. 전설에 의하면 위험한 상대가 아니다 싶으면 가까이 다가와서 등에 타라는 듯이 유혹하는데, 이때 정말로 등에 타버린 어리석은 자는 그대로 물속으로 끌고 들어간다고 하더군요."

"……그럼 저와 동생이 켈피한테 습격을 당했을 가능성도 있었다는 겁니까?"

아연실색하여 묻는 키즈멜에게 자작은 또다시 미소 지으며 말했다.

"그렇게 되지 않은 것이 행운이었네요. 내가 만났을 때에는…… 아니, 그 이야기는 다음 기회에 합시다. 어쨌든……."

그는 키즈멜에게서 아스나 쪽으로 시선을 옮기더니 질문을 던졌다.

"아스나, 그대가 켈피에 관해 알고 싶어 했던 것은 그 수마를 타고 호수를 건너갈 수 있을지도 모른다고 생각했기 때문인가요?"

"아…… 네, 그렇습니다."

훈계를 들을 거라고 예상한 걸까. 아스나는 목을 움츠렸다. 그러나 자작은 진지한 얼굴로 잠시 침묵하더니 이번에는 나를 봤다.

"흠, 그렇군요. 밤의 주민이 가지고 있는 사역의 힘을 켈피에게 써보려고 한 겁니까."

"어, 역시 그런 건 말도 안 되죠? 애초에 저는 사역이란 걸 해본 적도 없으니까요."

미리 앞질러 맞장구를 쳤다. 그런데 자작의 대답은 예상외였다.

"아니, 그렇다고 단정 지을 수는 없습니다. 밤의 주민의 사역이란 것은 짐승을 먹이로 길들이는 것과는 근본적으로 다른 힘, 마술적인 지배의 힘이다……라고 옛 친구인 늑대 조련사가 말했으니까요."

"……마술적인 지배……."

그렇게 되풀이하면서 그 말의 의미를 고찰해봤다.

니르니르가 사역의 힘으로 포획한 거미는 그녀의 명령에 따라 반나절이나 한곳에 계속 머물러 있었다. 단순히 길들인 거라면 그렇게 오랫동안 대기하게 만들 수는 없을 것이다. 애당초 성체인 서비를 먹이로 길들인다는 것도 불가능할 테고.

늑대 조련사란 것은 다크 엘프의 희귀 직종인 《다크 엘븐 울프 핸들러》일 것이다. 베다테스트에서 몇 번인가 목격했는데, 강한 인연으로 맺어진 한 명과 한 마리가 완벽한 호흡을 자랑하면서 싸우는 그 모습에는 저절로 시선을 빼앗겼었다.

그들이 그렇게 말했다면 밤의 주민의 사역이란 것은 소위 테이밍과는 다른 능력, 즉 참(매료)이나 도미넌스(지배)로 분류되는 특수능력일 것이다.

"……그런 힘이라면 경험이나 요령 따윈 필요 없고…… 그냥 즉석에서 처음 사용해도 조건만 갖춰지면 성공한다는 뜻인가요?"

"그렇지요."

자작은 만족한 것처럼 대답하더니 말을 이었다.

"그리고 그 사역의 힘은 자기 자신과 대상과의 능력 차이에 의해 성공률이 정해진다고 합니다. 간단히 말하자면 자기보다 강한 마물은 사역하기 어렵고, 약하면 약할수록 그만큼 사역하기 쉽다……는 거겠죠. 켈피는 매우 희귀한 마물이지만 특별히 강력한 것은 아닙니다. 육상이나 선상에서 싸운다면 지금의 키리토를 이기진 못할 거예요."

"요컨대 그 녀석을 찾아내서 육지나 배 위로 유인하면, 사역이 성공할 가능성은 높다……는 말씀이십니까?"

키즈멜의 말에 자작은 다시 한 번 고개를 끄덕였다.

말도 안 된다고 생각했던 켈피 길들이기 작전이 서서히 현실성을 띠기 시작했다. 하지만 아직 가장 큰 문제가 남아 있었다. 켈피는 1년에 네다섯 번밖에 없는 농무가 발생한 날 밤에만 출현한다. 오늘이 우연히 그날이 될 확률은 아무리 높게 쳐줘도 2퍼센트 미만. 지금까지 아스나가 엄청나게 운이 좋다는 것은 몇 번이나 이 눈으로 확인했지만, 그런 것을 계산에 집어넣으면 게임의 신이 화낼 것이다.

나는 발꿈치를 들고 몸을 쭉 폈다. 자작의 등 뒤에 있는 커튼이 걷힌 창문을 통해 요펠 호수를 내려다봤다. 시커먼 호면은 달빛이 반사되어 반짝반짝 빛나고 있었다. 농무는커녕 희미한 안개조차 안 보였다.

"……오늘 밤에는 안 나올 것 같네요, 켈피."

내가 발꿈치를 내리면서 그렇게 말하자 자작도 어깨 너머로 호수를 힐끗 보더니 고개를 위아래로 움직였다.

"적어도 앞으로 몇 시간은 이런 상태일 겁니다. 동트기 전에 안개가 발생할 가능성은 있는데, 그때까지 기다려보시겠습니까?"

아스나와 키즈멜이 말없이 나를 봤다. 라빅에게 부탁받은 내용은 《오늘 밤 요필리스 자작을 호수 건너편 기슭으로 혼자 데리고 와 달라》는 것이었다. 이 '오늘 밤'이란 단어를 확대해석하면 동트기 전까지로 최대한 시간을 늘릴 수 있을 것 같지만, 그러면 혹시 라빅이 기다려주더라도 내가 아침 햇살에 노출될 위험성이 있었다.

"아뇨……."

그렇게 대답한 것은 키즈멜이었다.

"예정대로 9시에 출발했으면 좋겠습니다. 이동 방법은 각하께서 제안해주신 것처럼 배를 타고 성 뒤쪽으로 돌아가는 방법으로 하고 싶습니다."

응, 그 수밖에 없겠지……라고 내가 작게 숨을 내쉬었을 때.

스스슥 다가온 아스나가 재빨리 속삭였다.

"키리토 군. 자작님의 이야기에 의하면 켈피는 안개만 끼어 있으면 물가가 아니어도 출현한다는 거지?"

"아마도…… 그렇겠지……?"

"그럼 배를 타고 안개가 끼는 곳까지 이동하면 되지 않아?"

"그런 곳을 어떻게 찾……."

나는 거기까지 말했다가 입을 다물었다.

요펠성에서 얌전히 기다리기만 한다면 아마 오늘도 내일도 모레도 운 좋게 농무가 발생하진 않을 것이다. 하지만 나와 아스나가 곤돌라를 타고 호수를 똑바로 가로질러 간다면 어떤 지점에서는 반드시 안개에 감싸일 것이다. 《인스턴스 경계》란 이름의 1미터 앞도 안 보이는 농무에.

6

1월 9일 오후 8시.

나와 아스나는 오랜만에 틸넬호를 타고 요펠 호수를 일직선으로 남하하고 있었다.

성 정문을 지키는 보초들에게는 "야경을 좀 구경하고 올게요"라고 말했다. 네 개의 첨탑에 한 명씩 배치되어 있는 파수병도 이 배를 주시하고 있을 테지만, 수상한 움직임을 보이지 않고 그저 똑바로 멀어져 가기만 한다면 그들도 경계하진 않을 것이다.

인스턴스(전용 공간) 경계는 반경이 거의 1킬로미터나 되는 이 요펠 호수의 경우 물가로부터 약 100미터쯤 안으로 들어온 라인에 설정되어 있었다. 그 경계선의 내부는 각 플레이어나 파티의 전용 맵으로 되어 있다. 그러니까 만약에 지금 다른 파티가 곤돌라를 타고 요펠성에 찾아오더라도 그들이 도착하는 곳은 나, 아스나, 키즈멜이 있는 곳과는 다른 《평행세계의 요펠성》일 것이다.

이 경계선은 성에서는 눈으로 확인할 수 없지만, 플레이어가 접근하면 급속히 안개가 피어오르면서 존재를 알려주게끔 되어 있었다.

문제는 그 안개가 단순한 시각적 이펙트냐, 아니면 진짜 안개냐 하는 것이다. 그런데 소드 아트 온라인이 아무리 엄청난 게임이어도 안개를 구성하는 수억 혹은 수십억 개나 되는 극소형 물방울을 하나하나 오브젝트로 생성하지는 않을 것이다. 즉, 모든 안개는 실체가 없는 시각적 이펙트이고 진짜와 가짜의 구별 따윈 없는 게 아닐까——라는 것이 내가 쥐어짜낸 결론이었다.

제발 그랬으면 좋겠다. 나는 속으로 기도하면서 노를 계속 저었다. 그렇게 성에서 500미터쯤 떨어진 곳에 도달했을 때 일단 배를 멈췄다.

"좋아…… 여기서 금속류는 전부 다 벗자."

내가 그렇게 말하자, 곤돌라 중앙에 앉아 있던 아스나가 자기 몸을 내려다봤다.

"전부라면, 전부인 거지?"

"그야 뭐…… 전부지."

나는 그렇게 대꾸하면서 세검 전사의 옷차림을 재빨리 체크했다.

눈에 띄는 금속 장비는 얇은 브레스트 플레이트와, 허리 갑옷이 달린 가죽 벨트밖에 없었다. 그 위에 걸치고 있는 빨간 후드 케이프나 안에 입은 차분한 핑크색 튜닉, 진갈색 플리츠 스커트는 전부 다 천이나 가죽으로 된 장비였다. 브레스트 플레이트와 벨트, 양쪽 귀의 귀걸이, 양손 검지의 반지까지 다 빼면 금속류는 사라질 것이다. 아, 물론 왼쪽 허리에 차고 있는 시밸릭 레이피어 +7도 빼야지.

켈피말고 다른 수생 몬스터가 출현할 가능성도 있으므로 최소한 무기는 언제든지 장비할 수 있도록 준비해둬야겠다……. 그렇게 생각하면서 나는 이어서 자신의 장비를 체크

하려고 했다. 그런데.

"……있잖아, 키리토 군."

"응?"

"이 스커트. 천 안쪽에 딱딱한 것이 들어 있는데, 이거 금속일까?"

생각도 못 한 질문이 튀어나왔다. 나는 아스나의 레더스커트를 자세히 들여다봤다. 그러다가 비로소 그 정식 아이템명이 《플레이티드 레더스커트》란 것을 기억해냈다. 바깥쪽의 가죽과 안쪽의 천 사이에 기늘고 얇은 금속 플레이트가 잔뜩 들어가 있어서 유연성과 방어력을 둘 다 손에 넣었다……라고 선전했던 것 같다.

"……금속이네요."

나는 그렇게 대답하면서 새삼스레 파트너의 복장을 찬찬히 살펴봤다. 그러자 암시 능력이 발동되면서 방금 못 보고 지나쳤던 금속의 반짝임을 줄줄이 인식하고 말았다.

"어— 그 케이프의 잠금장치는 은인 것 같아. 부츠에도 징이 박혀 있고 튜닉 단추도 놋쇠 같은데……."

"거의 전부 다 문제잖아!"

아스나가 찌릿 노려보았다. 나는 허둥지둥 말을 덧붙였다.

"아, 아니, 그 니하이삭스는 아마 괜찮을."

'거야'라고 말하기도 전에 아스나의 안광이 한층 더 날카로워졌으므로 나는 헛기침을 한 번 하고 대응책을 제시했다.

"뭔가 발목까지 완전히 숨길 수 있는 천으로 된 로브 같은 걸 입고, 그 안에서 장비를 해제하면 되지 않을까?"

"……."

아스나는 묵묵히 스토리지를 열고 장비품 일람을 빠르게 스크롤했다. 이윽고 찾던 물건을 발견했는지 몇 번인가 손가락으로 탭을 했다.

그러자 빨간 후드 케이프가 사라지고 그 대신 헐렁헐렁한 흰색 원피스가 실체화됐다. 소매가 없는 원피스. 축 늘어지는 천이 가슴과 등에 주름을 만들어내서 마치 고대 그리스의 키톤 같았다.

"……언제 그런 옷을 사셨어요?"

내가 묻자 아스나는 계속해서 윈도를 조작하면서 대꾸했다.

"7층에서. 목욕하고 나서 입으려고 마련했어."

"그렇군요…… 시원해서 아주 좋을 것 같네요."

그렇게 극히 자연스러운 대화를 이어가는 동안에도 원피스 밑에서 아스나의 장비품은 연달아 소멸해가고 있었다. 갑옷이 사라지고, 튜닉과 스커트가 사라지고, 부츠와 액세서리가 사라지고…… 이로써 모든 금속은 제거됐을 것이다.

원피스 차림이 된 아스나는 곁눈질로 나를 보고 말했다.

"넌 어쩌려고? 나보다 훨씬 더 금속이 많아 보이는데."

"나는 이걸 뒤집어쓰고 그 안에서 장비 해제를 할 거야."

그렇게 대답하고 나는 눈앞의 널빤지 위에 놔뒀던 천 뭉치를 들어 올렸다. 잘 접어놓은 이 은회색 시트는 《아르기로의 얇은 천》이라는 매직 아이템인데, 이것으로 덮은 사물에 강력한 은폐 효과를 부여해준다.

사방이 물로 에워싸여 있어야지만 효과가 발휘되는 아이템이라서 그동안 좀처럼 쓸 기회가 없었지만 배 위에서는 조건이 완전히 충족된다.

"아하…… 파쿠취잇!"

아스나는 고개를 끄덕이다가 갑자기 귀엽게 재채기를 했다. 나는 서둘러 아르기로의 얇은 천을 원래 있던 곳에 놔뒀다. 이쪽은 풀 장비 상태라서 추위가 거의 느껴지지 않았지만 지금은 한겨울의 밤 8시가 넘은 시각이었다. 사이타마 카와고에의 1월만큼 뼛속까지 스며드는 강추위는 아니지만, 그래도 민소매 원피스만 입고 있으면 체감 온도는 10도 이하일 것이다. 게다가 아스나의 말투가 아무리 도쿄 말투여도――덤으로 《치바이지만 도쿄》인 모 놀이공원에 대해 아무리 자세히 알아도, 꼭 나와 같은 간토 지방 사람이라고 단정할 수도 없으니까 말이다.

"미안, 서두를게."

나는 그렇게 말하고 또다시 노를 움직였다.

틸넬호는 호면에 반사된 달빛을 뒤쫓으며 직진했다. 이윽고 저 앞에서 새까만 숲의 실루엣이 슬슬 보이기 시작했다…… 고 생각한 순간, 주위에 소리도 없이 안개가 끼기 시작했다. 예의 경계 이펙트가 틀림없었다.

인스턴스에서 밖으로 나가버려도 별로 문제는 없을 테지만 가능하다면 안쪽에서 미션을 완료하고 싶었다. 안개는 눈 깜짝할 사이에 짙어졌다. 틸넬호의 뱃머리 장식조차 보이지 않게 되었을 때 나는 노를 세웠다.

"닻을 내려줘."

작은 소리로 부탁하자 아스나는 엉거주춤한 자세로 뱃머리까지 이동했다. 두 손으로 닻을 들어 살며시 물속에 집어넣었다. 좌르르륵 쇠사슬 소리가 나다가 뚝 그쳤다.

다시 돌아온 아스나가 힐끔 뱃머리를 보더니 속삭였다.

"저기…… 우리가 금속류를 전부 해제했어도 이 틸넬호에는 닻이나 충각이나 그 외 이런저런 금속들이 붙어 있잖아? 켈피가 금속 냄새를 싫어한다면, 우리가 이 배에서 나가지 않으면 켈피는 나타나지 않는 게 아닐까…?"

"응, 그건 나도 신경 쓰였는데……."

잠깐 말을 끊었다가, 지금까지 입수한 정보를 머릿속에서 정리한 후 말을 이었다.

"엄밀히 따지자면 켈피는 금속 냄새를 본능적으로 싫어하는 게 아니라, 금속 냄새로 위험의 유무를 판단하는 게 아닐까? 잘 생각해봐. 키즈멜과 틸넬이 섬의 모래밭에서 켈피를 봤을 때에도 바로 뒤에 있는 요펠성에서는 금속 냄새가 풀풀 났을 거야."

"아…… 그건 그래. 그럼 켈피는 환경에 존재하는 금속의 냄새와, 인간이나 엘프가 몸에 지니고 있는 금속의 냄새를 구분할 수 있다는 건가……?"

눈을 동그랗게 뜨는 아스나에게 나는 순간적으로 어떻게 대답해야 하나 망설였다. 여기는 게임의 세계니까 켈피가 진짜로 냄새를 구분하는 게 아니라, 시스템이 플레이어의 장비 데이터를 참조하는 것뿐인데……라는 설명이 내 머릿속에 떠올랐지만, 그건 옆으로 제쳐두고 다른 답을 입에 올렸다.

"켈피는 수면 위를 걸을 수 있으니까. 그거랑 같은 마법의 힘이 아닐까?"

"그런가……. 요정 같은 거구나."

아스나가 납득한 것처럼 중얼거리더니 돌연 부르르 몸을 떨었다. 이 세계에서는 감기 걸릴 걱정은 없다——하지만 냉기 대미지를 받을 가능성은 있었다.

"좋아, 이제 시작하자."

내가 그렇게 말하자 아스나는 고개를 끄덕이고 다시 뱃머리까지 이동해 똑바로 섰다.

나는 뱃고물에 쪼그려 앉아서 아르기로의 얇은 천을 확 펼쳐 머리부터 뒤집어썼다. HP바 옆에 하이딩을 나타내는 아이콘이 켜지고, 시야 아래쪽에는《하이드 레이트(은폐율)》측정기가 100퍼센트라고 표시되었다. 좀처럼 볼 기회가 없는 수치지만, 플레이어 자신의 은폐 스킬에 매직 아이템의 효과까지 더해지면 최대치까지 가는 것도 신기한 일은 아니었다.

그 상태로 메뉴 윈도를 열고 무기와 방어구를 모조리 벗었다. 그래도 최소한 위아래 속옷은 남겨놨는데, 여기에는 금속이 없다는 것은 이미 확인해뒀다. 이제는 켈피가 나타날 때까지 기다리기만 하면 된다.

얇은 천 사이로 작은 틈을 만들고 아스나를 살펴봤다. 불규칙하게 흔들리는 곤돌라 위에서 저렇게 똑바로 선 자세를 유지하다니. 역시 대단한 균형 감각이다.

시늘한 달빛이 아스나의 흰색 원피스와 하얀 피부를 파랗게 물들였다. 털넬효이 선체와 주변의 안개도 같은 색이라서,

마치 적은 종류의 물감만 써서 그린 한 폭의 그림 같았다. 왠지 바라보고만 있어도 저절로 의식이 빨려 들어갈 것 같아서 나는 얇은 천을 붙잡고 있는 손에 힘을 줬다.

문득 예전에 여동생과 같이 봤던 다큐멘터리가 생각났다. 위장 텐트 속에 숨어서 희귀동물을 촬영할 기회를 계속 기다리는 방송이었다. 그 방송에서는 원하는 동물이 나타날 때까지 몇 달이나 걸렸지만 그것은 현실세계의 이야기다. 까다로운 출현 조건이 있는 레어 몬스터는 그 조건만 충족시키면 높은 확률로 출현하는 것이 게임 세계의 섭리다.

아무런 소리도 들리지 않는 기묘한 시간이 아마도 5분쯤 경과한――바로 그 순간.

곤돌라를 감싸고 있던 농무가 별다른 징조도 없이 스르르 갈라졌다. 아스나의 정면, 나의 왼쪽 앞. 그곳에 폭이 겨우 3미터밖에 안 되는 안개의 터널이 출현했다.

찰박, 찰박 희미한 물소리가 울려 퍼졌다. 터널 안쪽에서 희끄무레한 그림자가 점점 다가오고 있었다. 저것이 켈피――라고 한다면 생각보다 더 컸다. 요정의 일종이라고 하니까 조랑말과 비슷하지 않을까 생각했는데, 6층의 무루츠키 마을에서 봤던 낙타와 비슷하거나 그보다도 더 컸다.

여차하면 즉시 퀵 체인지로 검을 장비할 수 있도록 오른손을 들어 올린 채 기다렸다. 저 앞의 그림자는 우리를 초조하게 만들려는 것처럼 한 발, 한 발 천천히 거리를 좁혀왔다.

맨 처음 보인 것은 오른쪽 앞발이었다.

키즈멜이 말했던 것처럼 발굽이 아니라 오리너구리 같은 물갈퀴와 갈고리발톱이 달려 있었다. 그 발이 수면을 밟을 때마다 물소리와 함께 파문이 일었다.

찰박, 찰박…… 그다음 한 걸음을 통해 드디어 그 전신이 눈앞에 나타났다.

달빛 아래인데도 몸의 색깔이 약간 초록빛이 도는 푸른색이란 것은 확실히 알 수 있었다. 피부의 질감은 벨벳같이 부드러워 보이는데 거기에 희미한 비늘 모양이 나타나 있는 것도, 또 갈기가 유금 금붕어의 꼬리처럼 하늘하늘한 긴 지느러미 형태인 것도 키즈멜의 이야기와 일치했다.

어느새 그 녀석과 아스나 사이의 거리는 5미터 이하로 줄어들었다. 희귀종이라곤 해도 어차피 4층에 출현하는 몬스터니까 지금의 아스나라면 방어구 없이 한 대 맞아도 HP가 크게 줄지는 않을 것이다. 그런데도 긴장해서 호흡이 얕아졌다.

푸른 말이 한 발 더 앞으로 다가왔을 때. 드디어 그 갈기 위에 컬러 커서가 떠올랐다.

표시된 이름은……【Morvarc'h the Lake Kelpie】.

————보스잖아?!

머릿속으로 절규하면서 나는 윈도를 열려고 했다.

그런데 그 직전에 아스나가 살짝 왼손을 들어 올려 제지하는 제스처를 취했다.

그제야 겨우 나도 눈치챘다. 커서의 붉은색이 보스치고는 별로 진하지 않았다. 그 색깔은 순수한 빨강보다는 좀 밝은 코랄레드 같았다. 이것은 종합 스테이터스가 나보다 상당히 낮다는 뜻이었다. 요필리스 자작도 "켈피는 지금의 키리토를 이기진 못할 거예요"라고 했었고……. 아니, 그 말에는 '육상이나 선상에서 싸운다면'이란 한정 조건이 붙어 있었던가.

일단 조금만 더──고유명을 뭐라고 읽는 건지는 모르겠지만, 저 켈피가 명확한 적의를 드러낼 때까지 대기하자.

그렇게 결단을 내린 나는 얇은 천 아래에서 약간 오른손의 힘을 뺐다.

2초에 한 발씩 계속 전진하던 켈피는 아스나와 2미터도 안 떨어진 곳에서 멈춰 섰다. 머리를 쑥 내밀고 큼직한 콧구멍을 자꾸 벌름거렸다. 원피스 밑에 금속을 숨기고 있지 않은지 냄새를 맡아보는 것 같았다.

그 움직임은 진짜 말과 똑같았다. 하지만 이쪽에서 보이는 오른쪽 눈에는 홍채도 동공도 없고, 지느러미 같은 속눈썹 아래에서 안구 자체가 하늘색으로 빛나고 있었다. 이건 확실히 이 세상의 것이 아니구나……. 물론 SAO에는 아스트랄계를 비롯해 그런 몬스터는 얼마든지 있지만.

몇 시간 전에도 생각했다시피 아스나는 아스트랄계를 좋아하지 않았다. 그리고 켈피는 아마도 생물과 유령의 중간쯤 되는 존재인 듯했다. 괜찮을까? 하고 뒤늦게 걱정했는데, 세검 전사는 꼼짝도 안 하고 그저 눈앞의 마수를 응시하고 있었다.

이윽고 켈피는 아스나가 무기를 가지고 있지 않다고 확신했는지 두 걸음 더 다가왔다. 그리고 거대한 몸을 오른쪽으로 90도 돌렸다. 내가 뱃고물에 숨어 있다는 것을 들켰나 싶어서 당황했지만 그건 아닌 것 같았다. 틸넬호의 좌현에 몸을 붙이고 네 개의 다리를 굽혀 몸을 작게 웅크리더니 아스나를 향해 가볍게 울었다.

"히히잉……."

낮고 평온한 소리였다. '내 등에 타봐'라는 뜻이란 것은 나도 이해했다. 만약에 자작한테서 켈피의 전설――'위험한 상대가 아니다 싶으면 가까이 다가와서 등에 타라는 듯이 유혹하는데, 이때 정말로 등에 타버린 어리석은 자는 그대로 물속으로 끌고 들어간다'라는 이야기를 듣지 않았더라면, 나라면 호기심을 못 이기고 등에 타버렸을 것이다.

그때 아스나가 왼손을 실짝 쥐었다. 미리 정해둔 작전 결행의 신호였다.

――에라, 모르겠다!

나는 아르기로의 얇은 천을 확 벗어던지고 한쪽 무릎을 세우면서 일어났다. 그리고 생각했다.

――그런데, 사역은 어떻게 하는 거야?

니르니르는 7층의 미궁 구역에서 작은 거미를 사역할 때 그냥 빤히 쳐다보고만 있었다. 주문을 외운다든가 손으로 만지는 것 같은 행동은 하나도 안 했다. 그런데도 통로 천장 근처에 있던 거미는 갑자기 슬금슬금 다가왔다. 그걸로 사역은 완료된 것이다. 그때 무엇을 했는지 물어봐둘 걸 그랬다……. 그렇게 후회해봤자 이미 늦었다.

나를 눈치챈 켈피가 "히이잉!" 하고 사납게 울부짖으며 몸을 일으키려고 했다. 노방치려는 걸까, 공격하려는 걸까. 뭔지는 몰라도 뭔가를 할 수 있는 시간은 이제 몇 초밖에 안 남았다.

나는 될 대로 되란 심정으로 켈피를 향해 오른손을 쑥 내밀고 사역 빔을 발사하려고 했다. 하지만 그런 게 튀어나올 리도 없었고 그럴 필요도 없었다.

켈피의 푸르게 빛나는 두 눈과 나의 두 눈이 똑바로 마주 보면서 시선이 부딪쳤다——고 느낀 순간. 시야가 엷은 붉은색으로 물들더니 좀 전까지 《하이드 레이트》 측정기가 표시되어 있던 장소에 새로운 측정기가 출현한 것이다.

그것이 《사역 진행률》을 보여준다는 것은 직감적으로 알았다. 아마도 밤의 주민과 그 말예만 사용할 수 있다고 하는 사역의 힘은 목표물과 눈을 맞추기만 해도 발동되는 모양이다. 그렇다면 눈이 없는 몬스터는 어쩌지, 하는 의문이 생길 것 같았지만 지금은 그게 중요한 게 아니다.

켈피는 일어나려고 몸을 앞으로 기울인 자세 그대로 정지해 있었다. 나도 비슷한 꼴로 열심히 계속 눈을 맞췄다. 시야 아랫부분에 표시된 수치가 슬금슬금 상승하고 있었지만 그걸 주시할 수는 없었다. 아마 단 한순간이라도 눈을 떼면 그 시점에서 사역 챌린지는 처음부터 다시 해야 할 텐데, 켈피의 얼굴을 정면에서 똑바로 볼 기회가 또 올 것 같지도 않았다. 수수께끼의 붉은빛은 점점 강해지고 있었다. HP바나 시각 표시 등의 각종 UI는 이제 거의 보이지도 않았다.

한참이 지난 후에 아스나는 이렇게 말했다. "그때는 새빨갛게 빛나는 키리토 군의 두 눈을 이대로 보고 있으면 나까지도 사역당하는 게 아닐까? 하고 걱정했어~"라고. 방긋방긋 웃으면서.

물론 그런 일이 일어나진 않았지만——애당초 SAO의 시스템상 플레이어한테 매료나 최면 같은 정신조작계 배드 스테이터스를 부여하는 것은 불가능하다——, 시야의 오른쪽 구석에서 아스나가 반 발짝 물러나는 것이 보였다.

그 움직임이 켈피의 저항을 방해한 걸까, 아니면 단순한 우연이었을까. 70퍼센트 정도에서 정체 상태에 빠졌던 측정기가 단번에 오른쪽 끝까지 쭉 올라가 100퍼센트가 되었다. 시야의 붉은빛이 서서히 옅어지더니 이윽고 측정기도 사라졌다.

"히히잉."

켈피가 짧게 울었다. 그 소리는 아까처럼 사납지는 않았다. 그보다는 '나 참, 하는 수 없군'이란 뉘앙스가 느껴졌지만 아마 그것도 기분 탓일 것이다.

나는 슬그머니 일어나서 오른쪽의 아스나를 힐끗 봤다. 그리고 또 켈피를 보고 다시 아스나에게 시선을 돌렸다.

"어…… 이걸로 사역이 된 건가……?"

조그맣게 물어보자 세검 전사는 딴 데를 보면서 대답했다.

"나한테 묻지 말아줘."

옳으신 말씀이다. 그렇게 생각하면서 세 번째로 켈피를 쳐다봤다. 그때 타이밍 좋게 컬러 커서의 색이 조금 밝은 붉은색에서 차분한 노란색으로 바뀌었다.

그랜드 카지노에 있는 코를로이 가문의 축사에서 발견했던 사역 상태의 러스티 리카온——실은 상위종인 스돔 리카온이었지만——도 커서는 노란색으로 변해 있었다. 즉, 사역은 성공했다는 뜻일 것이다. 하지만 상대는 정관사가 붙어 있는 보스 몬스터다. 내가 뭔가 거슬리는 짓을 했다가는 단번에 사역 상태가 해제되어버린다든가, 뭐 그런 일도 충분히 있을 수 있지 않을까.

움직이려야 움직일 수 없어서 그저 엉거주춤하게 서 있기만 했다. 그때 아스나가 딱 한순간 이쪽을 보고 말했다.

"밥이라도 줘보지 그래?"

"아…… 응, 그래."

확실히 먹이를 주는 것은 사역 몬스터의 우호도를 올리는 기본적인 수법이었다. 스토리지를 열고 식료품 아이템을 따로 추출하자, 대충 처박아뒀던 온갖 음식들이 주르르 리스트에 떴다.

켈피의 주식은 물고기지만 육지에 올라와 짐승을 공격하는 경우도 있다고 자작이 말했다. 그럼 이것도 먹지 않을까 싶어서 《큰 게 집게살》을 실체화시켰다.

윈도 위에 출현한 것은 길이가 60센티미터나 될 것 같은 초대형 집게발이었다. 집게 부분에는 여전히 검붉은 껍질이 붙어 있지만, 그걸 움직이는 아주 두꺼운 근육은 이미 껍질이 벗겨져서 순백색 섬유질이 달빛을 반사해 반지르르하게 빛나고 있었다.

이 집게발을 드롭한 것은 4층 북동부의 수로 던전에 나오는 《스커틀 크랩》이라는 게 타입 몬스터였다. 그놈은 두 팔을 벌리면 4미터나 될 정도로 터무니없이 커서, 요펠성의 식당에서 먹었던 한 입 크기인 민물게와 같은 종류의 생물이라는 게 믿어지지 않을 정도였다. 하기야 곤충이든 식물이든 뭐든 일단 몬스터가 되는 순간 거대해지는 것은 게임 세계의 기본규칙이지만.

나는 오른손으로 집게 한쪽을 쥐고 들어 올렸다. 윈도를 끄고 묵직한 게 집게발을 켈피에게 쑥 내밀었다.

"저기— 괜찮으시다면 이것 좀 드시죠……."

자신의 사역 몬스터에게 저자세를 보일 필요는 없다. 그걸 아는데도 저절로 공손해지는 것은 어쩔 수 없었다. 니르니르가 이걸 보면 폭소할까 아니면 기막혀할까……. 머릿속 한구석에 그런 생각을 떠올리면서 보스 몬스터 님의 반응을 기다렸다.

켈피는 의심하는 것처럼 눈을 깜빡거리더니 목을 쭉 빼고 집게발의 냄새를 맡았다.

"히이잉……."

——오냐, 일단 먹어주마. 그렇게 말하는 것처럼 콧소리를 내더니 돌연 입을 쩍 벌렸다.

죽 늘어선 이빨은 죄다 날카롭고 뾰족뾰족한 육식수의 이빨이었다. 나는 반사적으로 손을 움츠릴 뻔했지만 간신히 꾹 참았다. 켈피는 럭비공만큼 부피감이 있는 게살을 덥석 물더니, 왠지 무서울 정도의 절단력과 교합력을 선보이면서 4분의 1을 확 뜯어내 으적으적 소리 내어 씹어 먹었다.

겨우 5초 만에 꿀꺽 삼키고 또 한 입, 또 한 입 맹렬한 기세로 게살을 소멸시켜나갔다. 그리하여 네 입 만에 집게 아랫부분까지 다 먹어치운 뒤 후—하고 코로 숨을 뿜어냈다.

나는 남아 있는 집게를 슬쩍 들어 올리면서 혹시나 하고 확인해봤다.

"저기, 이건……."

"히힝!"

"네, 안 드시겠죠."

얼른 거둬들였다. 그 순간 아스나가 킥킥 웃음소리를 흘렸다. 나는 켈피 님이 화내시면 어쩌려고! 하고 당황했지만 정작 본인, 아니, 본마는 아무렇지도 않은 표정을 짓고 있다.

나는 휴 하고 안도하면서 먹다 남은 집게발을 내려다봤다.

날카로운 끝부분은 거무스름한 금속광택을 띠었고 안쪽에도 무수한 톱니가 달려 있었다. 그래, 이런 것을 먹으면 위에 구멍이 날 것이다. 집게발의 주인이었던 스커틀 크랩의 scuttle이란 것은 아스나의 설명에 의하면 《배의 바닥에 구멍을 뚫어 배를 침몰시킨다》라는 동사라고 하는데, 과연 그에 어울리는 흉악한 날카로움이었다.

잘 가공하면 강력한 무기가 될지도 모른다. 그래서 먹다 남은 집게발을 다시 스토리지에 집어넣은 후 새삼스레 켈피를 봤다.

게살 덕분에 다소나마 우호도가 올라갔는지 확인하고 싶었다. 그런데 아무렇지도 않은 얼굴로 긴 지느러미 같은 꼬리를 좌우로 흔들고 있는 모습만 봐서는 기분이 좋은지 나쁜지 전혀 알 수 없었다. 하지만 사역 작전이 성공을 해버렸으니, 나와 아스나는 이제부터 이 켈피 님을 타고 요펠성 뒤편까지 이동해야 할 것이다.

"……있잖아, 키리토 군."

옆걸음으로 다가온 아스나가 훤히 드러난 두 팔을 손바닥으로 문지르면서 속삭였다.

"이제 방어구를 입어도 돼?"

"아……."

그 말을 듣자마자 나도 추위를 자각했다. 아스나는 얇은 원피스 하나만 입고 있었지만 실은 나도 셔츠와 팬티만 입고 있었다. 아까부터 파트너 님이 이쪽으로 시선을 주지 않는 것도 이해가 갔다.

켈피가 금속을 싫어하는 것은 위험을 피하기 위해서다. 그 가설이 옳다면, 이제 아군이 된 우리의 검이나 갑옷에는 신경 쓰지 않을 것이다. 하지만 다짜고짜 완전무장을 하는 것도 조금 무서웠다.

"잠깐만, 좀 실험해볼게."

아스나에게 그렇게 말하고 나는 다시 메뉴 윈도를 열었다. 소지품 중에 반지만 추려내고 그중 어딘가에서 주웠던 《골드 링》을 골라 오브젝트화했다.

윈도에 황금 반지가 출현했는데도 켈피는 전혀 이쪽을 보지 않았다. 일단 손가락에도 끼워봤는데 결과는 마찬가지였다.

"……괜찮은 것 같아."

나와 아스나는 서로를 향해 고개를 끄덕였다. 그리고 앞다투어 급하게 장비를 원래대로 돌려놨다. 추위가 물러가자마자 우리 둘 다 안도의 한숨을 휴 내쉬었다. 입가에서 피어나던 하얀 수증기가 사라진 것을 확인한 후, 말없이 서로 얼굴을 마주 보고선 동시에 웃음을 터뜨렸다.

문득 나는 밤의 백성이 되고 나서――아니, 실은 흡혈귀가 되고 나서 쭉 가슴속에 자리 잡고 있었던 희미한 두려움이 스르르 녹아 사라지는 것을 느꼈다.

햇빛을 받아 타 죽는 것에 대한 공포가 아니었다. 시스템상 인간이 아니게 되어버린 나의 곁에서 아스나가 떠나가지 않을까 하는 공포였다. 물론 본인에게는 그런 말은 입이 찢어져도 할 수 없지만.

――언제나 너는 생각이 너무 많아서 문제야.

머릿속으로 자기 자신을 나무란 후 입을 열었다.

"키즈멜이 걱정하고 있을 테니까 슬슬 약속 장소로 가자."

"그러게. ――틸넬호는 여기 두고 가도 될까?"

"인스턴스 경계 안쪽이니까 닻만 내려놓으면 괜찮을 거야. 아, 그래도 이건 회수해야지."

아까 내던졌던 아르기로의 얇은 천을 주워 스토리지에 집어넣었다. 이제 배에는 아무것도 안 남아 있고 닻은 잘 내려져 있다. 그걸 확인한 다음에 켈피를 돌아봤다.

"어, 저기…… 이 녀석은 뭐라고 부르면 좋을까……?"

그렇게 중얼거리면서 다시 한 번 HP바의 이름을 봤다. 【the Lake Kelpie】는 《호수의 켈피》란 뜻일 텐데, 【Morvarc'h】는…… 뭐라고 읽는지도 모르겠다.

"나도 자신은 없지만…… 아마 모우바크라고 읽지 않을까?"

"흐음…… 그럼 모우라고 부르면 되겠네."

그렇게 안일한 의견을 말하자 아스나가 얼굴을 확 찌푸렸다.

"뭐? 그건 좀, 소 울음소리 같지 않아?"

"어차피 조상은 다 같을 텐데 뭐. 좋아, 네 이름은 《모우》다!"

켈피를 향해 선언하자마자 "히흐흥!" 하는 울음소리가 들려왔다. 기뻐하는 듯한 기색은 전혀 느껴지지 않았지만 거부하는 것 같지도 않았다.

"어, 그럼…… 모우. 나와 아스나를 등에 태워주면 좋겠는데……."

"흥."

켈피, 아니, 모우는 다시 무릎을 꿇고 앉아서 등을 곤돌라의 뱃전에 딱 붙였다. 다행히 태워주려는 것 같지만――.

"잠깐만, 방금 흥이라고 했지? 그랬지?"

"……."

딴 데를 보는 모우. 나는 추궁하려고 했는데 아스나가 롱코트 뒷덜미를 확 잡아당겼다.

7

켈피를 타는 것은 예상보다 훨씬 더 쾌적했다.

물기 있는 벤치에 앉아버렸을 때처럼 엉덩이까지 축축해질 것을 각오했는데, 벨벳 같은 모피는 바슬바슬한 데다가 좀 따뜻하기도 했다. 비늘 모양도 진짜 비늘이 아니라 짧은 털이 비늘 같은 패턴으로 자라나 있을 뿐이었다. 안장도 등자도 없는 말 등에 그냥 올라탔는데도 뼈가 부딪쳐 아프다든가 하는 문제점도 없었다.

당연히 고삐도 없으므로 지시는 입으로 전달할 수밖에 없었다. 그런데 모우는 "이 앞에서 왼쪽으로" "좀 더 천천히"라는 나의 애매한 말에도 제대로 반응하면서 내 뜻대로 달려줬다. 물론 달린다고는 해도 전력질주를 시킨 것은 아니고, 수면을 밟는 발소리가 찰박찰박 가볍게 울려 퍼지는 속도를 유지했지만. 그래도 얼굴에 닿는 밤바람의 느낌은 현재 속도가 시속 10킬로미터는 된다는 것을 알려주었다.

"와…… 기분 좋다……!"

뒤에 앉아 있는 아스나가 은근히 신이 난 목소리로 말했다. 가능하다면 앞에 앉혀주고 싶었지만 이 켈피는 시스템상 마스터(사역자)인 나의 명령만 들을지도 모르고, 그걸 실험해보는 것도 조금 무서웠다. 무사히 임무를 완수한 다음에는 마음껏 앞에 앉혀줘야지……. 속으로 몰래 결심하면서 모우를 조종하는 데 집중했다.

호수 한가운데에 우뚝 서 있는 요펠성의 불빛을 왼쪽에 둔 채 인스턴스 경계의 바로 안쪽을 따라 반시계방향으로 나아갔다. 남쪽에서 북쪽으로 크게 우회하다가 거기서부터 성의 뒤쪽을 향해 직진했다.

탑에 있는 감시병들은 호수를 건너는 배는 주의 깊게 감시할 테지만, 아무리 그래도 수면을 걷는 말을 경계하지는 않을 것이다. 더구나 북쪽에서 다가갈 경우에는 성이 달빛을 막아주기 때문에 진짜 밤의 주민처럼 밤눈이 밝지 않으면 우리를 발견하기는 불가능할 것이다.

속도를 좀 떨어뜨리고 캄캄한 그늘 속에서 신중하게 나아갔다. 요펠성이 세워져 있는 섬의 북쪽은 깎아지른 듯한 절벽으로 되어 있고 그 밑에는 작은 모래밭이 있었다. 눈을 부릅뜨고 자세히 봤더니 그 모래밭에 서 있는 그림자 두 개를 간신히 알아볼 수 있었다.

"키즈멜이랑 자작님은 있어?"

아무것도 안 보이는 듯한 아스나의 질문에 나는 고개를 끄덕였다.

"응, 조금만 더 가까이 가면 커서가 나올 거야."

찰박, 찰박 물소리를 내면서 모우는 자발적으로 모래밭을 향해 다가갔다. 키즈멜과 틸넬이 3년 전에 켈피를 봤던 것도 바로 저 장소였을 것이다.

혹시 나와 아스나가 밤안개 속에서 시간을 거슬러 올라가서 졸업여행을 온 자매의 앞에 나타나려고 하는 게 아닐까…… 하는 상상이 아주 잠깐 내 머릿속을 스쳤다. 하지만 당연히 그럴 리는 없었다. 수십 초 후에 표시된 두 개의 컬러 커서는 예정대로 키즈멜과 요필리스 자작의 커서였다.

아스나도 동시에 두 명의 이름을 확인했나 보다. 등 뒤에서 휴 하고 안도의 한숨을 쉬고 나서 속삭였다.

"이 애는 키즈멜도 태워줄 수 있겠지?"

"그 정도는 쉬울 거야. 이 녀석은 마츠카제만큼 덩치가 크니까."

"뭐? ……어, 그건 마에다 토시마스의 말이었나? 뭐야, 본 적 없잖아!"

아스나가 코트 위로 내 옆구리를 강하고 날카롭게 찔렀다. 나는 "그건 그렇지만……" 하고 입모양으로만 중얼거렸다.

켈피는 수면 위만 걸을 수 있다――라는 규칙은 없었나 보다. 모래밭에 도착한 모우는 그대로 자박자박 모래를 밟으며 상륙했다.

등자가 없어서 모우의 등 위로 다리를 휙 넘기듯이 뛰어내렸다. 그리고 아스나가 내리는 것을 도와준 후 다크 엘프들을 향해 돌아섰다. 키즈멜은 평소 같은 갑옷과 망토 차림으로 돌아가 있었다. 요필리스 자작은 마치 현실세계의 나폴레옹 재킷처럼 옷깃이 세워지고 견장과 장식 끈이 달려 있는 상의와, 허벅지 부분이 좀 헐렁한 승마바지를 입고 있었다. 당연히 둘 다 왼쪽 허리에는 검을 차고 있었다.

아마 30분 이상은 기다리게 했을 것이다. 나는 성주님에게 고개를 깊이 숙여 사죄했다.

"오래 기다리시게 해서 죄송……."

그러나 자작은 얼른 오른손을 들어 내 말을 가로막더니 감탄의 감정을 숨기지도 않고 중얼거렸다.

"……정말이지, 훌륭하군요……."

자작은 딱 한 걸음 앞으로 나왔다. 그리고 키가 큰 그보다도 더 높은 곳에 있는 모우의 머리를 쳐다봤다.

"이건 내가 어렸을 때 만났던 바로 그 켈피입니다. 이 녀석은 나를 잡아먹으려고 했던 것을 기억하지 못할 테지만요."

""네?!""

나와 아스나는 동시에 소리를 질렀다. 자작의 등 뒤에서 키즈멜도 눈을 동그랗게 떴다.

자작이 이쪽을 보더니 웃는 얼굴로 고개를 저었다.

"걱정할 필요 없습니다, 이 녀석에게 원한은 없어요. 아무 생각 없이 등에 올라탔던 내가 어리석었던 거죠."

그때 그 말의 의미를 이해한 것처럼 모우가 고개를 돌려 자작을 보더니 "히히잉……" 하고 목 울리는 소리를 냈다. '그렇다'라는 말처럼 들렸지만 기분 탓이겠거니 하고 넘기고 자작에게 물어봤다.

"요, 용케 무사하셨네요. 헤엄쳐서 도망치신 겁니까?"

"아뇨…… 그때 나를 구해준 자가 있었습니다. 안 그랬으면 나는 이 녀석의 아침밥이 되었을 거예요."

"그, 그렇게 되지 않아서 다행이네요."

그런 나의 소박한 대답이 자작의 귀에 들렸는지 어쨌는지는 모르겠다. 왜냐하면 자작은 그닥지 않게 망연한 표정으로 어딘가 먼 곳을 바라보고 있었기 때문이다.

하지만 그것도 겨우 몇 초 정도였다. 요필리스 자작은 녹회색 오른쪽 눈을 두 번 깜빡거리더니 나를 보고 다시 미소를 지었다.

"가능할 거라고 말하긴 했지만, 솔직히 말하자면 설마 오늘 밤 내에 켈피를 불러내서 사역까지 성공할 줄은 몰랐습니다. 키리토, 그대를 가신으로 삼은 나크토이 가문의 문주는 보는 눈이 있네요. 이럴 줄 알았으면 그때 억지를 부려서라도 그대와 아스나를 요필리스 가문의 가신으로 삼았을 텐데요."

"아, 아뇨, 그건 과찬이십니다."

왠지 사극 같은 말투로 대답하면서 나는 내가 니르니르의 가신인가 하고 생각해봤다. 정식으로 충성을 맹세하진 않았지만 니르니르가 주인이고 내가 권속인 것은 확실하고, 일반적으로 보면 주종관계라고 할 수 있을지도……? 그렇게 몰래 곰곰이 생각해보고 있는데.

"그건 곤란합니다, 각하."

키즈멜이 70퍼센트는 진담이고 30퍼센트는 농담 같은 말투로 말했다.

"키리토와 아스나는 왕성에서 폐하를 배알하고 인간족 최초의 근위 기사로 등용될 예정이거든요."

——네?

그렇게 내가 깜짝 놀랄 새도 없이 자작이 조용히 웃음을 터뜨렸다.

"후후, 그럼 나는 얌전히 물러나야겠네요. 언젠가 그날이 오기를 이곳에서 성대수에게 빌도록 하겠습니다.”

대체 어디까지가 저 둘의 진심인지 전혀 알 수 없었지만 유감스럽게도 그런 날은 오지 않을 것이다. 나는 베타테스트 시절에 엘프 전쟁 캠페인 퀘스트를 클리어하고 다크 엘프 여왕 폐하도 배알했지만 결국 기사로 등용되지는 못했으니까.

하지만 그렇게 분위기에 찬물을 끼얹을 게 뻔한 스포일러 정보는 당연히 아스나에게도 말할 수 없었다. 그래서 그건 마음속 한구석에 담아두기로 했다. 그와 동시에 자작도 웃음기를 거두고 힐끔 어두운 하늘을 쳐다봤다.

“……자, 그럼 슬슬 출발할까요. 일부러 나를 만나러 온 자가 곰한테 습격당하기라도 하면 내 마음이 불편해질 것 같으니까요.”

라빅 전 기사단장이라면 곰 따윈 오히려 잘 처리해서 먹어치울 것 같은데……라고 생각하다가 문득 4층에는 키가 8미터나 되는 화염곰이 살고 있다는 사실을 기억해냈다. 그놈의 서식지는 여기서 멀리 떨어져 있지만, 그놈도 가끔은 요펠 호수의 물고기가 먹고 싶어질지도 모른다.

자작은 모래밭의 물가까지 걸어가더니 주저 없이 오른발을 내밀었다. 켈피가 걸을 때보다도 더 작은 물소리가 울려 퍼지고, 길쭉하고 늘씬한 몸이 그대로 호면 위를 걸어가기 시작했다. 내가 《원리의 이슬》을 써서 6층의 탈파 호수를 걸을 때에는 불안해서 잉거주춤하게 걸을 수밖에 없었는데, 자작의 자세는 꼿꼿하기만 했다. 자신의 기술과 미법의 구두에 대한 절대적 신뢰가 느껴졌다.

요필리스 자작은 5미터쯤 앞에서 멈춰 섰다. 그걸 확인한 나는 모우에게 다가가 목덜미를 가볍게 두드렸다. 켈피는 다소 귀찮다는 듯이 콧소리를 내면서도 그 자리에 영차 하고 꿇어앉았고, 나도 무릎 꿇고 반쯤 앉아서 양손을 발판 대신 받쳐 들었다. 그리하여 켈피의 넓은 등 한가운데에 아스나를 앉히고 그 뒤에 키즈멜을 앉힌 후, 나는 높이뛰기의 가위뛰기처럼 훌쩍 뛰어 맨 앞에 자리를 잡았다.

예상대로 세 명이 타도 좁지는 않았다. 아무리 그래도 네 명은 힘들 테지만, 작은 어린아이 한 명쯤은 말의 목덜미에 더 탈 수 있을 것 같았다. 하기야 기승자의 체적과 중량은 별개의 문제지만.

"모우, 일어날 수 있겠어?"

그렇게 묻자 켈피는 "흥" 하고 콧소리를 내더니 전혀 힘들어하는 기색도 없이 거대한 몸뚱이를 똑바로 세웠다. 사지의 근력으로 일어났다기보다는 가볍게 붕 뜨는 듯한 감각이 느껴졌다. 어쩌면 켈피의 마력은 수면을 밟는 능력이 아니라 한정적인 비상(飛翔) 능력일지도……. 그런 생각이 들었지만 그걸 검증할 여유는 없었다.

"좋아, 이제 자작님 뒤를 쫓아가줘."

지시하고 나서 깨달았다. 이 녀석은 누가 자작인지 모르는 게 아닐까? 하지만 모우는 머뭇거리지도 않고 걷기 시작했다. 물가에서 호면 위로 올라가더니 그대로 찰박찰박 소리를 내면서 요필리스 자작이 있는 곳까지 걸어갔다.

필연적으로 우리가 내려다보는 구도가 되어버렸지만 성주

님은 개의치 않는 듯했다.

"조금만 서두르겠습니다."

그렇게 양해를 구하더니 자작은 호면 서쪽으로 똑바로 뛰어가기 시작했다. 질주는 아니지만 조깅하는 듯한 속도였다. 그 뒤를 모우가 잰걸음으로 쫓아갔다.

계획대로――이긴 한데, 이러면 요필리스 자작이 마부고 우리가 귀족인 것 같지 않은가. 이건 좀 너무한가, 하고 아스나도 생각했나 보다. 등 뒤에서 아스나가 키즈멜에게 소곤소곤 속삭였다.

"저기, 키즈멜. 저렇게 자기만 뛰게 해서 자작님이 화내시지 않을까……?"

즉시 부정해주길 기대했지만 기사의 대답은 애매모호했다.

"으음…… 글쎄, 나도 이런 경험은 없어서 모르겠군. 일단…… 이 켈피는 과거에 각하를 잡아먹으려고 한 적이 있는 것 같으니 각하도 별로 타고 싶진 않지 않을까……?"

"그, 그렇겠지……?"

그런 두 사람의 대화는 모우에게도 들렸을 테지만 그 느긋한 걸음걸이는 변하지 않았다. 하지만 겨우 2미터 앞에서 살랑살랑 흔들리고 있는 자작의 묶은 머리를 보니, 모우가 갑자기 변덕을 부려 덥석 물어버릴지도 모른다는 불안감이 서서히 생겨났다.

그때는 눈앞에 있는 갈기인지 등지느러미인지 뭔지를 힘껏 잡아당기는 수밖에 없다. 그렇게 각오를 다지고 저 멀리 앞쪽을 바라봤다.

이제 곧 성의 그늘 속에서 빠져나가게 될 것이다. 하지만 우리는 빛나는 도구는 가지고 있지도 않고, 배와는 달리 항적이 남지도 않는다. 감시병들이 밤의 주민 같은 암시 능력을 가지고 있지 않는 한 우리를 눈치채지는 못할 것이다.

유일한 걱정거리는 호수에서 몬스터가 튀어나오는 것이었지만 그런 기색은 전혀 없었다. 자작이 마물 퇴치 주문 같은 거라도 사용한 걸까, 아니면 보스 몬스터인 모우를 보고 평범한 몬스터들이 겁을 먹은 걸까. 어쩌면 둘 다 정답일지도 모르지만.

아무튼 네 명과 한 마리는 아무 문제도 없이 호수를 횡단하여 목적지인 요펠 호수의 서안에 도착했다.

이 부근도 멀리까지 얕은 물이 고여 있어서 상륙하기는 쉬웠다. 자작은 속도를 늦추고 물가를 지나쳐 하얀 모래밭 한가운데에서 멈춰 섰다.

모우를 그 근처까지 몰고 가서 멈춰 세운 나는 재빨리 뛰어내려 아스나와 키즈멜에게 손을 빌려줬다. 그리고 휴 하고 길게 숨을 내쉬었다.

우리가 받은 임무는 《오늘 밤 이곳으로 요필리스 자작을 호위병 없이 데려오는 것》이었다. 현재 시각은 오후 8시 55분. 빠르진 않지만 너무 늦은 시각도 아닐 것이다.

모우의 목덜미를 쓰다듬으면서 "고생했어, 고마워" 하고 칭찬한 뒤 나는 주위를 둘러봤다. 모래밭은 남북으로 약 200미터나 이어지고 있었는데 사람 그림자는 보이지 않았다. 오늘 아침 대욕탕 창문 너머로 바라봤을 때에는 분명히 이 근처에서 모닥불 불빛이 깜빡거렸는데, 그 흔적도 남아 있지 않은 듯했다.

"……어디로 가버린 거지……?"

아스나가 의아함을 담아 중얼거렸다. 설마 정말로 화염곰 마그나테리움한테 습격을 당한 건가…… 싶어서 조금 불안해졌을 때.

요필리스 자작이 묵묵히 다섯 걸음쯤 북쪽으로 가다가 몸을 왼쪽으로 틀었다. 그 앞에는 울창한 밤의 숲이 펼쳐져 있었다. 너무 어두워서 내 시력으로도 숲 안쪽까지는 제대로 볼 수 없었다.

돌연 부스럭부스럭 수풀이 흔들렸다. 나는 움찔하여 오른손을 움직였다. 하지만 손끝이 돌풀 녹턴의 칼자루에 닿기 직전에 느긋한 목소리가 울려 퍼졌다.

"어이쿠, 이것 참……."

수풀을 밀어 헤치면서 나타난 것은 다크 엘프였다. 소박한 천으로 된 셔츠 위에 갈색 가죽조끼를 겹쳐 입고, 마 바지와 검은색 가죽부츠를 장착한 다크 엘프. 뒤로 묶은 머리카락에 달라붙어 있는 나뭇잎을 손가락으로 집어서 팅 하고 튕겨내더니, 좀 멀리 떨어진 곳에 나란히 서 있는 나와 아스나와 키즈멜을 보고 해맑은 미소를 지었다.

"혹시 오래 기다렸나? 미안하다. 아주 통통한 뿔토끼를 발견해서 쫓아갔는데, 그만 놓쳐버렸어."

그런 태평한 소리를 하시는 것은 분명히 라빅 전 기사단장이었다. 일단 화염곰과 마주치진 않은 것 같았다.

"아뇨, 지금 막 도착했습니다. 오히려 기다리시게 해서 죄송해요."

내가 그렇게 대꾸하자 라빅은 가볍게 고개를 끄덕이더니 드디어 얼굴을 정면으로 돌렸다.

겨우 3미터 앞에 서 있는 요필리스 자작을 응시한 순간, 짧은 수염을 기른 그의 입가에서 미소가 사라졌다.

자작도 어느새 미소를 지우고 있었다. 내가 있는 곳에서는 왼쪽 얼굴밖에 안 보여서 그의 하나뿐인 눈이 어떤 빛을 띠고 있는지는 알 수 없었다.

차가운 바람이 두 사람의 묶은 머리카락을 흔들었다. 둘 다 키가 거의 비슷하다는 것을 나는 처음 깨달았다.

5초쯤. 아니, 어쩌면 10초나 지났을 때 겨우 자작이 입을 열었다.

"오랜만이군, 라빅 펜 코르타시오스."

그는 왼손을 슥 들어 올리더니 이마에서부터 뺨까지 이어지는 흉터를 손가락으로 만지작거렸다.

"기사 키즈멜에게 이야기를 들었을 때 확신했다. 나를 이런 곳으로 불러낼 인물은 틀림없이 그대밖에 없을 거라고. 30년 전에 결국 빼앗지 못했던 나의 목숨을 이번에야말로…… 그런 것인가."

"……!"

나와 아스나와 키즈멜은 동시에 숨을 들이켰다.

요필리스 자작의 왼쪽 눈을 벤 인물이 라빅 전 기사단장일 가능성을 지금까지 단 한 번도 생각하지 않았던 것은 아니다.

뭔가 과거가 있는 듯한 두 사람의 얼굴에 길쭉한 세로 흉터와 가로 흉터가 있으니까. 게임 세계가 아니더라도 그들이 서로에게 칼을 휘두른 결과가 아닐까 하는 것쯤은 누구나 상상해 볼 수 있을 것이다.

그러나 4층 미궁 구역의 안전지대에서 우연히 마주쳤을 때부터 이 물가에서 하선할 때까지 라빅은 복수심 같은 감정은 조금도 내비치지 않았다. 애초에 원수와 싸우고 싶어서 7층에서부터 이 머나먼 곳까지 찾아왔다면, 이보다는 좀 더 나은 장소를 고를 수도 있었을 것이다. 모래받은 좁은 곳은 폭이 4미터도 안 되고, 발이 푹푹 빠지거나 미끄러지기도 해서 안정적으로 움직일 수 없다. 역전의 기사라면 철저히 갈고닦은 자신의 검술을 완전히 발휘할 수 있는 무대에서 싸우고 싶다고 생각하지 않을까.

실제로 자작의 말을 들은 라빅은 크게 쓴웃음을 지으며 이렇게 말했다.

"원한의 불에 끼얹을 기름은 벌써 옛날에 말라버렸어. 게다가 30년이나 독방에서 자기 성찰을 계속하다 보면 예전에는 보이지 않았던 것도 보이게 되거든."

그 순간 우리는 참았던 숨을 살며시 토해냈다. 아무래도 라빅은 요필리스 자작과 싸우려고 4층에 온 게 아닌가 보다. 혹시나 라빅이 그럴 생각이었다면 우리는 자작을 속여 자객의 코앞에 데려다준 하수인이 되어버릴 뻔했다.

하지만 그렇다면 전 기사단장은 무엇 때문에 자작을 이런 곳으로——심지어 호위병도 없이 데려와주길 바란 걸까.

"레슈렌."

갑자기 라빅이 웃음기를 지우더니 더없이 진지한 음성과 표정으로 그를 불렀다.

"방금 말했듯이 내 마음속에는 이미 너에 대한 원한이나 증오는 남아 있지 않아. 내 동생……… 란데렌도 대장장이로서 잘 지내는 것 같고."

"……란데렌과 만난 건가?"

"아니. 하지만 그 녀석이 강화한 검을 봤어."

라빅이 한순간 아스나 쪽으로 눈을 돌렸다. 그러고 보니 그는 하린 수궁의 감옥에서 아스나의 시밸릭 레이피어를 빛에 한번 비춰보기만 하고 "확실히 이건 란데렌이 강화한 검이 맞아" 하고 간파했었다. 맨 처음에는 무뚝뚝하기 짝이 없었던 그가 탈옥까지 하면서 키즈멜 수색 및 구출을 도와줬던 것도 그것이 계기였다고 기억한다.

요필리스 자작도 힐끔 아스나를 보고 납득한 것처럼 고개를 끄덕였다.

"그렇군, 아스나의 검은 란데렌의 작품인가……."

"그래. 나에게는 대장장이의 재능은 없었지만 망치를 휘두르는 손에 망설임이 있으면 저런 검은 만들어낼 수 없다는 것쯤은 알아."

고요한 목소리로 그렇게 단언하더니, 라빅은 다시 요필리스 자작을 정면에서 똑바로 쳐다봤다.

"다시 한 번 말하지만 내 마음속의 원한은 전부 다 수궁의 감옥에 버리고 왔다. 그런 내가 레슈렌…… 너에게 부탁하고 싶은 것이 있어."

"……좋아, 들어보지."

자작이 뒷말을 재촉했다. 그러자 라빅은 갑자기 허리를 쭉 펴더니, 오른손 주먹을 왼쪽 가슴에 탁 대고 의연한 목소리로 말했다.

"류슬라의 기사 라빅 펜 코르타시오스, 요펠 성주 레슈렌 제드 요필리스 자작에게 명예를 건 결투를 신청한다. 내일 밤 9시, 4층 천주의 탑, 수호수의 방으로 와라!"

——잠깐만요오오오!

그렇게 소리 지르면서 두 명 사이에 끼어들 뻔했다. 나는 두 손을 전력으로 꽉 쥐었다.

이미 원한도 증오도 존재하지 않는다고 말했는데 어째서 결투를 할 필요가 있는 걸까? '명예를 건 결투'란 것은 목검을 쓰거나 결정타 직전에 멈추는 시합이 아니라 진검을 휘두르는 정면 대결일 것이다. 어떻게든 말리고 싶지만 타인이 끼어들 만한 분위기가 아니었다. 애당초 우리는 저 둘 사이에 무슨 과거가 있었는지도 모르고.

옆을 봤더니 아스나와 키즈멜도 아연실색하여 우두커니 서 있었다. 모우는 관심도 없다는 표정으로 모래밭에 누워 있었다. 이렇게 된 이상 어떻게든 이유를 대서, 완전히 막지는 못하더라도 최소한 뒤로 미루려고 노력해보는 수밖에 없다. 이 층의 미궁 구역에는 폴른 엘프의 전이 장치가 설치되어 있으니까 그 건을 이야기하면 혹시……? 하고 내가 필사적으로 생각할 때였다.

요필리스 자작이 매끄러운 동작으로 오른손 주먹을 들어 왼쪽 가슴을 툭 쳤다.

"결투 의식, 받아들이겠다."

고요한 목소리로 그렇게 고한 뒤, 흑발을 휘날리며 라빅을 등지고 돌아서 차분한 걸음걸이로 떠나갔다. 이윽고 물가에 멈춰 서서 시선은 호수에 고정한 채 우리의 이름을 불렀다.

"기사 키즈멜, 검사 키리토와 아스나. 그대들도 이곳에서 다해야 할 사명이 있다는 것은 잘 알고 있습니다만, 부디 내일 밤 결투에 입회해주지 않으시겠습니까?"

"그, 그건…… 각하가 원하신다면 당연히 그렇게 하겠습니다만, 그러나……."

키즈멜이 괴로운 듯이 이야기하자 자작은 살짝 오른손을 들어 올려 그 말을 가로막았다.

"달리 부탁할 상대가 없습니다. 성의 시종들이 이 사실을 알면 어떻게 될지, 그대라면 짐작할 텐데요."

"……네."

키즈멜은 쥐어 짜내듯이 대답했다. 이어서 확 달라진 태도로 소리 높여 선언했다.

"대임을 삼가 받들겠습니다!"

나와 아스나도 어쩔 수 없이 고개를 숙였다. 요필리스 자작은 안도한 것처럼 숨을 내쉬더니 등 뒤의 라빅에게 말을 걸었다.

"한겨울에 이틀 연속으로 야영하는 건 네가 아무리 튼튼해도 힘들 거야. 신분을 숨길 방법을 생각해볼 테니, 오늘 밤에

는 성에서 따뜻한 물에 몸을 담그고 기력을 보충하도록 해."

"매력적인 제안이지만……."

라빅은 피식 웃은 후 가볍게 고개를 흔들었다.

"결의가 약해질 것 같으니까 관두겠어. 걱정할 필요 없어. 곰팡내 나는 지하 감옥에 비하면 이 호숫가는 그야말로 천국이니까."

"……그렇군. 하기야 나도 오랫동안 틀어박혀 있었던 어두운 방에서 밖으로 나왔을 때에는 그런 생각을 했었지."

요필리스 자작도 입가에 미소를 머금고 그렇게 대꾸하더니 다시 우리를 쳐다봤다.

"나는 성으로 돌아가겠습니다. 그대들은 어떻게 하시겠습니까?"

"물론 동행하겠습니다."

키즈멜은 즉시 대답했다. 애초에 켈피를 사역한 것은 자작을 호위하기 위해서였으니까 돌아갈 때에만 혼자 가게 한다는 것은 말이 안 되었다. 여기 남아서 라빅에게 사정을 묻고 싶은 마음은 굴뚝같았지만, 물어봐도 그가 사정을 가르쳐줄 것 같지는 않았다.

나는 목에 걸린 것을 억지로 꿀꺽 삼키고 모우를 일으켜 세우려고 했다. 그런데 그때.

"라빅 씨!"

아스나가 외침소리가 되기 일보 직전인 목소리로 그를 불렀다. 그런데 이어서 튀어나온 질문은 전혀 예상하지 못한 것이었다.

"여기서 천주의 탑까지는 어떻게 돌아가실 거예요? 라빅 씨가 아무리 강해도 호수와 강에서 헤엄치는 것은 너무 위험한데요."

그건 그랬다. 요펠 호수와 미궁 구역 타워를 이어주는 강에는 4층 최강 클래스의 필드 몬스터가 출현한다. 라빅의 실력은 탑에서 내려올 때 충분하고도 남을 정도로 확인했지만, 아무리 그래도 물속에서 대형 메기나 대형 가재한테 습격당한다면 검술로 다 해치우지는 못할 것이다.

그런데 라빅은 미궁 구역 타워가 있는 남서쪽 방향을 힐끗 보더니 눈썹 하나 까딱하지 않고 딱 잘라 말했다.

"저 절벽을 넘어가면 천주의 탑에 도착할 수 있어. 뭐, 일단 올라가보면 올라가지 못할 것도 없겠지."

"네……?"

어안이 벙벙해진 아스나. 그와 동시에 나도 시선을 돌렸다.

요펠 호수를 에워싼 활엽수림 안쪽에는 시커먼 절벽이 우뚝 솟아 있었다. 높이는 기껏해야 50~60미터 정도일 테지만 그 표면은 손을 걸칠 만한 가로 방향의 요철이란 것이 전혀 존재하지 않았고, 강철못조차 튕겨낼 정도로 단단했다. 요컨대 RPG에는 흔히 존재하는 《넘을 수 없는 벽》이란 것이다. 그런데 라빅은 그 절벽을 올라갈 계획인 듯했다.

하지만 돌이켜보면 라빅은 하리 수궁을 탈옥할 때 거의 완벽에 가까운 수식 외벽에서 마치 암벽 등반가처럼 멋진 현수하강을 선보였었다. 기시기 등산 훈련을 할 것 같지는 않지만, 어쨌든 스스로 올라갈 수 있다고 하는 근거는 있을지도 모른다.

"……제발 무리는 하지 말아주세요."

아스나의 말에 "그래"라고 대답한 후, 라빅은 나와 키즈멜도 쳐다보더니 머리를 깊이 숙였다.

"레슈렌을 데리고 와줘서 진심으로 고맙다. 탑에서 너희와 만나지 않았더라면, 나는 호수를 헤엄쳐 건너고 성의 외벽을 기어 올라가서 창문의 잠금장치를 부수고 저 녀석의 방에 몰래 숨어 들어가는 수밖에 없었을 거야."

"그러지는 말아줘."

요필리스 자작은 진심으로 질색하는 표정으로 그렇게 대꾸했다. 그리고 좀 머뭇거리다가 라빅에게 질문을 던졌다.

"……나와 싸우기 전에 란데렌을 만나지 않아도 되겠나?"

"그 녀석을 볼 낯이 없어. 너는 어때?"

"당연히 없지."

대화는 거기서 끝났다. 자작이 눈짓으로 신호했으므로 나는 서둘러 모우에게 앉으라고 하고 아스나와 키즈멜을 그 등에 태웠다. 아마 라빅도 사람에게 복종하는 켈피는 처음 봤을 텐데, 그는 흥미롭다는 듯이 턱수염만 쓰다듬고 있었다.

요필리스 자작이 성큼성큼 호수로 걸어 들어갔다. 나도 모우의 목덜미 쪽으로 펄쩍 뛰어 올라가 그 녀석을 일으켜 세웠다.

모우는 알아서 자작을 따라가기 시작했다. 그 위에서 나는 뒤를 돌아봤다. 기사는 이미 숲속으로 떠나가고 있었다. 수풀이 딱 한 번 바스락 소리를 내더니 그 장신의 실루엣은 어둠 속으로 녹아들듯이 사라졌다.

엘프족은 건조한 불모지에서는 생명력을 서서히 잃어버리지만 식물이 가득한 숲속에서는 척 봐도 알 정도로 생명력이 넘쳐흐른다. 나에게는 그저 춥기만 한 한겨울의 숲도, 오랫동안 감옥에 갇혀 있던 라빅에게는 농담이 아니라 정말로 천국일지도 모른다.

그래도 그가 무사하기를 기원하고 나서 진행 방향으로 몸을 돌렸다.

그때 갑자기 등 뒤에서 아스나가 들릴 듯 말 듯한 목소리로 "어쩌지……" 하고 중얼기렸다. 라빅과 자작을 대면시킨 것…… 아니, 그 전에 수궁에서 라빅을 탈옥시킨 것이 두 엘프의 결투로 이어졌다고 생각해 스스로 책임을 느끼고 있는 것이리라. 하지만 내가 보기에는 이런 전개를 예상하는 것은 불가능했다.

나는 여전히 앞을 보면서 몇 미터 앞에서 걷고 있는 자작의 귀에는 들리지 않을 정도의 음량으로 조용히 속삭였다.

"여차하면 내가 끼어들어서 최악의 결과는 어떻게든 막아볼게."

소리를 너무 많이 낮춰서 아스나에게도 안 들렸을지도 모른다. 그렇게 생각했는데 몇 초 후 나와 비슷하게 조용한 대답이 왼쪽 귓가에 울려 퍼졌다.

"그때는 나도 도울게."

"……."

최강 클래스의 NPC인 라빅과 요필리스 자작의 결투에 끼어들면 큰 대미지를 입을 가능성이 있다. 그러니까 나만 나서

면 된다고 말하고 싶은데, 아스나는 이미 굳게 결심했을 것이다. 나는 말없이 수긍함으로써 일단 이야기를 마쳤다.

올 때와 같은 루트로 호수를 가로질러 갔다. 요펠성 뒤쪽의 모래밭에 도착해 키즈멜을 내려줬다. 이제 나와 아스나는 저쪽에 정박시켜뒀던 틸넬호를 회수해야 하는데……라고 생각했을 때 퍼뜩 무언가가 떠올랐다.

"아…… 이 녀석은 어쩌지……?"

모우의 목덜미를 쓰다듬으며 혼잣말을 중얼거리자 자작이 이쪽을 돌아보면서 말했다.

"보아하니 그 켈피는 사역술에 저항하지 않는 것 같습니다만. 호수로 돌려보내도 키리토가 부르면 다시 나타날 겁니다."

"그…… 그런가요?"

사역술에 관해서는 아직 모르는 게 너무 많았지만, 7층의 코를로이 축사에서 구출했던 스톰 리카온도 사역 상태가 해제되어 컬러 커서가 붉은색으로 되돌아갔는데도 나를 공격하지 않고 어딘가로 뛰어갔었다. 단순한 스테이터스 변화가 아니라 숨겨진 파라미터 같은 게 존재한다면, 아마 나와 헤어져도 하루 정도는 그대로 지속되어줄지도 모른다.

"그럼 나중에 뵙겠습니다."

나는 자작에게 꾸벅 고개 숙여 인사했다. 그리고 키즈멜에게도 시선을 보낸 후 모우의 방향을 돌렸다. 이번에도 성의 그림자를 이용해 호수 북쪽까지 이동. 거기서부터 인스턴스 경계를 따라 시계방향으로 빙 돌듯이 말을 달려 남쪽 끝으로 향했다. 아마 사라지진 않을 거라고 확신했었지만, 그래도 저 앞에 있는 틸넬호를 발견했을 때에는 무심코 휴 하고 안도의 숨을 내쉬었다.

뒤에서도 "다행이다……"라는 중얼거림이 들려왔다. 그래서 "괜찮다고 했잖아"라고 장난스럽게 대꾸할 뻔했지만 그럴 필요는 없다고 생각하고 그냥 묵묵히 모우의 속도를 줄였다.

아스나에 이어서 나도 틸넬호로 뛰어 넘어간 후 모우의 얼굴을 쳐다봤다. 연푸른색으로 빛나는 눈동자에서는 변함없이 어떤 감정도 읽어낼 수 없었다.

"……어, 저기…… 고생했어. 게 집게발, 하나 더 먹을래?"

일단 그렇게 물어봤더니 켈피는 "흥" 하고 대꾸했다.

틸넬호가 요펠성의 대선창으로 미끄러져 들어간 것은 오후 9시 30분이 좀 넘었을 때였다.

출발한 것이 8시였으니까 한 시간 반 만에 돌아온 셈이다. 성의 보초들에게 말했던 "야경을 좀 구경하고 올게요"의 허용 범위에서 크게 벗어나진 않은 것 같지만, 혹시나 의심받으면 뭐라고 대답할까……. 그런 고민하면서 곤돌라를 계류했다. 이어서 시치미 뚝 떼고 정문으로 다가가 "다녀왔습니다"라고 말을 걸었다. 그러자 보초는 가볍게 고개만 끄덕였다.

오른쪽 통용구로 들어가서 현관홀을 지나 주건물 1층의 메인홀에 발을 들여놓았다. 그 순간 더는 못 참고 두 손을 번쩍 들고 늘어지게 기지개를 켰다. 요필리스 자작을 호위병도 없이 호숫가로 데려와 달라는 라빅의 의뢰는 어떻게든 완수하긴 했는데, 이번에는 두 사람의 결투를 평화롭게 해결한다는 또 다른 고난이도 미션이 발생해버렸다.

최선의 해결책은 물론 결투 자체를 막는 것이다. 하지만 말로 설득할 수 있을 거라는 생각은 전혀 안 들었다. 차선책은 둘 중 하나, 혹은 둘 다 목숨을 잃는 최악의 결말은 어떻게든 회피하는 것이다. 그러려면 결투 자체는 성립시키면서도 치명적인 일격만은 잘 파악해서 제때 끼어든다는 곡예를 펼쳐야 한다…….

"돌아왔나?"

그런 목소리가 들렸다. 나는 천장을 쳐다보던 얼굴을 도로 내렸다. 여전히 무장하고 있는 키즈멜이 텅 빈 홀을 빠르게 가로질러 이쪽으로 다가왔다.

"응, 키즈멜도 고생했어."

아스나가 그렇게 말을 걸자 기사는 가볍게 미소 지으면서 "너희도 고생했어"라고 대꾸했다. 그러나 금방 또 진지한 표정으로 속삭였다.

"각하께서 기다리고 계신다."

"……응."

아스나도 긴장한 얼굴로 고개를 끄덕였다. 단순히 고생했다는 인사만 할 거면 아까 그 모래밭에서 해도 됐을 것이다. 그런데 굳이 따로 부른다는 것은 뭔가 중요한 이야기가 있다는 뜻이리라……. 그 정도는 나도 알았다.

키즈멜이 몸을 돌렸다. 목적지는 홀 정면에 있는 5층 직통 대계단이 아니었다. 오른쪽 벽에 있는 문을 지나 복도를 직진해서 성관 동쪽 건물로. 길을 따라 가다가 좌회전해서 한동안 쭉 갔더니 다른 계단이 보였다. 하지만 그 계단도 무시하고 계속 이동. 복도의 막다른 곳에 있는 작은 문을 열었다.

평소에 이용자가 거의 없는지 끼익…… 하고 삐걱거리면서 열린 문 너머에는 거무스름한 잡석이 깔려 있는 안뜰이 펼쳐져 있었다. 낮에도 햇빛이 비치지 않아서 그런지 곳곳에 아직 눈이 남아 있었다. 거의 정사각형인 정원은 가시나무 산울타리로 미로처럼 구획이 갈라져 있는데, 정원 한가운데에는 창처럼 날카로운 실루엣의 침엽수가 우뚝 서 있었다.

달빛은 큰 지붕에 가로막혀 닿지 못했지만, 건물 창문에서 흘러나오는 빛이나 몇 안 되는 옥외등이 간신히 미로를 비춰주고 있었다. 키즈멜은 산울타리 사이로 발을 들여놓더니 폭이 1미터도 안 되는 길을 망설임 없이 쭉 걸어갔다.

거무스름한 작은 꽃들이 드문드문 피어 있는 가시나무 회랑. 그곳에서 좌우로 이리저리 꺾으면서 전진한 지 2분. 저 앞에서 나타난 완벽한 출구 같은 아치를 통과하자 드디어 침엽수 아래에 도착할 수 있었다.

나무 주위에는 네 개의 청동 벤치가 나무를 등지는 형태로 설치되어 있었다. 그중 하나――북쪽을 향한 벤치에 요필리스 자작이 앉아 있었다. 사색에 잠겨 있는지 우리가 다가갔는데도 꼼짝도 하지 않았다.

"……각하."

키즈멜이 작은 소리로 부르자 자작은 눈을 깜빡이더니 고개를 들었다. 나와 아스나를 봤는데도 그 하나뿐인 눈동자의 흔들리는 듯한 빛은 좀처럼 사라지지 않았지만, 잠시 후 그에게

서 흘러나온 목소리는 평소와 다름없이 차분했다.

“키리토, 아스나. 폐를 끼쳤군요……. 이번 활약에 대한 포상은 나중에 집무실에서 하겠습니다. 그 전에 옛날이야기를 하고 싶은데 조금만 들어주실 수 있을까요.”

“아, 아니, 포상을 바라고 한 게 아닌데……. 게다가 우리에게 부탁을 한 것은 라빅 씨이지, 자작님이 아니잖아요.”

당황한 내가 그렇게 대답하자 아스나도 끄덕끄덕 고개를 움직였다. 그러나 자작은 입꼬리를 끌어올리면서 머리를 좌우로 흔들었다.

“그럴 수는 없습니다. 어차피 라빅은 자네들에게 1콜도 주지 않았을 테니까. 안 그렇습니까?”

“어…… 그건, 그렇지만……. 하지만 이번 건은 애당초 라빅 씨가 우리를 도와주신 것에 대한 답례였고…….”

“혹시 하린 수궁에서 탈출할 때 협력해준 것이 그의 도움이라고 생각하나요? 아뇨, 그건 서로 도움을 주고받은 겁니다. 라빅 본인도 자네들이 도와주지 않았더라면《영원의 감옥》이라고도 불리는 그곳에서 탈출하는 건 불가능했을 테니까요.”

——꽤액.

그런 소리를 나는 열심히 삼켰다. 지금까지 쭉 요펠성에는 탈옥 사건이 전해지지 않았을 거라고 가정하고 행동했었는데, 아무래도 자작은 이미 알고 있었던 모양이다.

나만 그런 게 아니라 아스나와 키즈멜도 경직되어 있었다. 자작이 손뼉을 짝 치자마자 주변의 미로에서 위병들 수십 명이 튀어나오는——상황을 저절로 상상하게 되었는데, 물론 그런 일은 일어나지 않았다.

"셋 다 그런 표정은 짓지 마세요."

자작은 웃으면서 그렇게 말하더니 한층 더 온화한 말투와 표정으로 말을 이었다.

"전부 다 나의 상상이고, 상상을 근거로 은기사를 부르진 않습니다. 요펠성에 머무는 동안에는 자네들의 안전은 내가 보장합니다."

"은기사……?"

처음 듣는 명칭에 내가 고개를 가우뚱하자 키즈멜이 작은 소리로 가르쳐줬다.

"신관단 직속 기사들이야. 정식 명칭은 목련 기사단인데, 백은의 갑옷을 입고 다니기 때문에 은기사라고 부르지. 실전에는 참가한 적도 없으면서 우리 괴화목, 백단향, 운향 세 기사단을 가르치고 인도한다고 큰소리치는 오만한 녀석들이다."

"입장상 방금 그 이야기는 못 들은 것으로 하겠습니다."

자작의 코멘트에 키즈멜은 "실언했습니다" 하고 고개를 숙였다. 자작은 진심으로 나무란 게 아니라고 강조하는 것처럼 오른손을 살짝 들어 올리더니, 앉은 자세를 바로 하고 이렇게 말했다.

"어쨌든 상은 받아주세요. 그런데 자네들을 이런 곳으로 부른 것은 그 이야기를 하기 위해서가 아닙니다. 결투의 입회인이 되어 달라고 의뢰했으니, 모든 사정을 설명할 의무가 있다고 생각한 겁니다."

"……."

나는 곧바로 반응하지 못하고 입을 꾹 다물었다. 요필리스 자작과 라빅 전 기사단장의 관계는 전부터 궁금하긴 했다. 하지만 막상 가르쳐준다고 하니, 그걸 이렇게 쉽게 들어도 되는 건가 하는 기분이 들었다.

너무 몰입하지 마라, 이건 그냥 NPC 이벤트다……. 그렇게 스스로 되뇌어도 별 효과가 없었지만 두려운 마음을 꾹 참고 대답했다.

"그…… 그럼, 감사히 듣겠습니다."

자작은 고개를 끄덕이더니 우리에게 동쪽 벤치를 이동시키라고 지시했다. 이런 것은 위치 고정 오브젝트가 아닌가? 하고 생각했지만, 나와 아스나가 양쪽 끝을 들어 올리자 청동 벤치는 쉽게 지면에서 떨어졌다. 그래서 자작이 앉아 있는 북쪽 벤치의 오른쪽 대각선 앞까지 옮길 수 있었다.

그 벤치에 나와 아스나가 나란히 앉았고 키즈멜은 황송해하면서 자작의 옆에 앉았다. 머리 위로 뻗은 침엽수 나뭇가지가 밤바람에 흔들리면서 상쾌한 냄새가 났다.

분명 이 나무는 노간주나무이고, 이 나무 열매에서 추출한 향유를 틸넬이 좋아했다고 한다. 저번에 이 안뜰에 왔을 때 키즈멜이 가르쳐주었다. 어쩌면 이 세계에 살고 있는 NPC는 모두 다――AI화되지 않은 위병이나 점원들조차도 각자 기억과 사연을 가지고 있는 게 아닐까…….

나는 문득 그런 생각에 잠기려다가 요필리스 자작의 목소리를 듣고 정신을 차렸다.

"……키리토, 아스나. 자네들은 세트랑과 만났지요?"

나는 고개만 끄덕일 수밖에 없었는데, 아스나가 침착한 목소리로 대답했다.

"네. 오늘 새벽에 성에 도착했을 때, 저희를 맞이하고 4층의 방까지 안내해주셨습니다."

"그랬나요. ……그럼 우리 엘프들이 어떤 식으로 성장하는지도 아십니까?"

그 질문에는 내가 대답했다.

"아마 스무 살 정도까지는 인간족과 같은 속도로 성장하는 게 아닌가요……?"

"그렇습니다. 세트랑은 올해 열다섯 살입니다."

나와 같은 또래일지도 모른다는 예상은 적중했다. 정신연령은 틀림없이 그가 더 높을 테지만.

그런데 왜 갑자기 그런 이야기를……? 나는 어리둥절해졌다. 그걸 눈치챈 것처럼 요필리스 자작은 아마도 본론인 듯한 이야기를 꺼냈다.

——내가 켈피의 유혹에 넘어가 그 등에 올라탔던 것은 지금의 세트랑보다 좀 더 어린…… 열한 살 때였습니다.

——그 당시의 나는 요펠성의 후계자로서 아무런 제약도 없이 뭐든지 내 마음대로 하면서 자란 어린애였습니다. 분명히 같은 시기의 키리토보다도 더 어리석었을 거예요. 그래서 호수에서 켈피를 발견하더라도 결코 가까이 가면 안 된다고 부모님과 시종들이 충고를 해줬는데도, 나는 특별하다고…… 이 아름다운 말을 복종시킬 수 있다고 굳게 믿어버린 겁니다.

——나를 태운 켈피는 안개 낀 호면을 가볍게 달리기 시작했고…… 그 상황에 열중한 나는 성에서 점점 멀어지고 있다는 사실을 눈치채지 못했습니다. 켈피가 나를 친구나 주인이 아니라 먹잇감으로 여기고 있다는 사실을 깨달은 것은 저 밑에 있었던 수면이 어느새 내 신발을 적시고 있을 때였는데…… 그래도 저는 아무것도 할 수 없었습니다. 그 틈에 켈피는 호수로 깊숙이 들어가 버렸고요.

——물속에 끌려 들어간 나는 필사적으로 위로 올라오려고 했습니다. 수영은 특기였거든요. 그런데 아무리 물을 헤치고 또 헤쳐도 이상하게도 아무 반응이 없었습니다. 그러다 점차 숨도 막혔고…… 공황 상태에 빠져 뒤를 돌아봤는데, 어두컴컴한 깊은 물속에서 푸르스름하게 빛나는 두 개의 눈이 다가오는 것이 보였습니다.

——아아, 이대로 잡아먹히겠구나. 그렇게 포기하려고 했을 때였습니다. 누군가가 등 뒤에서 나를 껴안더니 헤엄치기 시작했습니다. 지금 다시 생각해봐도 믿어지지 않을 정도로 빠른 속도라서…… 나는 내가 송어 떼를 추월하는 장면을 봤습니다. 신기하게도 더 이상 숨이 막히지도 않았어요. 난 그저 물의 흐름에 몸을 맡기고 있었고…… 정신을 차려 보니 처음에 있었던 모래밭에 누워 있었습니다.

——맨 처음에는 전부 다 꿈인 줄 알았습니다. 하지만 온몸이 흠뻑 젖어 있었고 머리에는 수초가 달라붙어 있었죠…….
나는 멍한 상태로 몸을 일으켜 뒤를 봤습니다. 그랬더니 물가에 그 남자가 앉아 있었어요.

"……그 남자?"

내가 무의식중에 중얼거린 데에는 이유가 있었다.

요필리스 자작의 옛날이야기에 집중하면서도 나는 6층의 탈파 호수에서 키즈멜이 해줬던 이야기를 떠올리고 있었다.

자작이 가지고 있는 마법의 구두에는 월리의 머리카락이 들어가 있다.

자작은 먼 옛날 월리 소녀와 인연을 맺었다는 소문이 있다.

그런 정보들과 방금 들은 이야기가 결합된 결과, 나는 켈피에게 습격당한 자작을 구해준 것이 그 월리 소녀가 아닐까 지레짐작을 하고 있었다. 애초에 키즈멜의 설명에 의하면 여자 물의 정령을 월리라고 부른다――다시 말해 월리는 여자밖에 없는 듯한 느낌이었다. 그런데 방금 자작의 입에서 《그 여자》가 아니라 《그 남자》라는 표현이 나와서 나도 모르게 반응해 버린 것이다.

다행히 자작은 불쾌해하는 기색도 없이 고개를 끄덕이더니 이야기를 계속했다.

"네, 켈피에게 습격당한 나를 구해준 것은 나와 같은 또래처럼 보이는 소년이었습니다. 그런데 그는 인간도 아니고 엘프도 아니었어요. 그는 요펠 호수에 사는 물의 정령이었던 겁니다."

――호수에 월리가 산다는 이야기도 부모님에게 들은 적이 있었습니다. 하지만 켈피와 마찬가지로 믿지 않았었죠. 그러

나 눈앞에 있는 소년의 피부는 푸르스름하고 긴 머리카락은 호수보다 더 선명한 감벽의 색인 데다 두 다리는 반짝반짝 빛나는 은색 비늘로 덮여 있었습니다. 내가 조심스럽게 넌 윌리니? 하고 물어봤더니 그 소년은 고개를 끄덕이고 이렇게 말했습니다. 켈피의 등에 타다니 어리석은 녀석이구나. 내가 없었으면 넌 지금쯤 그놈의 배 속에 들어가 있었을 거다…… 라고.

——나는 부친을 제외하면 그 누구에게도 그토록 무례한 말을 들어본 적이 없었습니다. 그래서 발끈하여 이렇게 대꾸했습니다. 도와 달라고 부탁한 적 없다, 나 혼자서도 헤엄쳐서 도망칠 수 있었다, 하고요. 그러자 소년은 "그럼 호수 반대편까지 누가 빨리 가나 경쟁해보자"고 도발했죠. 물러날 수 없게 된 나는 흠뻑 젖은 옷을 벗어버리고 수영 대결에 응했습니다. 그런데 그는 눈 깜짝할 사이에 눈앞에서 사라져버려서……. 내가 포기하고 되돌아갔더니 그는 이미 모래밭에 돌아와 있었습니다. 바닥에 엎드려 숨을 헉헉 몰아쉬는 나를 보고 폭소를 터뜨리더군요. 나는 더더욱 화가 나서 속옷 바람으로 성으로 뛰어 돌아갔다가 모친에게 들켜 크게 혼났습니다. 그 후 차가워진 몸을 따뜻한 물에 담가 회복시키면서 '이제 두 번 다시 윌리 소년을 만날 일은 없겠지'라고 생각했는데…… 다음 날 저녁에 내가 북쪽 모래밭으로 가봤더니 그가 또다시 모습을 드러냈습니다. 다음 날에도, 그다음 날에도.

——그의 이름은 알마르크라고 했습니다. 처음에는 계속 나를 놀리기만 했는데, 시간이 지나자 호숫가의 숲에서 따온 신

기한 과일이나 호수 바닥에서 발견한 아름다운 조개껍질 등을 나에게 선물하게 되었습니다. 나도 주방에서 몰래 가져온 과자나 안뜰에서 주운 오래된 동전을 답례로 줬고요. 그러다 보니 점점 친해졌고…… 성에는 같은 또래의 아이가 없기도 해서 우리는 어느새 서로 마르크, 제드라고 편하게 부르는 관계가 되었습니다.

——나는 그다음 해에 왕도의 사관학교에 입학했지만 쉬는 날에는 요펠 성에 돌아왔으므로 마르크와의 교류도 계속 이어졌습니다. 정령인 윌리는 당연히 학교에 다니지 않으니까. 마르크는 언제나 내가 해주는 왕도와 학교의 이야기를 흥미진진하게 들었습니다. 한편 그는 물로 연결되어 있는 장소는 어디든 갈 수 있으므로 내가 다가갈 수 없는 인간족 도시나 마을…… 심지어 포레스트 엘프의 요새에 관한 이야기까지 이것저것 해주었죠.

——그런 나날이 몇 년이나 이어지다가…… 열여섯 살이 되던 해에, 나는 왕성에서 벌어진 요울의 축연에서 어떤 백작 가문의 영양을 소개받게 되었습니다. 그 자리에는 양가의 부모님과 친족도 동석하고 있었습니다만, 나는 그때 처음으로 자신과 그 여성이 태어날 때부터 정해진 약혼자임을 알게 되었습니다.

——이제 와서 돌이켜봐도 나에게는 아까울 정도로 멋진 아가씨였습니다……. 하지만 나는 그저 당황할 수밖에 없었어요. 축연이 끝나고 성에 돌아온 후에도 괜히 우울해지는 감각이 사라지질 않아서……. 그 여성과 결혼해 이 성에서 같이

살면서 자식도 낳고 가독의 자리를 계승하는 것이 나 자신의 책무란 것은 이해할 수 있었지만, 그것이 내가 원하는 미래라고는 도저히 생각할 수 없었습니다.

——그날 밤 나는 성에서 빠져나왔습니다. 모래밭에 앉아 있었더니 늘 그랬듯이 마르크가 나타났죠. 나는 그와 무화과 파이를 나눠 먹으면서 이야기를 했습니다. 축연에서 여왕 폐하를 배알했다, 수조 속에서 새처럼 날개가 달려 있는 물고기가 헤엄치고 있었다……. 하지만 약혼자 이야기는 도저히 할 수 없었습니다. 이유가 뭘까 하고 생각해보다가 나는 문득 깨달았습니다. 내가 원하는 것은 이 시간이 영원히 이어지는 것임을. 학교에서는 많은 친구들을 사귀었고 나의 약혼자인 영양도 흠잡을 데 없이 훌륭한 분이었지만, 내가 스스로 만나고 싶어 하고 실제로 만날 때마다 가슴이 뜨거워지는 상대는 오직 마르크밖에 없다는 것을…….

——하지만 그 당시의 나는 그 이유까진 몰랐습니다. 자신의 감정에 이름을 붙이고 받아들일 수 있게 된 것은 그로부터 1년이 더 지난 후였습니다. 나는…….

요필리스 자작은 거기서 잠시 말을 끊고 침묵했다. 그러다가 절절히 곱씹듯이 고백했다.

"나는 동성이고, 동족이 아닌 알마르크를 사랑했던 겁니다."

뭐라고 하면 좋을지 몰라서 오른손으로 코트 천만 움켜쥐었다. 아스나도, 키즈멜도 입을 열지 않았다.

자작은 힐끗 지면을——아니, 자신이 신고 있는 구두를 내려다보더니 얼어붙은 밤공기보다 더 고요한 독백을 계속 이어갔다.

"이듬해 요울의 축연 전날에 나는 부모님께 고백했습니다. 나는 백작 가문의 영양과 결혼하지 않겠다, 그 이유는 목숨이 다할 때까지 그녀를 계속 사랑하겠다고 성대수에 맹세할 수 없기 때문이다……라고. 당연히 부모님은 깜짝 놀라고 낭패하면서 이유를 캐물었습니다. 하지만 나는 대답하지 못했습니다. 어떻게 말할 수 있을까요…… 요펠 호수에 사는 월리 청년과 평생을 함께할 생각이기 때문이라고요."

그 말에 귀를 기울이면서 나는 어차피 답이 나올 리 없는 의문을 강하게 곱씹었다.

자작이 이야기해준 사건은 이 세계에서 실제로――즉, 정식 서비스 개시 전부터 가동됐던 SAO 서버에서 실제로 일어난 일인가?

아니면 모든 것은 서비스 개시 시점에서 이미 자작에게 부여된 기억이란 이름의 허구에 불과한가?

만약에 후자라면 각층에 여러 명 존재하는 고급 AI화 NPC 한 명 한 명에 대해 상세한 과거를 설정하고 모순이 발생하지 않도록 잘 조정해놓은 시나리오 라이터의 작업량은 어마어마했을 것 같은데, 그걸 무턱대고 찬양할 마음은 나지 않았다. 요필리스 자작뿐만 아니라 부친의 죄를 짊어졌던 미이아나 고아로서 굶어 죽을 뻔했던 키오, 그리고 사랑하는 여동생 틸넬을 잃은 키즈멜 같은 이들이 단지 시나리오를 맛깔나게 만들기 위해 괴로운 과거를 부여받았다면…… 나에게는 그건 너무나 잔혹한 일처럼 느껴졌다. 틀림없이 아스나도 그렇게 느끼고 있지 않을까.

스커트 위에 놓인 아스나의 두 손이 단단히 쥐어져 있는 것을 힐끔 본 나는 다시 자작에게 시선을 돌렸다.

"……부모님은 온갖 방법을 써서 내 마음을 돌리려고 했습니다."

내 잡념이 사라지기를 기다렸던 것처럼 자작이 또다시 이야기를 시작했다.

"우리보다 지위가 높은 백작 가문과의 혼약을 취소하는 것도 몹시 무례한 짓입니다만, 그보다도 요필리스 가문의 작위 계승이 나의 세대에 멈춰버리는 것을 부모님은 진심으로 우려하고 두려워하셨습니다. 왜냐하면 그것은 두 엘프족에게는 중대한 금기인 《시간의 응고》를 의미하는 것이었으니까요."

"시간의…… 응고?"

아스나는 그 낯선 말을 조그맣게 되풀이했다.

나는 문득 자작의 왼쪽에 앉아 있는 키즈멜을 힐끗 봤다. 허리를 꼿꼿이 세우고 있는 기사의 두 눈에 희미한 공포가 깃들어 있는 것처럼 보이는 것은 아마도 기분 탓이 아니리라.

"좀 전에 엘프도 스무 살 전후까지는 인간족과 같은 속도로 성장한다고 말씀드렸지요."

자작의 말에 나와 아스나는 똑같이 고개를 끄덕였다.

"그럼 그 후에는 어떻게 나이를 먹느냐. 엘프는 《묘목이 거목으로 변하듯이》라든가 《낙숫물이 큰 강이 되듯이》라고 표현합니다. 그런데 묘목도 빗방울도 그릇 안에 가둬두면 더 이상 성장하진 않습니다. 주어진 역할을 다하고 삶의 증거를 차곡차곡 쌓아가야지만 우리는 《시간의 순환》…… 즉 늙음을 얻을 수 있는 겁니다."

"늙음을…… 얻는다고?"

이번에는 내가 그 말을 되풀이했다. 단어 하나하나는 이해할 수 있지만 구체적인 이미지가 떠오르지 않았다.

"어, 그건 그러니까, 역할을 다하지 않으면 나이를 먹지도 않는다……는 이야기처럼 들리는데요……."

"바로 그렇습니다. 그 사례가 두 분의 눈앞에 있어요."

그렇게 말하더니 미소 짓는 요필리스 자작. 나는 놀라서 멍하니 그를 쳐다봤다.

2주일 전에 이 성을 방문했을 때 키즈멜이 했던 말이 이제와서 새삼스레 떠올랐다. 자작은 《다크 엘프 중에서도 가장 오랫동안 살아온 분들 중 하나》이다. 키즈멜은 분명히 그렇게 말했을 것이다. 그때는 엘프니까 나이와 상관없이 젊어 보이는 거겠지 하고 단순하게 생각했는데, 나는 《엘프 노인》과도 만났다. 6층의 갈레성에 은거하고 있는 현자 부흘름——흰 수염을 길게 길렀고 야윈 얼굴에는 깊은 주름살이 있는 그는 엘프도 제대로 늙는다는 사실을 그 외모로 증명해줬다.

"……역할이라니, 그건 뭔가 특별한 의식 같은 건가요……?"

내가 조심스럽게 묻자 자작은 미소를 띤 채 부정했다.

"아뇨, 그것은 누구나…… 엘프뿐만 아니라 드워프나 인간족도 하고 있는 매우 당연한 일입니다. 예를 들면 자식을 낳고 길러 가독의 자리를 물려주는 것. 혹은 대장일이나 도예 기술을 연마해 명장이 된다거나, 열심히 훈련해서 검호가 된다거나, 깊은 사색을 통해 현자가 된다거나 하는 것이죠. 그런 일을 꾸준히 해나감으로써 우리의 시간은 순회하여 언젠가 성대수의 곁으로 돌아가게 되는 것입니다."

"……."

거기까지 들었는데도 여전히 이해할 수 없었다. 나는 머릿속에서 필사적으로 정보를 정리해봤다.

요컨대 엘프는 자식을 키우거나 일을 열심히 한다거나, 뭐 그런 사회적 책임을 다함으로써 점점 늙어가는 것이고, 아무것도 안 하면 영원히 젊은 상태로 남는다——는 뜻인가. 하지만 대체 무슨 기준으로 노화 속도가 결정되는 걸까. 자식이 한 살 더 먹으면 나도 한 살만큼 더 늙는다? 아니, 그럼 만약에 자식이 열 명이라면 눈 깜짝할 사이에…… 아니다, 엘프니까 괜찮은가……?

이것저것 생각해보고 있는 나의 귓가에 대고 아스나가 작게 속삭였다.

"어쩌면 입장이 외모에 영향을 준다는 뜻일지도 몰라."

"입장……? 자식이 태어나면 아버지 어머니다운 외모로 변하고, 손자가 태어나면 할머니 할아버지다운 외모로 변한다는 거야?"

아스나는 고개를 끄덕였다. 그걸 곁눈질로 보면서 아, 그렇구나 하고 입속으로 중얼거렸다. 엘프의 노화 시스템은 내가 상상했던 것만큼 엄밀한 것이 아니라, 《부모》《할아버지》《가게 주인》《대장》 같은 속성을 획득할 때마다 육체적으로 나이를 먹는다는 식으로 대충 정해져 있는 걸지도 모른다.

아니, 잠깐. 그렇다면 그걸 거꾸로 이용하면――.

"저…… 자작님."

나는 고개를 왼쪽으로 돌렸다. 그리고 여기까지 이야기를 들었을 때 누구나 느낄 만한 의문을 입에 담았다.

"그 말씀이 사실이라면, 젊은 모습으로 영원히 살고 싶다는 소원도 간단히 이룰 수 있을 것 같은데요……."

실제로 월룹타의 바당 코를로이는 분명히 다 같은 팔할리의 자손인데도 자기만 늙어간다는 현실을 받아들이지 못하고 니르니르를 죽이려고 했었다. 그 남자라면 아마도 영원한 젊음을 손에 넣기 위해서라면 자식도 안 낳고 일도 안 하는 무위도식의 삶을 주저 없이 선택할 것이다.

또 6층의 주거 구역 스타키온의 영주였던 파이사구르스는 플로어 보스의 일부이자 실은 고대의 마도 병기였던 황금 큐브의 힘으로 오래오래 살았다고 한다. 그 힘이 넘쳐흐르는 바람에 도시 전체가 퍼즐로 변해 주민들이 난처해하고 있었지만, 그래도 그는 제자 사이론에게 살해당할 때까지 큐브를 포기하려고 하지 않았다.

내 말을 들은 요필리스 자작은 오른쪽 눈썹을 살짝 들어 올리더니 반대로 물었다.

"자네도 그길 원하는 깁니까, 키리도?"

"네……? 아뇨, 나는 아직 애송이라서 잘 모르겠는데요……."

"하지만 당신이라면 그 소망을 이룰 수 있을 겁니다. 인간으로 돌아가는 것을 포기하고 밤의 주민으로 계속 살아가면 되니까요."

"아, 그, 그러네요."

그렇게 수긍하긴 했지만 실제로는 그건 불가능했다. 이 세계의 내가 나이를 먹지 않더라도, 현실세계에서 너브 기어를 쓰고 있는 나는 그렇지 않기 때문이다. 너브 기어에 오파츠 수준의 초월적인 기술이 탑재되어 있어서 이 세계에서의 1일이 현실의 1분이 된다든가 하는 일이 생기지 않는 한, 나는 니르니르처럼 수백 년이나 살아가진 못할 것이다. 그리고 설령 그런 일이 가능하더라도——.

"……그래도 나는 역시 인간으로 돌아가고 싶어요. 설령 내가 영원히 살아가더라도 아스나가 죽어버리면 의미가 없으니까요."

그렇게 대답한 순간——.

"어?! 뭐?! 뭐엇?!"

옆에서 아스나가 그동안 들어본 적도 없는 얼빠진 소리를 냈다. 나는 흠칫 놀라 옆을 쳐다봤다.

"어? 왜, 왜 그래?"

그렇게 되물어볼 새도 없이 아스나는 새빨개진 얼굴로 소리를 질러댔다.

"왜 그러냐니, 몰라서 물어?! 가, 갑자기 무슨 소리를 하는 거야!"

"뭐긴…… 내가 영원히……."

멍하니 그렇게 말하려다가 드디어 깨달았다. 조금 전에 내가 입에 담았던 대사는 어떻게 보면 '나는 아스나와 영원히 같이 살고 싶다'라는 뜻으로 해석될 여지가 있다고도 말할 수 있지 않을까.

"아, 아니, 그런 뜻이 아니라…… 난 단순히 파트너란 의미로……."

아차, 실수했다. 《잠정 공략》을 붙였어야 하는데——라고 생각했을 때에는 이미 아스나의 팔꿈치가 내 오른쪽 위팔을 날카롭게 찌르고 있었다.

——어떻게 늘 이렇게 아슬아슬하게 대미지가 발생하기 직전으로 위력을 조절할 수 있는 걸까.

나는 그런 생각을 하면서 잠정 공략 파트너의 오해를 정정하는 것은 포기하고 다시 다크 엘프들을 돌아봤다. 키즈멜은 평소처럼 기막혀하는 표정이었고 요필리스 자작도 미소를 띠고 있었다. 일단 불쾌해하는 기색은 없어 보였다.

"죄, 죄송합니다. 시끄럽게 굴어서."

내가 사죄하자 자작은 좀 더 짙은 웃음을 지으며 대꾸했다.

"괜찮습니다. 그 마음을 소중히 여기세요, 키리토."

"아…… 어, 네……."

자작도 뭔가 오해하고 있는 것 같았지만 나로선 이렇게 대답할 수밖에 없었다.

가볍게 고개를 끄덕이자 자작은 다시 표정을 다잡고 말했다.

"먼 옛날에는 우리 류슬라의 백성들 중에서도…… 또 카레스 오의 백성들 중에서도 영원한 젊음을 원하는 자들이 있었습니다."

중요한 이야기가 시작되리란 예감이 들어 나는 귀를 쫑긋 세웠다. 옆에 있는 아스나도 좀 거칠어졌던 숨을 고르느라 심호흡을 했다.

"그들은 마력이나 검술 실력을 키우면서 젊음을 유지할 방법을 찾으려고 했습니다. 그런 일은 불가능하다고 많은 이들이 비웃었죠. 설령 자식을 낳지 않더라도 기사나 기술자로서 위계가 높아지면 늙는 것은 피할 수 없으니까요. 멸시당하면서 낮은 바닥에서 계속 살든가, 찬양받으면서 하늘나라로 올라가든가…… 그것이야말로 성대수의 뜻이며, 무녀님조차 예외는 아니다. 모두들 그렇게 믿었습니다. 그들만 제외하고는 말이죠."

거기까지 듣고 나는 비로소 깨달았다. 자작이 이야기하고 있는 《먼 옛날》이란 것은 《대지 단절》──즉 부유성 아인크라드 탄생 이전의 이야기란 것을. 구체적인 연대는 불명이지만, 다크 엘프의 달력에 의하면 올해는 2498년이라고 하니까 저것은 500년이나 1,000년 전의 사건이어도 이상하진 않을 것이다.

"그래도…… 편법은 있었던 거군요?"

이야기에 몰입한 내가 무심코 끼어들자 자작은 천천히 긍정했다.

"네. 더할 나위 없이 꺼림칙한 방법이 있었죠. ──내가 방금 '위계가 높아지면'이라고 말했잖아요? 그런데 이 위계란 것은 광범위하게 존경을 받음으로써 저절로 올라가는 겁니다. 그렇다면 그 존경을 공포로 덮어버린다면 위계는 더 이상

올라가지 않지 않을까. 그렇게 생각한 그들은 두 엘프 족의 기나긴 역사상 가장 큰 모독이라고 여겨지는 사건을 일으켰습니다."

"……그건, 설마."

아스나가 중얼거렸다. 동시에 나도 과거에 키즈멜에게 들었던 일화를 떠올렸다.

"성대수를……?"

내가 중얼거림과 동시에 키즈멜이 입을 움직이는 게 보였다. 아마도 기도 문구를 소리 없이 외운 것이리라.

자작은 다시 한 번 고개를 끄덕이더니 이야기를 계속했다.

"그렇습니다. 설령 늙는 것을 거부하는 데 성공하더라도, 무기에 의해 다치는 것은 막을 수 없죠. 그래서 그들은 고대의 전설이 사실인지 아닌지 몸소 확인해보기로 했습니다. 초대 류슬라 왕은 무녀님이 성대수의 수액으로 빚어낸 액체에다가 나무껍질을 몇 년이나 담가서 만든 《영주(靈酒)》를 마셔서 마침내 칼날로도 상처를 입지 않는 육체를 손에 넣었다고 하는데, 그 일화를 재현하려고 시도한 겁니다. 그들은 《금단의 벽》을 기어올라 무녀님이 계시는 《새벽의 궁》에 몰래 숨어들어갔습니다. 그리고 흑의 성대수의 새싹을 베고 나무껍질을 벗겼죠. 그 행위로 인해 그들은 전 국민의 두려움의 대상이 되고, 성대수의 은총을 잃은 《폴른 엘프》로서 영원히 늙지 않는다는 저주를 받았습니다."

"……."

그동안 보고 들었던 단편적 정보들이 머릿속에서 단번에 하나로 결합되는 바람에 나는 잠시 멍해졌다.

아마도 나이가 드는 현상의 트리거가 되는 《위계》란 것은 게임식으로 말하자면 수치적인 레벨과는 별개로 명예 수치를 획득함으로써 상승하는 칭호 같은 것이 아닐까. 아까 했던 추측에 대입시켜보자면, 《부모》나 《가게 주인》 같은 속성을 획득하면 그로 인해 자신에 대한 주변 사람들의 명예 수치인지 존경 수치인지를 얻게 되고, 그 결과 위계가 올라가는…… 대충 그런 시스템일 것이다. 그렇다면 일반 가정의 부모와 대형 상점의 주인이 얻을 수 있는 존경 수치는 너무 크게 차이가 나지 않나 하는 생각도 들었지만, 어쩌면 타인보다도 가족한테서 더 많은 존경 수치를 얻을 수 있도록 조정되어 있는 걸지도 모른다.

여기서 중요한 것은 그거다. 아마도 엘프들은 모두 다 늙어서 죽는 것은 하늘의 은혜이며 영예로운 일이라고 생각하는 듯하다는 것. 그래, 분명 베타테스트 시절에 9층의 왕성에서 봤던 잘난 듯한 다크 엘프는 부흘름 노인만큼은 아니어도 상당히 나이가 있어 보이는 외모였다. 그런데 왕국의 정점에 군림하는 여왕 폐하는 가장 오래 살아온 다크 엘프임에도 불구하고 무척 젊어 보였다. 여왕은 다른 누구보다도 많은 존경 수치를 모아 최고 위계에 도달했을 텐데. 그런데도 노화하지 않고, 또 그럼에도 불구하고 모두에게 엄청난 존경과 숭배를 받고 있었다. 그 이유는 무엇일까…….

그 외에도 확인해보고 싶은 것이 이것저것 있었지만 뭐부터 물어봐야 좋을지 몰랐다. 그때 아스나가 먼저 말을 꺼냈다.

"저…… 분명 성대수 열매를 먹으면 영원한 생명을 얻을 수 있다고 했죠? 그렇게 고생해서 신전에 숨어 들어갔다면, 수액이나 나무껍질뿐만 아니라 열매도 손에 넣어 직접 먹으면 되지 않았을까……하는 생각이 드는데요……."

"호오…… 《새끼 뱀과 성스러운 열매》의 전설을 알고 있는 자는 이제 그리 많지 않을 텐데요. 그 이야기는 어디서 들으셨습니까?"

자작의 질문에는 아스나 대신 키즈멜이 대답했다.

"각하, 제가 두 사람에게 가르쳐줬습니다만…… 혹시 문제가 되는 일이었을까요?"

"그럴 리가요, 아무 문제도 없습니다. 용케 알고 있구나 하고 감탄했을 뿐입니다."

"여동생이랑 옛날이야기 그림책을 자주 같이 봤었기 때문에……."

틸넬이 죽었다는 사실을 알고 있는 자작은 키즈멜을 안타깝게 여기는 것처럼 고개를 끄덕이더니 다시 우리에게 눈을 돌렸다.

"그럼 성대수 열매를 먹은 새끼 뱀이 영원한 생명을 얻은 대신 독의 저주에 걸려서 사악한 용으로 변해버렸다는 이야기도 알고 있겠군요. 폴른 녀석들도 자기들이 입에 대는 것이 모조리 맹독으로 변하는 것까진 바라지 않았을 겁니다. 또 애초에 성대수는 수십 년에 딱 하나만 열매를 맺었다고 해요. 나도 자세한 것은 모릅니다만, 무녀님의 대가 바뀌는 의식과 무슨 관계가 있었다고 하던데……. ──아무튼 폴른 녀석들은 성대수를 다치게 한 죄로 왕국에서 추방됐지만, 그것은 그들이 바라던 바이기도 했습니다. 그들의 멸칭인 《네우시안》이란 말은 류슬리안(다크 엘프)도 아니고 카레시안(포레스트 엘프)도 아닌 자들이란 의미뿐만 아니라, 아무것도 이루지 않는 녀석들이란 의미도 가지고 있어요."

속삭이듯이 그렇게 고한 자작의 입가에 딱 한순간 자조적인 빛이 스쳐 지나간 것 같았다. 그러나 그것은 곧바로 사라져버렸다.

네우시안이란 단어에는 밥벌레나 식충이란 뉘앙스가 있는 듯했다. 폴른 엘프도 뭔가 목적이――설령 좋지 않은 목적일지라도――있어서 활동하고 있을 테니, 그들도 그런 말을 들으면 화가 날 것이다. 만약에 다시 카이사라와 만나게 되더라도 네우시안이란 말은 절대로 하지 말자……라고 생각했을 때, 새로운 의문이 머리에 떠올랐다.

"자작님, 실은 우리가 6층에서 《박벌의 카이사라》란 폴른 검사와 싸웠었는데, 혹시 그 녀석이 성대수의 나무껍질을 벗기고 가지를 자른 장본인입니까? 박벌이라는 별명은 거기서 유래한 게 아닌지……?"

"……."

자작은 살짝 눈을 크게 뜨고 한동안 침묵했다. 그러나 이윽고 살며시 고개를 흔들었다.

"박벌이란 별명이 그 전설에서 유래한 것은 확실하겠죠. 하지만 장본인인지 아닌지는 확실치 않습니다. 설령 그 여자가 정말로 성대수에 상처를 냈다면 벌써 1000년도 넘게 살아온 셈이고, 별명이 누군가에게 계승되는 것도 별로 드문 일은 아니니까요. 다만……."

그는 숨을 한 번 쉬고 나서 한층 더 낮아진 목소리로 말을 이었다.

"폴른의 장군 놀차가 성대수 열매를 먹고 독의 저주에 걸린 새끼 뱀――즉 사룡 슈마르고어를 토벌한 장본인인 것은 확실한 모양입니다. 그러니까 적어도 그는 《대지 단절》 전부터 살아온 진정한 장명의 존재일 것입니다. 박벌의 카이사라와 싸워서 살아남은 것은 자랑스럽게 여겨도 되지만, 놀차와는 절대로 싸우면 안 됩니다."

"아…… 네."

내가 그렇게 대답하자 아스나도 옆에서 고개를 끄덕거렸다.

컬러 커서가 보라색을 뛰어넘어 새까맣게 보였던 놀차와 싸울 마음은 애초부터 없었지만, 카이사라와 다시 싸우는 것은 피할 수 없을지도 모른다. 빼앗긴 비밀 열쇠가 아직 카이사라의 손아귀에 있다면 싸우지 않고 그것을 훔칠 수 있을 가능성은 낮기 때문이다.

그 경우에는 설령 비겁하다는 소리를 듣더라도 쓸 수 있는 수단은 뭐든지 다 쓸 거다……. 이를테면 높은 곳에서 돌풀 녹턴의 빛의 칼날을 연타한다거나…… 그렇게 쓸데없는 생각을 하고 있는데 이스니가 또다시 입을 열었다.

"……저희는 카이사라와는 검을 맞대지도 못했지만, 6층의 갈레성에 쳐들어온 폴른 엘프 병사에게는 검과 창의 공격이 통했습니다. 그렇다면 그들은 《영주》를 만들지 못했다……고 생각해도 되는 걸까요?”

“아마도…… 그렇겠죠.”

자작은 수긍했다. 하지만 100퍼센트 확신이 있는 것은 아니었는지 생각에 잠긴 표정으로 말을 이었다.

“나도 폴른 엘프가 맨몸으로 칼이나 창을 막아냈다는 이야기는 들어본 적이 없습니다. 하지만…… 성대수의 껍질과 수액을 훔쳐갔다는 일화가 진실이라면 그것들이 아무 효과도 없었을 거라고 생각하긴 어렵습니다. 아마도 만들어낸 결과물의 효과가 불완전했거나, 아예 다른 효과를 가진 결과물이 탄생했거나……. 어차피 그 답을 아는 자는 이제는 놀차 장군 정도밖에 안 남아 있을 테지만요.”

“……그놈들은 대체 무슨 목적으로 비밀 열쇠를…….”

조그맣게 중얼거린 것은 자작의 왼쪽에 앉아 있는 키즈멜이었다. 그러나 곧 살짝 머리를 흔들더니 숙였던 고개를 번쩍 들었다.

“아니, 실례했습니다. ──각하. 이야기를 들으면서 저도 한 가지 의아하게 느낀 부분이 있는데…… 라빅 공과 관련된 내용이므로 혹시 문제가 있다면 대답해주시지 않으셔도 괜찮습니다만…….”

“그의 외모에 관한 이야기입니까?”

자작이 묻자 키즈멜은 좀 놀란 듯한 표정으로 고개를 끄덕였다.

“네……. 라빅 공은 백단향 기사단의 단장을 맡을 정도로 대단한 분이신데도 그토록 젊어 보이시지 않습니까. 대체 이유가 무엇인가 하고……. 괴화목 기사단과 운향 기사단의 현재 단장님은 두 분 다 계수나무나 개암나무 같은 연배이신데……."

——계수나무? 개암나무?

속으로 고개를 갸우뚱하고 있는데 아스나가 귓속말로 말해줬다.

"아마도 아인크라드에서 사용되는 열두 달의 이름으로 얼마나 나이 들었는지 표현하고 있는 걸 거야. 내 기억으로는 계수나무의 달은 8월이고 개암나무의 달은 9월이니까…… 인간으로 치면 60세나 70세 정도가 아닐까?"

"그렇구나……."

그러고 보니 그런 설정도 있었지. 속으로 생각하면서 자작의 대답에 귀를 기울였다.

"당연한 의문이군요. 그건 내가 대답해줘도 문제는 없을 테지만……."

거기서 한 번 호흡을 하더니 자작은 시선을 북쪽 밤하늘로 보냈다. 별처럼 반짝거리는 저 빛은 상층 바닥에 반사된 달빛일까. 현재 시각은 오후 10시가 좀 넘었는데, 어느새 요펠성 창문의 불빛은 많이 줄어들어 있었다.

자작은 하얀 숨을 희미하게 뱉어내고 나서 천천히 입을 열었다.

"……라빅에 관해 이야기하려면, 나의…… 나와 알마르크의 이야기부터 해야 합니다. 아까 내가 부모님께 백작 가문의 영양과는 결혼할 수 없다고 말씀드렸다는 부분까지 이야기했었죠? 그때 부모님이 당황하신 이유는 이제 키리토와 아스나도 이해했을 겁니다. 결혼도 안 하고 자식도 안 낳고, 그렇다고 기사단에 들어가지도 않고 성에서 무위도식하며 살아간다면 후계자인 나의 시간은 응고되어버릴 테니까요……. 마치 폴른과 같이. 그것은 류슬라의 귀족에게는 최대급 불명예이자 가문 자체가 멸망할 수도 있는 오점이었어요."

"……."

도저히 끼어들 수 없었다. 나는 숨을 죽이고 있었다.

나도 키리가야 가문의 장남——이라고 해봤자 양자이지만——이니까, 혹시 나중에 '결혼하지 않겠다'고 선언한다면 어머니나 아버지는 최소한 기뻐하시지는 않을 것이다. 그러니까 요필리스 자작의 설명을 이해하지 못하는 것은 아니었다. 하지만 아무리 그래도 가문이 멸망할 정도의 불명예라니. 그 말을 듣자 다크 엘프 사회의 엄격함을 느끼지 않을 수 없었다.

그런데 자작은 여전히 젊고 요필리스 가문도 존속되고 있었다. 그렇다면 부모님도 최종적으로는 인정해주신 게 아닐까…… 아니, 그럼 세트랑이나 다른 자식들의 어머니는 도대체 누구지? 하고 내가 생각했을 때.

자작이 어쩐지 서늘한 목소리로 이야기를 재개했다.

"새해가 되어 한 달, 두 달 지나는 사이에 부모님은 더 이상 나를 설득하려고 하지 않게 되었습니다. 다만 아버지는 집무 중에도 식사 중에도 언제나 영혼이 빠져나간 것처럼 공허한 표정을 짓고 계셨습니다. 나는 그런 아버지를 일부러 피했는데…… 좀 더 제대로 대면하고 최선을 다해 대화를 했어야 했다고, 얼마나 후회했는지 모릅니다."

언제나 평온한 표정을 무너뜨리지 않는 자작의 입매가 한순간 딱딱하게 굳어졌다. 그러나 그 긴장은 곧 풀리더니 쓸쓸한 목소리가 흘러나왔다.

"아카시아의 달이 되어 성의 눈과 호수의 얼음이 녹기 시작했을 무렵이었습니다. 안식일에 왕도에서 돌아온 나는 일찍 일어나 평소처럼 북쪽 모래밭으로 가서 알마르크를 기다렸습니다. 그런데 평소에는 늘 5분도 안 돼서 호수에서 나오던 마르크가 그날은 한 시간, 두 시간이 지나도 나타나지 않았죠……. 예전에도 그런 일이 한 번도 없었던 것은 아니었던지라 나는 포기하고 성으로 돌아갔습니다. 하지만 그날 저녁에도, 다음 날 아침에도, 그다음 안식일에도 마르크는 모습을 드러내지 않았습니다. 그리고…… 한참 전부터 상태가 이상했던 아버지가 어느 날 갑자기 기괴한 병에 걸려 쓰러지셨습니다."

움찔. 키즈멜의 두 어깨가 흔들렸다. 키즈멜은 뭔가 눈치챈 것 같았지만 나로선 아직 이 이야기가 어떻게 전개될지 짐작할 수 없었다.

"……아버지의 피부와 입술은 바싹 말라 있었습니다. 자꾸만 물을 달라고 하셨죠. 하지만 물을 미셔도 금방 도해버리셨습니다. 우유나 차도 안 되고 술도 마찬가지였습니다……. 왕도에서 고위 약사를 불러와서 귀중한 약을 처방받기도 했지만, 그걸 물에 녹여도 마시지 못하고 가루 상태 그대로 입에 집어넣어도 기침만 하면서 못 드셨습니다. 아버지는 순식간에 쇠약해지셨어요. 이윽고 목소리도 낼 수 없게 되었고…… 그때 찾아온 두 번째 약사가 아버지를 진찰해보더니 고개를 갸웃거리며 이렇게 말했습니다. 이 증상은 마치 월리의 저주 같다고. 그 말을 듣고 나는 마침내 모든 것을 깨달았습니다."

자작의 말꼬리가 아주 약간 떨렸다. 그는 깊게 숨을 들이마셨다가 천천히 시간을 들여 토해냈다.

"……어느새 부모님은 알아내셨던 겁니다. 내가 결혼하지 않겠다고 말했던 것이 바로 알마르크의 존재 때문이란 것을. 그리고 내가 왕도에 가 있는 동안에 아버지는 어떤 수단을 써서 마르크를 북쪽 모래밭으로 불러내…… 죽였고, 그 결과 아버지는 월리의 저주에 걸려 모든 액체를 마시지 못하게 되어버렸다……. 약사가 돌아간 후 나는 아버지를 추궁했습니다. 당신이 마르크를 죽였느냐고. 그러자 아버지는 아주 살짝, 그러나 분명히 고개를 끄덕였습니다. 그리고 며칠 후 숨을 거두었습니다."

그렇게 말하는 자작의 목소리는 더 이상 떨리지는 않았다. 그러나 지금도 그 슬픔은 풍화되지 않았다는 것을 나는 확실하게 느꼈다. 그런데 비극은 거기서 끝나지 않았다.

"아버지의 장례식이 치러진 날 밤. 어머니는 대선창에서 요펠 호수로 몸을 던졌습니다. 나는 그 자리에 없었지만, 어머니를 구하려고 달려갔던 위병의 말로는 어머니는 고작 몇 초도 떠 있지 못하고 마치 뭔가에 끌려 들어가듯이 순식간에 깊은 물속으로 가라앉아 버렸다고 합니다. ……어머니의 시신은 결국 떠오르지 않았습니다. 지금으로부터 272년 전의 일입니다."

8

"있잖아, 키리토 군."

맞은편에 앉아 있는 아스나가 문득 말을 꺼냈다.

"요필리스 자작은 AI…… 맞지?"

나는 좀 생각해보고 나서 고개를 끄덕였다.

"나도 AI를 자세히 아는 것은 아니지만…… 아마 그럴 거라고 생각해. SAO에는 현실세계에 보급되어 있는 대화형 AI 서비스와 같은 수준의 NPC와, 내가 내 마음대로 《고급 AI화 NPC》라고 부르는 키즈멜이나 니르니르나 요필리스 자작 같은 AGI 수준의 NPC가 존재하거든."

"AGI? 그건 범용 인공지능……인가? 인간 같은 사고력과 판단력을 가지고 있다고 하는……. 하지만 아직 개발되진 않았잖아."

"적어도 2022년 11월 6일까지는 그렇지. 하지만 연구 단계에서는 그에 가까운 것을 실현시킨 기업이나 연구소가 여러 개 있을 테고, SAO를 개발한 것은 그 대단한 카야바 아키히코니까……. AGI를 비밀리에 완성시켜서 그걸 정식 서비스에 맞춰 실제로 도입했어도 이상하진 않을 거야."

내가 카야바의 이름을 꺼내자 아스나는 얼굴을 확 찡그렸다.

"혹시 그 사람이 세계 최초로 AGI를 완성시켰더라도, 그걸 탑재한 NPC들에게 그런 고통을 주는 것은 결코…… 결코 용서할 수 없어."

그 말투는 마치 카야바가 자신을 로그아웃 불가인 데스 게임 속에 가둬놓은 것보다도, 요필리스 자작 같은 인물들을 괴롭히고 있는 것에 대해 더 큰 분노를 느끼고 있는 것 같았다. 하지만 나도 더 이상은 그것이 불합리하다고 생각할 수는 없었다.

"그래도…… 우리가 그들을 위해 해줄 수 있는 일도 분명히 있을 거야."

나는 그렇게 대꾸하면서도 스스로 참 얄팍하다고 느꼈다. 하지만 아스나는 천천히 고개를 두 번 끄덕이더니 다소 침착함을 되찾은 목소리로 말했다.

"……그래, 맞아. 우선은 비밀 열쇠부터 되찾아야겠지……."

"응."

짧게 대답하고 컵 바닥에 남아 있는 홍차를 다 마셨다.

우리가 앉아 있는 곳은 요펠성 서쪽 건물 2층에 있는 대식당의 가장 구석진 테이블이었다. 식사 시간은 벌써 옛날에 끝났으므로 주방은 캄캄했고 홀의 램프도 대부분 꺼져서 어둑어둑했다. 그래도 따뜻한 물은 뷔페 카운터 끄트머리에 있는 거대한 무쇠 온수기에서 얼마든지 꺼내 쓸 수 있으므로, 찻잎과 찻주전자와 컵만 가지고 있으면 차는 마실 수 있었다. 물론 그걸 가지고 있었던 사람은 내가 아니라 아스나였지만.

내 스토리지에도 보존식품이니 괴지 같은 것은 다양하게 늘어 있었다. 그러나 약 네 시간 전에 여기서 고기랑 게랑 온갖 음식을 한계까지 배 속에 채워 넣었으므로 지금은 뭘 먹고 싶은 생각이 없었다. 아니, 어쩌면 그것은 요필리스 자작이 이야기해준 과거의 사건을 아직 완전히 소화시키지 못한 탓일지도 모르지만.

6층에서 키즈멜도 분명히 말했었다. 월리를 비롯한 물의 정령은 엘프에게는 나무 정령과 마찬가지로 소중한 존재이며, 혹시나 월리를 죽이기라도 하면 일족 전체가 저주를 받게 될 거다……라고.

자작의 아버지는 월리 청년 알마르크를 죽이고 물을 마시지 못하게 되는 저주에 걸려서 사망했다. 그 후 어머니가 호수에 몸을 던진 것은 자신의 목숨을 바침으로써 월리의 저주가 아들에게 미치는 것을 막기 위해서였다고 한다. 그러니까 아버지의 흉행과 어머니의 투신자살은 둘 다 자기 자식의 미래를 걱정하여 내린 결단이었던 것이다. 그것이 참으로 안타깝고 뒷맛이 씁쓸했다.

게다가 거기까지 이야기했을 때 요필리스 자작은 갑자기 컨디션이 나빠졌다. 본인은 괜찮다고 했지만 우리는 오늘 밤은 이제 그만 쉬시라고 여러 번 설득해서 간신히 자작을 쉬게 할 수 있었다. 핵심 주제였던 라빅 전 기사단장과의 과거의 인연까지는 말하지 못한 채 자작의 이야기가 끝나버린 것은 아쉬웠지만, 엘프의 규범의식과 나이를 먹게 되는 시스템에 관한 설명을 들은 것은 크게 도움이 되었다. 정식 서비스 때 도입된 고급 AI화 NPC는 8층에 있는 포레스트 엘프의 왕도와 9층에 있는 다크 엘프의 왕도에도 적잖이 살고 있을 테니까, 적절한 행동의 중요성이 베타테스트 시절보다도 훨씬 더 증가한 것이다. 젊어 보이는 엘프에게 칭찬이랍시고 "아직 젊으신데 참 대단하시네요!"라고 하면서 추종했는데, 그 엘프가 모종의 이유로 《시간의 응고》에 처한 상태라면 대체 무슨 일이 일어날지 상상하고 싶지도 않았다. 키즈멜이 입에 담았던 "엘프족 사이에서는 남에게 대놓고 나이를 묻는 것은 무례한 짓으로 간주된다"라는 말은 농담이 아니었던 것이다. 나는 그 사실을 새삼스레 가슴에 새겼다.

"아스나, 한 잔 더 마실 거지?"

내가 일어나면서 그렇게 묻자 사색에 잠겨 있던 아스나가 고개를 들었다.

"아…… 응."

"오케이."

텅 빈 찻주전자를 들고 카운터로 이동했다.

바닥에 설치되어 있는 온수기는 높이가 약 1.5미터나 되는 원통형이었다. 현실세계의 워터저그와 좀 비슷한 느낌이랄까. 하반부는 스토브 겸용인지 유리창 달린 문 안쪽에서 석탄 같은 광석이 빨갛게 타오르고 있었다. 그 열로 상반부에 채워 놓은 물을 데우는 방식이었다.

원통 한가운데에 설치된 수도꼭지 밑에 찻주전자를 놔두고 고풍스런 마개를 열었더니 톡톡 소리를 내면서 열탕이 흘러나왔다. 70퍼센트쯤 채워졌을 때 마개를 잠그고 테이블로 돌아갔다.

이 세계의 찻잎들은 원칙적으로는 추출이 끝남과 동시에 녹아 사라지는 간편한 스타일이었다. 그래서 도자기 항아리에 든 찻잎을 적당히 주전자에 털어 넣고 뚜껑을 닫은 후 잠시 기다렸다.

따뜻한 물 속에서 찻잎이 춤을 추는 희미한 소리에 귀를 기울이고 있었는데——.

"둘 다 오래 기다렸지?"

그런 목소리에 이어 딱딱한 발소리가 들려왔다.

대식당으로 들어온 것은 여전히 완전무장을 하고 있는 키즈멜이었다. 급하게 홀을 가로질러 다가오더니 나와 아스나의 맞은편에 앉았다.

"키즈멜, 자작님은 괜찮으셔……?"

아스나가 묻자 기사는 살짝 고개를 끄덕이며 대답했다.

"그냥 좀 피곤하신 것 같아. 갈 때나 올 때나 두 번 다 자기 발로 직접 불안정한 물 위에서 달리셨으니까……."

"그렇구나."

안도한 것처럼 숨을 내쉬는 아스나 옆에서 나는 문득 이런 생각을 했다.

나와 아스나도 육체적——아니, 가상 육체인 아바타적으로 전혀 지치지 않는 것은 아니었다. 이 세계에는 《피로도》라는 숨겨진 파라미터가 존재한다. 그래서 근력 수치의 한계를 뛰어넘는 중량을 옮기거나 민첩 수치의 한계를 뛰어넘는 속도로 계속 뛰거나 하면, 《피로》 배드 스테이터스가 부여되어 한동안 움직임이 제한되어버린다.

그러니까 조깅하는 속도로 호숫가까지 왕복하고 온 요필리스 자작이 피로해진 것은 이상하진 않았다. 하지만 타이밍에서는 위화감이 느껴졌다. 피로 시스템이 우리와 같다면 아까 모래밭에 도착했을 때 피로 상태가 되었어야 했다. 그런데 자작의 컨디션이 나빠진 것은 안뜰 벤치에서 약 20분 동안이나 이야기를 하고 난 뒤였다.

혹시 배드 스테이터스로서의 피로가 아니라 정신적인 소모가 문제였던 걸까. 하지만 AI의 정신이 피로해진다는 것이 과연 있을 수 있는 일인가…….

"차. 다 된 거 아냐?"

아스나의 말을 듣고 나는 화들짝 놀라 고개를 들었다.

"아…… 응, 그러네."

키즈멜 앞에 새 컵을 준비해놓고 찻주전자에서 갓 우려낸 홍차를 부어줬다. 아스나와 나의 컵에도 부었더니 정확히 주전자가 텅 비었다.

"고마워."

키즈멜이 그렇게 인사하고 컵을 들어 한 모금 마시더니 눈을 좀 크게 떴다.

"맛있는데……? 이 향기는 니르니르 님의……?"

"응, 니르 님이 즐겨 드시는 홍차를 키오에게 부탁해서 조금 나눠 받았어."

어깨를 으쓱하며 웃는 아스나. 대체 어느 틈에 그런 짓을……하고 놀라면서 나도 내 잔에 입을 댔다. 머스캣과 비슷한 그 화사한 향기는 확실히 그랜드 카지노에서 키오가 내준 홍차와 똑같았다. 다만 뭔가가 좀 부족한 듯한 느낌도 들었는데, 그건 내가 요리 스킬이 없어서 그런 걸지도 모른다.

그래도 충분히 맛있는 그 홍차를 아스나, 키즈멜과 동시에

다 마셨다. 그리고 시야에 표시된 현재 시각을 봤다. 오후 10시 10분.

어제 이 시간에는 우리는 월룹타 그랜드 카지노 부속 프라이빗 비치에서 수영복을 입고 리클라이너에 누워 얼음같이 차가운 프루트펀치를 마시고 있었는데. 계절감이 너무 달라서 그게 정말로 하루 전에 있었던 일인지 의심스러울 정도였다. 뭐, 시스템 UI는 거짓말을 안 하지만.

하여간 새벽까지는 아직 여덟 시간 가까이 남아 있었다. 강제적으로 밤낮이 바뀌어버린 우리의 입장에서는 오늘의 공략은 지금부터 진짜로 시작되는 셈이다.

"자, 그럼…… 슬슬 가볼까요?"

그렇게 말을 걸자, 아스나와 키즈멜은 기다렸다는 듯이 벌떡 일어났다.

오늘 밤 두 번째 외출. 하지만 이번에는 키즈멜이 같이 있어서 그런지 정문의 보초들은 우리를 의심하기는커녕 자발적으로 경례를 했다.

키즈멜도 약식 경례를 하면서 의연한 목소리로 고했다.

"임무를 수행하느라 잠시 외출하겠다. 아침까지 우리가 돌아오지 않으면 자작 각하께 보고해줘."

"네!"

합창하듯이 대답하는 보초들을 향해 기사는 고개를 끄덕인 후 재빨리 대선창으로 향했다. 나와 아스나도 시치미를 뚝 떼고 그 뒤를 쫓아갔다.

오늘 밤의 주목적은 정찰이다. 그래서 크지만 눈에 안 띄는 색깔인 리버레이터호를 사용할지, 아니면 작지만 새하얀 틸넬호를 사용할지 잠시 고민했다. 그러나 결국 기동성과 숙련도를 중시하여 사랑하는 우리 배를 고르게 되었다. 여차할 때에는 아르기로의 얇은 천으로 배 전체를 덮어버리면 된다.

계류 로프를 풀고 차례차례 배로 뛰어 올라갔다. 아스나와 키즈멜이 판자에 앉은 것을 확인한 후 나는 노를 살짝 눕혔다. 아주 느린 속도로 10미터쯤 전진한 다음에 크게 노를 젓자 틸넬호는 고요한 수면 위로 미끄러지듯이 나아가기 시작했다.

검은 수면 위에서 흔들리는 달빛을 보니 저절로 먼 옛날 이 호수에서 일어난 비극이 떠올랐다. 하지만 지금은 눈앞에 있는 미션에 집중해야 한다. 만약 비밀 열쇠를 탈환하지 못한다면 키즈멜은 이번에야말로 근위 기사에서 해임되어 다시 감옥에 갇히게 될지도 모른다. 그러면 키즈멜도 《시간의 응고》 속에 갇혀버릴 가능성도 없지는 않을 것이다.

요컨대 엘프족에게 장기 금고형이란 것은 자유와 동시에 나이 들 기회마저 빼앗는 이중 형벌인 것이다. 키즈멜이 그런 꼴을 당하게 놔둘 수는 없었다.

나는 결의를 다지며 노를 왼쪽으로 눕혔다. 틸넬호가 회전하면서 뱃머리를 북서쪽으로 돌렸다.

이대로 직진해 인스턴스 경계를 돌파하면 요펠 호수로 흘러드는 강——이름은 우르 강인 듯했다——의 하구에 도달할 것이다. 거기서부터 본류를 거슬러 올라가서 플로어 중앙에 있는 칼데라 호수를 통과해 북동쪽으로 나아가면, 나와 아스나가 화염곰 마그나테리움과 싸웠던 대삼림이 보일 것이다. 목적지는 그 숲 앞에 있는 던전. 존재를 모르면 애초에 눈치챌 수도 없는 가느다란 지류를 따라가면 나오는 수몰 던전이었다. 폴른 엘프의 비밀 아지트는 그 안에 있었다.

7층에서 다크 엘프 회수 부대가 가지고 있던《홍옥 비밀 열쇠》를 강탈한 폴른 녀석들이 전이 장치를 써서 4층으로 이동했다면, 목적지는 아마 그 아지트밖에 없을 것이다. 아직 하루밖에 안 지났으니 다른 곳으로 옮겨졌을 가능성은 낮고, 카이사라에게 빼앗긴 네 개의 비밀 열쇠도 같은 곳에 보관되어 있을 가능성도 있다——그보다는 제발 그랬으면 좋겠다.

아지트는 광대한 수로 던전 안쪽에 있으므로 탐색은 쉽지 않을 것이다. 하지만 던전의 80퍼센트는 이미 매핑이 완료되었고 거기서 출현하는 몬스터의 레벨이 지금의 우리보다 상당히 낮다는 것은 긍정적 요소였다.

그 점에서는 아지트에 모여 있는 폴른 엘프 병사들도 예외는 아닐 것이다. 하지만 물론 그들을 모조리 섬멸할 생각은 없었다. 잠입이 금방 들통나버리면 우리가 비밀 열쇠의 위치를 알아내기도 전에 뒷문을 통해 열쇠가 반출될 가능성도 있고, 또 요필리스 자작이 싸우지 말라고 몇 번이나 경고했던 놀차 장군도 아직 거기에 머물러 있을 가능성도 있기 때문이다.

고로 아지트 앞에 있는 던전 부분에서 마주치는 몬스터는 어느 정도 해치운다 쳐도, 아지트에 들어가면 완전히 은밀하게 행동하려고 노력해야 할 것이다. 솔직히 말하자면 난 그런 것은 별로 자신 없는 편이었다. 하지만 시비스 녹테의 암시 능력을 살려 어떻게든 노력해보는 수밖에 없다.

아스나와 키즈멜도 속으로 기합을 넣고 있을 것이다. 둘 다 말이 없었지만 뒷모습은 꼿꼿했다. 틸넬호도 어쩐지 평소보다 속도가 잘 나오는 것 같았다.

저 앞에서 피어오르는 농무를 돌파해 인스턴스 영역을 빠져나갔다. 그러자 예상대로 정면에 강 하구가 보였다. 저기서부터 우르 강을 거꾸로 올라가면 목적지까지는 한 시간쯤 걸릴 것이다.

"기본적으로 몬스터는 무시하고 쭉쭉 나아가자!"

승객들에게 그렇게 말했다. 둘 다 알았다는 듯이 엄지를 척 세웠다.

나는 틸넬호를 전속력으로 가속시키기 위해 노를 한계까지 눕히려고 했다. 그런데 그때, 경쾌한 효과음과 더불어 시야 중앙에 편지 마크의 아이콘이 번쩍거렸다. 프렌드 메시지가 날아온 것이다.

"아…… 미안, 잠깐만."

노를 세워 감속시키면서 아이콘을 두드렸다. 발신자는…… 정보상 《생쥐》 아르고.

【바쁠 텐데 미안하지만 지금 8층 주거 구역에서 만날 수 없을까? 상황이 안 좋아졌어.】

그런 단문을 두 번 읽고 나서 겨우 깨달았다. 우리가 요펠성에서 나온 이 타이밍에 메시지가 도착한 것은 우연이 아닐 것이다. 프렌드 메시지는 인스턴트 메시지와는 달리 상대가 다른 플로어에 있어도 보낼 수 있지만, 던전 안이나 인스턴스 영역 안은 권외가 된다. 아마도 아르고는 오래전부터 나나 아스나에게 연락을 취하려고 했는데 우리가 내내 요펠성에 머물러 있어서 메시지를 송신하지 못했던 것이리라.

즉, 이것은 꽤 심각한 긴급사태란 뜻이다……. 그렇게 생각하면서 재빨리 홀로그램 키보드를 두드렸다.

【얼마나 안 좋은데? 지금 4층에서 작전 수행 중.】

내가 5초 걸려 보낸 메시지에 아르고는 4초 만에 답장했다.

【상당히 안 좋아. DKB와 ALS의 멤버 대부분이 포레스트 엘프와 마찰이 생겨 꼼짝 못 하게 되었어.】

"뭐라고?!"

내가 무심코 소리를 지르자 아스나와 키즈멜이 의아해하는 얼굴로 쳐다봤다. 잠깐만 기다려봐! 하고 신호한 뒤 메시지를 또다시 입력했다.

【목숨이 위험해?】

【추적자를 뿌리치고 동굴 속에 숨은 것 같으니까 당장 어떻게 되진 않을 거야. 하지만 린키바의 결단에 따라서는 앞으로 어떻게 될지 모름.】

【대체 무슨 짓을 했는데?】

【포레스트 엘프의 왕도 영역 안에서 큰 나무를 베었어.】

"그런 멍……!"

뒷말은 꿀꺽 삼키고 【동료와 상의할 테니 5분만 기다려】라고 대꾸하고 창을 껐다. 어느새 벌떡 일어난 아스나가 배속재생이라도 한 것처럼 빠르게 떠들어댔다.

"누구야?! 무슨 일인데?!"

"아르고야. 상황이 좀 안 좋아진 것 같아."

그렇게 서두를 떼고 나서 나는 메시지의 내용을 두 사람에게 전달했다.

이야기를 다 듣자마자 키즈멜이 깊은 한숨을 내쉬더니, 내가 차마 못 했던 말을 했다.

"그런 멍청한 짓을 하다니……. 붙잡히면 지휘관은 틀림없이 처형당할 테고 다른 사람들도 설령 목숨은 건져도 감옥행은 피할 수 없을 거다."

"그렇지……. 그 녀석들도 살아 있는 나무를 베는 행위가 엘프에게는 최대의 금기란 것쯤은 알고 있었을 텐데……."

그렇게 대꾸했다가 퍼뜩 깨달았다. 아니, 어쩌면 몰랐을 수도 있다. ALS와 DKB는 3층에서 엘프 전쟁 캠페인 퀘스트를 개시하긴 했지만——분명 ALS가 다크 엘프 측이고 DKB가 포레스트 엘프 측이었을 것이다——, 그것은 아직도 수수께끼투성이인 PK 집단의 일원인 코이프의 남자 모르테가 양대 길드를 충돌시키려고 가짜 정보로 유도한 결과였다. 이때 나와 아스나와 키즈멜이 개입한 덕분에 전면전은 가까스로 회피하게 되었고, 그 후 두 길드는 캠페인을 방치해버렸다. 그러니까 그들은 요펠성이든 갈레성이든 어디든 들르지 않았을 것이다. 그래서 퀘스트 수주 및 보고를 통해서만 엘프들과 대화했다면, 금기에 관한 이야기를 들을 기회는 한 번도 없었을지도 모른다.

아니, 그래도 8층의 주거 구역에서 충분히 정보를 수집했으면 포레스트 엘프들의 까다로운 성정——특히 그들의 영역에서 나무를 베는 것과 물을 오염시키는 것은 목숨까지 위험해질 수도 있는 행위라고 여기저기 있는 NPC들이 경고해줬을 것이다. 적어도 베타테스트 때에는 그랬다.

하지만 지금 여기서 무슨 일이 있었는지 상상해보는 것은 시간낭비일 뿐이다. 아르고에게 허락받은 5분이란 시간은 이제 반도 안 남았다.

"으~~음……."

나는 머리를 쥐어뜯고 싶을 정도로 열심히 생각하다가 이렇게 말했다.

"린드 일행에게는 미안하지만 우리가 나서봤자 뭘 어떻게 할 수는 없을 거야. 키즈멜은 당연히 포레스트 엘프의 영역에는 들어가지 못할 테고, 나와 아스나도 요펠 호수에서 포레스트 엘프와 싸웠으니까 적대 플래그…… 어, 그러니까 적으로서 수배되었을 확률이 높아. 이 상황을 타개할 가능성이 있다면, 그건 공략 집단 중 누군가가 지금부터 포레스트 엘프의 협력자가 되어 이것저것 도와주면서 신뢰를 쌓아서, 이번 사태를 원만하게 수습해줄 만한 높으신 분에게 잘 부탁하는 수밖에 없겠지……."

"그건…… 대체 며칠이나 걸리는데?"

아스나가 잠긴 목소리로 중얼거렸다. 그러게, 3층의 방황하는 안개의 숲에서 캠페인 퀘스트를 개시하고 각층의 비밀 열쇠 회수 퀘스트를 하나씩 클리어해서 마침내 요필리스 자작 클래스의 유력자의 신뢰를 얻으려면…… 1주일? 아니, 10일은 걸리려나?

아르고는 린드와 키바오의 결단에 달려 있다고 했다. 하지만 내가 생각해봐도 동굴 속에 숨어 있는 ALS와 DKB의 멤버들이 10일이나 버틸 수 있을 것 같지는 않았다. 그리고 가장 최악인 점은, 거의 모든 동굴은 던전으로 취급되기 때문에 인스턴트 메시지와 프렌드 메시지 양쪽 모두의 권외가 되어버린다는 것이다. 그러니까 "구출 작전을 수행하고 있으니 계속 숨어 있어"라고 전달할 수단이 없었다.

그럼 도대체 아르고는 어떻게 그 상황을 알게 된 걸까. 신경 쓰였지만 그것도 지금 생각할 문제는 아닐 것이다. 우선 아르고의 메시지에 어떻게 대답할지 정해야 한다. 설령 도와주진 못하더라도 일단 부름에 응하여 자세한 사정은 들어봐야 할 텐데, 지금부터 8층으로 가려면 4층의 주거 구역 로비아의 텔레포트 게이트를 사용하거나, 미궁 구역 타워를 올라가서 예의 그 전이 장치로 7층 미궁 구역으로 이동해 보스룸의 왕복 계단을 이용하는 수밖에 없을 것이다. 그런데 둘 다 상당히 시간이 걸리기 때문에 어느 쪽 루트를 선택하더라도 오늘 밤에는 더 이상 폴른의 아지트를 정찰하는 것은 불가능하다고 봐야 할 것이다. 그리고 그 하루 사이에 비밀 열쇠가 다른 곳으로 이동해버릴 가능성도 있었다.

남은 시간은 1분.

나는 오른손을 들어 아르고에게 하루만 기다려줄 수 있겠느냐고 답장하려고 했다. 그러나 그 직전에.

"키리토, 이스나. 너희는 가서 아르고의 이야기를 듣고 와."

키즈멜이 침착한 목소리로 그렇게 말했다.
"뭐……? 키즈멜은 어쩌려고?"
"나는 예정대로 폴른의 거점을 정찰하고 올게. 비밀 열쇠가 여기 있는지 없는지 확인하고, 혹시 있다면 적어도 그걸 숨겨둔 장소는 알아내서 올게."
그 말이 끝나기도 전에 아스나가 소리쳤다.
"안 돼! 적이 얼마나 있을지 모르잖아. 혼자 가는 것은 너무 위험해!"
"애당초 전투는 회피한다는 방침이잖아? 너희를 방해물처럼 취급할 마음은 없지만, 은밀 작전이라면 혼자 움직이는 것이 더 해결하기 쉬운 상황도 있어."
"그렇지 않은 상황도 있잖아!"
끈질기게 물고 늘어지는 아스나. 그 옆얼굴을 보면서 나는 결단을 내리고 두 사람에게 고했다.
"아스나는 키즈멜과 같이 가줘. 아르고는 나 혼자 가서 만나고 올게."
아스나가 이쪽을 획 돌아봤다. 그 눈동자에 깃든 걱정의 의미가 바뀌었다. 내가 몬스터에게 질까 봐 걱정하는 게 아니라, 혹시나 새벽까지 돌아오지 못할까 봐 걱정하는 것이다.
"괜찮아. 편도 한 시간도 안 걸리잖아. 그쪽 사정만 듣고 얼른 돌아올 거니까 틀림없이 오늘 밤 내로 성까지 돌아올 수 있어."
선수 쳐서 그렇게 말했지만 아스나의 걱정스런 표정은 사라지지 않았다.

"하지만……."
거기서 일단 말을 끊은 것은 이런저런 불안을 억지로 삼켰기 때문이리라. 그 대신 실제적인 문제점을 지적했다.
"하지만 개별 행동을 한다면, 이동 수단은 어쩌려고? 일단 성으로 돌아가서 리버레이터호를 가지고 갈 거야?"
"아니, 여기는 아직 아슬아슬하게 호수 안이니까."
나는 싱긋 웃었다. 그리고 둥글게 붙인 엄지와 검지를 입에 밀어넣고 높게 손가락 휘파람을 불었다.
손을 내리고 나서 '아, 이름을 불러야 하나?'란 생각이 머릿속에 떠올랐다. 그러나 다행히 몇 초 만에 좌현 쪽의 수면이 불룩하게 솟아오르더니 요펠 호수의 주인인 켈피가 머리만 쑤욱 물 위로 내밀었다. 푹 젖은 말갈기, 아니, 갈기형 지느러미 밑에 있는 말의 얼굴에는 대놓고 귀찮아하는 표정이 떠올라 있었지만, 기분 탓이겠지 하고 스스로 납득하면서 아스나와 키즈멜을 돌아봤다.
"나는 이 녀석을 타고 미궁 구역까지 갈 테니까, 너희는 이대로 틸넬호를 타고 가줘."
"……그 애는 호수 밖으로도 나갈 수 있어?"
아스나의 질문에는 모우가 직접 "흐흥!" 하고 콧김으로 대답했다.

9

4층 미궁 구역 타워 밑의 선착장에 도착한 나는 모우의 등에서 뛰어내렸다.

스토리지를 조작한 다음에 뒤를 돌아봤다. 거친 수면 위에서도 전혀 흔들림 없이 서 있는 수마에게 조심스럽게 오른손을 내밀었다. 손바닥 위에 놓여 있는 것은 요펠성의 대식당에서 훔쳐 온――게 아니라 테이크아웃으로 가져온 민물게 프리토였다. 모우는 냄새를 맡아보더니, 날카로운 앞니로 덥석 물어 올려 파삭파삭 아작아작 기분 좋은 소리를 내면서 씹어 먹었다.

윈도 위에 보유하고 있던 나머지 프리토 일곱 개도 가볍게 먹어 치운 후 모우는 "흥" 하고 콧소리를 냈다. 그것이 '조금만 더 같이 어울려줘 볼까?'란 뜻이길 바라면서 나는 그에게 말을 걸었다.

"두…… 아니, 세 시간 이내에 돌아올 테니까 이 근처에서 기다려주지 않을래?"

그 지시인지 부탁인지에 대해 "흐흥!" 하고 대답하더니 모우는 제자리에서 왼쪽으로 돌아 물속으로 들어갔다. 나는 그 모습을 끝까지 지켜본 후, 아직 열려 있는 윈도를 메시지 탭으로 전환하고 아스나에게 【미궁 구역에 도착했어】라고 소식을 전했다.

금방 【우리는 칼데라 호에 거의 다 왔어】란 답장이 왔다. 나는【필드 보스는 리스폰되지 않을 거라고 생각하지만 일단 한 가운데에는 접근하지 마】라고 단단히 주의를 주고【OK】란 답장이 올 때까지 기다렸다가 윈도를 껐다.

틀림없이 개발 단계에서 메시지 기능에 각종 이모티콘을 도입하느냐 마느냐 하는 논의가 벌어졌을 테지……라고 생각하면서 선착장 안쪽으로 향했다. 꾸불꾸불한 계단을 두 단씩 뛰어 올라가, 벼랑 중턱의 쑥 튀어나온 바위 위에 세워져 있는 미궁 구역 타워의 주위에 아무도 없는지 재빨리 체크한 후 시커먼 입구 안으로 발을 들여놓았다.

이 탑을 올라가는 것은 두 번째──내려온 것까지 포함하면 세 번째이고 그렇게까지 복잡한 구조도 아니었다. 그래서 나는 강행돌파식 최단 루트로 빠르게 통과했다. 스테이터스가 전반적으로 높아졌기 때문인지 쉬지 않고 전력질주를 계속해도 피로 상태가 될 기미는 보이지 않았다. 암시 능력 덕분에 몬스터도 멀리서부터 발견할 수 있었다.

베타테스트 시절에 이 슈퍼 뱀파이어 파워가 있었더라면 10층의《천사성(千蛇城)》도 클리어할 수 있었을 텐데……라는 생각이 절로 들었지만, 만약 그랬더라면 틀림없이 열 번, 아니 스무 번은 실수로 햇볕을 쬐어 타 죽었을 것이다. 정식 서비스에서는 단 한 번만 실수해도 즉시 게임 오버가 되니까. 역시 빨리 인간으로 돌아가야 할 것이다.

이제야 겨우 그 존재에 익숙해진 뾰족한 송곳니를 혀끝으로 핥으면서 나는 달리기 속도를 올렸다.

10층부터는 전투를 가능한 한 피하고, 도저히 우회할 수 없는 곳에 눌러앉아 있는 몬스터만 처치했다. 그런데 이상하게도 그런 몬스터 대부분이 어제는 마주치지 않았던 반어인(半漁人) 형태의 몬스터, 그것도 희귀종인 《익티오이드 컬티베이터》였다. 그 덕분에 귀중품인 고구마를 열 개도 넘게 손에 넣을 수 있었다. 물론 군고구마를 만들 여유는 없었지만.

예정보다 좀 빠르게 목적지인 18층에 도달했으므로 딱 1분만 쉬기로 하고 잠시 생각에 잠겼다.

미궁 구역 루트를 선택했을 때에는 폴른 엘프의 전이 장치로 7층까지 바로 갈 생각이었다. 하지만 생각해보면 이곳의 보스룸에 있는 왕복 계단을 통해 5층으로 올라가서 주거 구역 카를르인의 텔레포트 게이트를 이용해 직접 8층으로 날아가는 방법도 있을 것이다. 둘 다 소요 시간은 거의 비슷하지만, 전자는 전이 후의 경로에서 발생하는 몬스터가 다소 강해지는 데다가 폴른과 딱 마주칠 위험성도 있었다.

그렇다면 5층을 경유하는 게 더 합리적이지 않을까? 하지만 이 탑의 보스룸에는 요필리스 자작과의 결투를 앞둔 라빅전 기사단장이 이미 대기하고 있을지도 모른다. 물론 그를 기피하는 것은 아니고——오히려 그는 호감이 가는 인물이었지만, 그렇기 때문에 “저 바빠요!” 하고 그냥 지나쳐 가기는 좀 그랬다. 그렇다고 잡담을 할 시간도 없고.

이것저것 생각한 끝에 예정대로 7층을 경유하기로 마음먹고 나는 다시 달리기 시작했다.

끝내기 한 판처럼 튀어나온 익티오이드와 딱 한 번만 더 전투를 벌이게 되었지만 그 외의 몬스터는 전부 다 무시하고 지나갔다. 그리하여 익숙한 통로에 도달한 시각은 오후 11시 15분이었다. 요펠성을 출발한 지 정확히 한 시간이 지났다.

키즈멜과 아스나도 순조롭게 나아갔다면 슬슬 수몰 던전에 도착했을 것이다. 확인 메시지를 보내고 싶지만 이쪽도 던전 안이라 그럴 수는 없었다.

무리는 하지 마. 그렇게 아쉬운 대로 두 사람에게 사념만 보내고, 비밀의 방으로 이어지는 좁은 샛길로 들어가려고 했다. 그런데 그때——.

바로 그 샛길에서 어렴풋한 사람 그림자 하나가 나타난 것이 보였다. 나는 반사적으로 오른쪽으로 뛰었다. 석벽에서 겨우 15센티미터쯤 튀어나온 기둥 뒤에 착 달라붙었다.

하이딩 아이콘이 켜지면서 하이드 레이트(은폐율) 측정기가 표시됐다. 수치는 72퍼센트. 아직 20미터나 떨어져 있는데도 은폐 수치가 낮은 것은 기둥의 튀어나온 부분이 충분히 넓지 않아서일까.

이대로 숨어 있어 봤자 상대가 코앞까지 다가오면 은폐율은 50퍼센트 미만으로 낮아질 것이다. 즉, 간파당할 가능성이 더 높다는 거다. 그리고 예의 비밀의 방과 연결된 샛길에서 나온 것을 보면 저 인물은 틀림없이 폴른 엘프일 것이다. 전투가 벌어져도 일대일이라면 내가 뒤지진 않을 테지만, 상대가 나를 발견하고 도망쳐서 그대로 놓쳐버리는 상황만은 반드시 피해야 한다. 그놈들이 수로밖에 없는 4층을 어떻게 이동하고 있는지는 불명이지만, 혹시나 나 때문에 아지트의 경계 태세가 강화된다면 아스나와 키즈멜도 위험해질 테니까.

놓치지 않는 것을 최우선 과제로 삼는다면 상대가 아직 통로 안쪽에 있을 때 내가 먼저 움직여야 한다. 희미한 발소리가 울릴 때마다 은폐 수치는 슬금슬금 착실하게 떨어지고 있었다. 이것을 이용하면, 기둥 뒤에 숨어 있어도 상대와의 거리를 상당히 정확하게 파악할 수 있었다.

15미터…… 12미터…… 10미터.

오른발에 힘을 준 순간, 서늘한 오한이 척수를 관통했다. 뭔가 중요한 것을 놓친 듯한 예감이 순식간에 확신으로 변했다.

그동안 내가 단독으로 행동하는 폴른 엘프를 몇 번이나 보았던가?

5층에서 쓰러뜨린 장교는 여러 명의 호위병에게 보호받고 있었다. 그리고 6층에서 미이아의 집에 쳐들어온 것도, 7층에서 백골 평원에 나타난 것도 2인조였다. 단독 행동을 하는 폴른 엘프를 목격한 것은 단 한 번.

하지만 이미 내 몸은 기둥 그늘에서 거의 절반이나 튀어나가 있었다. 이제 와서 다시 숨을 수는 없었다.

——돌격하는 수밖에 없다!

나는 나 자신을 질타하고 힘차게 도약했다.

등에 있는 검을 뽑으면서 통로 중앙에 착지했다. 노렸던 대로 상대와의 거리는 10미터 미만. 나는 다시 도약 자세를 취하면서 검을 오른쪽 어깨 위로 치켜들었다. 키이이잉…… 하는 날카로운 소리가 나면서 연녹색 섬광이 통로를 비췄다.

시스템 어시스트가 발동되기 직전에 혼신의 힘을 다해 바닥을 박찼다.

10미터란 것은 지금의 내가 단발 도약기 《소닉 리프》를 전력으로 부스트해서 아슬아슬하게 닿는 거리였다. 상대도 누가 그렇게까지 멀리서 뛰어들 거라고는 예상하지 못했을 것이다.

그래…… 상대가 평범한 인물이었다면.

눈부신 빛의 궤적을 그리면서 나는 더없이 정밀한 SAO의 물리 연산을 초월한 속도와 궤도로 비상했다. 그리고 꼭대기에 도달한 순간, 어깨의 비틀림과 팔을 휘두르는 동작에서 생겨나는 파워를 소드 스킬에 실었다.

흡혈귀화에 의해 증가된 근력 수치와 민첩 수치.

한손 직검 스킬의 숙련도.

마검 돌풍 녹턴의 스펙.

과감한 돌진과 팔 휘두르기에 의한 위력 부스트.

그 모든 것을 가미한다면, 내가 지금까지 아인크라드에서 수천 번이나 발동시켰던 모든 소드 스킬 중에서도 틀림없이 최대급 위력을 지닌 일격이었는데.

눈앞의 날씬한 인물은 왼쪽 허리에서 뽑아낸 칼을 그대로 휘두른 참격, 다시 말해 단순한 통상 기술로 막아냈다.

소유주와 마찬가지로 날씬한 그 곡도는 허무하게 튕겨 날아가고, 나의 마검의 칼끝은 상대의 왼쪽 어깻죽지를 깊숙이 베어낼——터였다.

그러나.

까라아아앙! 그렇게 검이 부딪쳤다는 게 믿어지지 않을 정도로 깨끗한 결정질의 고음이 울려 퍼짐과 동시에, 나의 돌진은 거대한 쇳덩어리에 부딪친 것처럼 급정지했다.

오른팔에 과도한 부하가 걸렸다. HP바가 약간 줄어드는 것을 곁눈질로 어렴풋이 인식하면서 나는 어떻게든 반동을 흡수하려고 했다. 여기서 내가 반동으로 튕겨 나가 바닥에 쓰러진다면 상대는 결코 그 빈틈을 놓치지 않을 것이다.

소닉 리프의 방대한 에너지가 칼날과 칼날의 미소한 접촉점에서 번쩍번쩍한 빛이 되어 소비되어간다. 어제까지 사용했던 소드 오브 이벤타이드 +3이었다면 버티지 못하고 부러져 버렸을지도 모른다. 끊임없이 튀는 대량의 불꽃이 두 눈을 태웠지만, 한 번이라도 눈을 깜빡거리면 그 순간 몸 전체가 튕겨져 날아갈 것이다.

이 악물고 소드 스킬의 위력이 다할 때까지 기다렸다. 섬광과 고주파가 서서히 약해지더니 불꽃이 불규칙적으로 끊기기 시작하고…… 마침내 모든 것이 사라졌을 때. 나는 자신의 검을 밀어내려고 하는 상대의 힘을 이용해 뒤로 펄쩍 뛰었다.

가까스로 착지에 성공해 다시 한 번 뒤로 점프한 다음에 검을 고쳐 쥐었다. 멈췄던 숨을 가늘게 토해냈다가 같은 시간을 들여 빨아들였다.

3미터 앞에 서 있는 적이 천천히 가느다란 곡도——아니, 카타나를 내렸다.

"재주도 좋은 녀석이군."

흘러나온 목소리는 마치 잘 단련한 강철처럼 차갑고 단단하면서도 아주 약간 달콤한 울림을 띠고 있었다.

놀랄 만큼 가느다란 몸. 머리부터 어깨까지는 그림자 같은 질감의 후드 케이프를 뒤집어쓰고 있었다. 방어구는 역시나 암회색인 징 달린 가죽 갑옷. 몸통과 팔다리를 꽉 조이는 듯한 타이트한 갑옷이라서 여성의 체형이란 것을 한눈에 알 수 있었다.

나처럼 방패를 들지 않은 상대의 왼손이 위로 올라가더니 후드를 뒤로 넘겼다.

아름다운 애시그레이 색깔의 머리카락은 앞머리는 좌우 비대칭이고 뒷머리는 여러 가닥으로 땋아 늘인 독특한 스타일이었다. 저 앞머리 밑에 숨어 있는 오른쪽 눈이 검은 안대로 덮여 있다는 것을 나는 이미 알고 있었다.

카타나 전사는 짙은 청보라색 왼쪽 눈을 한 번 깜빡이더니, 소름 끼칠 정도로 매끈한 아름다움을 지닌 얼굴에 희미한 쓴웃음을 띠었다.

"……너냐, 인간족 애송이. 내가 전에 말하지 않았던가? 더 이상 엘프의 일에는 관여하지 말라……고."

"그 말은 들었지만, 한 달이나 늦었어."

배에 힘을 주지 않으면 떨릴 것 같은 음성으로 그렇게 대꾸했다. 그리고 불필요하다는 것을 알면서도 상대의 컬러 커서에 한순간 시선을 줬다.

색깔은 선혈처럼 깊고 어두운 빨강.

표시되어 있는 이름은【Kysarah : Fallen Elven Adjutant】――.

박벌이란 이명을 가진 폴른 엘프 부장군 카이사라. 예전에 나와 아스나, 키즈멜, 미이아, 큐잭 네 명을 광범위 소드 스킬 한 방으로 모조리 날려버린 카타나 전사였다. 뜻밖에 딱 마주치는 상대로서는 예의 놀차 장군 다음으로…… 아니, 나로서는 그와 비슷한 수준으로 반갑지 않은 강적이었다.

……뭐, 저번에는 아예 적수가 못 될 정도였지만…….

머릿속으로 중얼거리면서 나는 상대의 온몸과 그 주위의 공간까지 시야에 집어넣으려고 했다. 이런 레벨의 전사와 싸울 때에는, 검만 보고 있으면 공격에 대한 반응이 늦어져 버린다. 전후, 좌우, 혹은 상하로 이루어지는 미묘한 무게중심의 변화를 느끼고 움직임을 예측하지 않으면 방어든 회피든 제때 해낼 수 없다.

듀얼에 익숙한 플레이어라면 상대가 미리 짐작할 수 없도록 페인트를 구사할 테지만, 카이사라는 카타나를 자연스럽게 내린 자세로 계속 정지해 있었다. 싸울 마음이 없는 건가? 하는 생각도 들었지만, 그렇게 낙관적으로 봐도 될 만한 상대는 아니었다.

가만히 나를 쳐다보던 카이사라가 또다시 소리를 냈다.

"수호수의 방에 간다면 이 길은 멀리 돌아가는 길일 터. 애당초 수호수는 이미 해치우지 않았던가? 이제 와서 이런 곳에서 뭐 하는 것이냐?"

마음만 먹으면 쉽게 죽일 수 있다――고 생각하고 있을 텐데. 어째서 내가 여기 있는 이유에 관심을 가지는 걸까. 찰나의 당혹감은 금세 확신으로 변했다.

카이사라는 내가 이 앞에 전이 장치가 있다는 사실을 알고 있는지 확인하고 싶지만, 자기 스스로 그 존재를 암시하고 싶진 않은 것이다. 다시 말해 내가 장치에 관해 아무것도 모른다고 판단되면 주저 없이 죽이려고 할 것이다.

하지만 내가 알고 있다고 말해봤자 사태는 호전되지 않는다. 그때는 나를 포획해서, 장치의 존재를 아는 자의 이름을 모조리 실토하게 하려고 하지 않을까. 고통을 느끼지 않는 플레이어를 상대로 어떤 고문을 할지는 모르겠지만, 그걸 알고 싶은 마음은 조금도 없었다.

결국 이 녀석을 쓰러뜨리거나 후퇴하게 만들지 않으면 이 궁지에서 벗어날 수 없다는 뜻이다.

나는 마음을 굳게 먹고 대답했다.

"인간족 모험가가 미궁에 있는 이유 따윈 하나밖에 없잖아. 괴물을 사냥하고 있었지."

"4층에서? 지금의 너한테는 너무 약한 상대일 텐데."

그 빠르고 적확한 대꾸에 나는 깜짝 놀랐다. 하지만 아스나를 제외한 그 어떤 플레이어들보다도 오랫동안 고급 AI화 NPC들과 관계를 맺어왔다고 자부하는 사람으로서 여기서 말문이 막힐 수는 없었다.

"여기에 살고 있는 익티오이드란 녀석이 맛있는 고구마를 가지고 있는데, 그게 가끔 먹고 싶어지거든. 당신도 먹고 싶다면 구워줄 수도 있는데."

내 대답을 들은 카이사라는 또다시 옅게 쓴웃음을 지었다.

"됐다. 어차피 인간족은 변변한 조리법도 모를 테니."

그건 그냥 모닥불 속에 던져 넣으면 되잖아……라는 말을 꺼내기 직전에 꿀꺽 삼켰다. 갈레성의 대현자 부흘름 노인은 프라이팬에 넣고 튀기듯이 구운 고구마조차 "그냥저냥"이라고 평가했지만, "버터를 얹으면 최강일 것 같다"라고도 말했었다.

영감님, 당신을 믿을게요. 나는 그렇게 생각하면서 입을 열었다.

"나를 무시하지 마. 둥글게 썰어서 프라이팬에 넣고 바삭하고 향기롭게 튀기듯이 구워준 다음에, 그 위에다 버터를 듬뿍 얹는 거야. 그러면 웬만한 디저트보다 몇 배나 더 맛있다고."

"……."

카이사라는 2초쯤 침묵하다가 진지한 얼굴로 수긍했다.

"확실히 그건 매력적이군."

"그럼 10층의 안전지대로……."

힘겹게 제안을 해봤지만, 상대는 그것을 끝까지 말하는 것조차 허락하지 않았다.

"아니, 널 죽이고 빼앗아야겠다. 너도 익티오이드에게 했던 짓이니까 불만은 없을 테지."

"……."

이번에는 내가 입을 다물었다. 엘프한테는 반어인도 물의 정령처럼 신성한 존재였나? 그런 생각이 한순간 머릿속에 떠올랐지만 그럴 리가 없었다. 왜냐하면 키즈멜과 라빅은 둘 다 눈썹 하나 까딱하지 않고 그 녀석들을 베어 넘겼으니까.

더 이상 전투는 피할 수 없는 상황인데, 애초에 먼저 공격한 사람은 나였다. 그 사람 그림자가 누군인지 눈치챌 수 있는 기회도 있었건만 눈치채지 못했다. 그러니 이제 와서 징징거릴 수는 없었다.

내 혼신의 소드 스킬을 태연하게 막아낸 상대와 정면으로 맞붙어 싸워 이길 수 있을 것 같지는 않았다. 즉, 나는 이제 곧 죽을지도 모른다. 하지만 신기하게도 내 마음은 차분했다. 아마도 아스나가 여기 없기 때문일 것이다. 나는 나 자신보다도 잠정 파트너가 죽는 것이 더 무서운가 보다.

한편 아스나는 내가 죽었다는 사실을 알면 충격을 받겠지만, 그래도 그녀라면 게임 클리어를 목표로 계속 싸워나갈 수 있을 것이다. 그리고 언젠가 공략 집단의 선두에 서서 모든 플레이어들에게 희망을 주는 존재가 될 것이다.

"……그래, 불만은 없어."

나는 그렇게 대꾸하고 돌풀 녹턴을 몸 앞으로 들어 올렸다. 아직 애검이라고 부를 정도로 긴 시간을 함께하진 않았지만 붉은 가죽 손잡이는 손바닥에 착 달라붙었고, 흑요석 도신은 든든한 무게감을 내 팔뚝에 전해줬다. 마지막이 될지도 모르는 전투의 파트너로서 전혀 불만은 없었다.

카이사라도 왼발을 뒤로 빼고 비스듬하게 서서 카타나를 정중선으로 들어 올렸다.

3미터란 거리는 검도 시합이라면 너무 멀지만, 이 세계에서는 충분히 일족일도의 간격이다. 내가 먼저 공격했다가 튕겨내기 혹은 회피를 당한다면, 나는 반격으로 치명상을 입을 것이다.

하지만 상대가 칼로 막아준다면 조금이나마 승산이 있다.

이를 위해 필요한 것은 상대가 튕겨내거나 스텝으로 회피할 수 없다고 판단해버릴 정도의 공격 타이밍과 살기. 만약에 카이사라가 일반 병사라면 기합에 의한 심리전 따윈 안 통할 것이다. 그러나 인간과 동등한 고도의 AI라면——.

내 미간을 꿰뚫는 각도로 자리 잡은 카타나의 칼끝. 그것이 1밀리미터의 반의 반만큼 위로 올라간 듯한 느낌이 든 순간.

"으라앗!!"

가장 짧은 포효에 가장 큰 살기를 실으면서 나도 검을 높이 치켜올렸다.

지근거리에서 포효 소리를 들어도 카이사라의 왼쪽 눈에 깃든 냉정한 빛은 조금도 흔들리지 않았다. 그러나 그 직후, 뭔가를 눈치챈 것처럼 그 눈이 조금 커졌다. 그와 동시에 카타나가 이쪽에서 볼 때 왼쪽으로 기울어졌다. 방어 자세——.

혼신의 상단 베기를 하기 직전, 나는 왼손도 칼자루에 대고 꽉 쥐었다.

양손으로 하는 전력 공격.

위에서 휘두른 돌풀 녹턴의 도신이 선혈 같은 빛을 뿜어냈다. 그대로 카이사라의 카타나와 격돌했다. 또다시 기묘할 정도로 맑은 충격음이 높이 울려 퍼졌다.

그러나 이번에는 거기서 끝나지 않았다.

마검의 도신에서 발사된 진홍색 빛의 칼날이 현재 맞닿아 있는 카타나를 통과해 카이사라를 직격했다. 그녀의 왼쪽 어깨부터 오른쪽 허리까지 이어지는 선 부분을. 회색 후드 케이프가 정확히 둘로 찢어지며 허공을 날았다. 가죽 갑옷의 몸통

부분을 구성하는 가죽 벨트 두 개가 동시에 튕겨 날아갔다.

HP는 10퍼센트도 줄지 않았지만, 허를 찔렸기 때문인지 그 대단한 카이사라도 버티지 못하고 뒤쪽으로 넉백을 당했다. 반면에 나는 소드 스킬을 사용하진 않았으므로 기술 직후의 경직도 없이 곧바로 추가 공격 자세를 취했다.

목표물은 방금 갑옷이 파손되어 드러난 적의 복부. 저 복부를 전력으로 찌르면, 이번에야말로 큰 대미지를 줄 수 있을 것이다.

크게 숨을 들이마시고 다시 한 번 기합을 발하려고――할 때였다.

내 시야의 하단 끄트머리에서 기묘한 현상이 일어났다.

무릎 아래까지 올라오는 카이사라의 가죽 부츠가 돌연 공기의 소용돌이 속에 빨려 들어간 것이다. 아니――그게 아니었다. 부츠 자체가 작은 회오리바람을 발생시키고 있었다.

휙 날아가던 카이사라의 날씬한 몸이 공중에서 부자연스럽게 속도를 줄였다. 마구 펄럭거리는 앞머리 안쪽에서 왼쪽 눈이 번쩍 하고 푸르게 빛났다.

위험하다. 그렇게 생각했지만 이미 멈출 수 없었다. 멈췄다간 무조건 반격당한다. 온 힘을 다해 바닥을 박차면서 오른손 안에 있는 칼자루를 미끄러뜨려 칼자루 끝부분을 아슬아슬하게 잡았다. 이로써 무기의 사정거리가 10센티미터쯤 늘었다.

"으라아앗!!"

포효하면서 혼신의 찌르기 공격을 펼쳤다.

"하아앗!!"

카이사라도 날카로운 기세를 드러내며 회오리바람을 두른 두 다리로 허공을 박찼다.

동일선상에서 내질러진 카타나의 칼끝과 돌풍 녹턴의 칼끝이 접촉. 불꽃을 튀기며 서로 스쳐 지나갔다. 내 검이 카이사라의 왼쪽 옆구리를 스치고, 카이사라의 카타나가 내 왼쪽 목줄기를 스치면서 진홍의 물방울을 흩뿌렸다.

그 직후. 두 명의 몸이 격돌해 서로 엉키면서 바닥으로 낙하했다. 상비를 포함한 전체 중량은 내가 약간 더 무거울 테지만, 회오리 점프의 위력이 그보다 더 컸는지 카이사라가 내 위에 올라타게 되었다.

"……윽!"

나는 본능적인 동작으로 오른손에 쥔 검을 카이사라의 목덜미에 들이댔다. 그와 동시에 내 목 뒤에도 날카로운 칼날이 들어왔다.

고작 20센티미터 앞에 있는 어두운 청색 척안은 이 상황에서도 얼음처럼 맑디맑은 빛만 지니고 있었다. 이런 것은 죽을 만한 위기도 뭣도 아니다. 그렇게 주장하는 것 같은 차가운 그 미모에 문득 좀 성가셔하는 듯한 표정이 떠올랐다.

돌연 카이사라는 왼손을 내 입으로 뻗었다. 엄지로 윗입술을 쑥 밀어 올렸다.

"뭐, 하는……."

"혹시나 했는데…… 그건 팔할리의 검인가."

그렇게 속삭이더니 카이사라는 겨우 엄지를 뗐다. 나에게 날카로운 송곳니가 있나 없나 확인해본 것이다. 뒤늦게 그걸 눈치챘지만 이제 와서 숨길 방도는 없었고, 굳이 숨길 필요가 있는지도 모르겠다 싶었다.

"……맞아."

내가 인정하자 즉시 다음 질문이 툭 떨어졌다.

"밤의 주민이 된 것은 우리를 이기기 위해서인가?"

"아니……."

살짝 고개를 흔들고 나서 이번에도 솔직하게 대답했다.

"내 주인이 된 사람을 구하기 위해서였다."

"흥……."

작게 코웃음을 치더니 카이사라는 또다시 귀찮다는 듯한 표정으로 말했다.

"……나는 옛날에 팔할리에게 작은 빚을 진 적이 있다. 그런데 빚을 갚기도 전에 그 녀석이 파멸해버렸지. 그러니 한 번만 더 너를 못 본 척해주마."

"모…… 못 본 척이라니, 구체적으로는 어떻게……?"

"일어나면 즉시 뒤로 돌아서 떠나라."

요컨대 전이 장치가 있는 방에는 접근하지 못하게 하려는 것이었다. 8층으로 가기 위한 루트를 변경해야 할 테지만, 목숨보다 더 중한 것은 없었다.

"……알았어."

그렇게 대답하자 내 목 뒤에 파고들던 예리한 칼날이 떨어져 나갔다. 나도 천천히 오른손의 검을 들어 올려 바닥에 내려놨다.

그 순간 카이사라가 히죽 웃더니 "어리석은 꼬맹이구나"라고 하면서 카타나로 내 목을 벤다――는 전개를 상상해버렸다. 그러나 폴른 엘프 부장군은 약속을 어기지 않았다. 무게가 느껴지지 않는 동작으로 가볍게 몸을 일으키더니 뒤로 세 걸음 물러났다. 나도 복근의 힘으로 상체를 일으키고 왼손으로 바닥을 확 누르면서 재빨리 일어섰다.

슬금슬금 후퇴하다가 서로의 거리가 3미터가 넘었을 때 뒤로 돌려고 했다. 그런데 그때.

"잠깐."

카이사라가 날카로운 목소리로 말했고, 나는 온몸을 굳혔다.

"……왜?"

"고구마는 두고 가라."

"……."

여기서 쓸데없는 소리를 하지 않을 정도의 분별력은 지난 두 달 사이에 익혔다. 윈도를 열고 스토리지에서 《익티오이드의 고구마》 여섯 개와 양피지 한 장을 꺼냈다. 우선 바닥에 종이를 깔아놓고 그 위에 고구마를 피라미드 형태로 쌓아 올렸다.

내가 다시 몸을 일으키자 카이사라는 뾰족한 아래턱을 쓱 움직여 내 등 뒤를 가리켰다.

"가 봐."

나는 이번에야말로 뒤로 돌아 최대한 빠른 걸음으로 통로 출구를 향해 걸어갔다.

폐 속 깊숙이 공기를 들이마실 수 있었던 것은 미궁 구역 타워 19층으로 연결되는 계단을 끝까지 올라가고 나서였다.

긴장이 좀 풀리자마자 양손 손가락이 떨리기 시작했다. 실은 정말 한심한 이야기지만, 아까 그대로 계속 싸웠어도 이길 확률은 기껏해야 3…… 아니, 20퍼센트밖에 안 됐을 것이다.

그래도 6층에서 모든 동료들과 함께 한 방에 나가떨어졌을 때에는 절대로 이길 수 없다고 확신했었으니까, 그때에 비하면 실력 차이는 줄어든 셈이다. 나 자신이 성장한 것이 아니라 흡혈귀 파워와 마검 파워가 추가된 덕분일 테지만.

오산이었던 것은 역시나 그 회오리바람 부츠일 것이다. 공기를 박차고 이동할 수 있는 상대에게는, 이쪽이 조금씩 쌓아온 대인전 노하우가 통하지 않는다. 다음에 싸울 때까지는 그 골치 아픈 능력을 봉인할 수단을 마련해놔야 할 텐데──.

"……나 참……."

두 손이 공포로 마비되어 있는데도 머리는 벌써부터 다음 전투에 대비하고 있다는 사실을 깨닫고 무의식중에 그런 말을 중얼거렸다. 모처럼 목숨을 건졌는데 뭐 하는 짓이야. 그렇게 자신에게 충고하고 싶었지만, 다섯 개의 비밀 열쇠를 되찾으려면 저 엘프와의 대결은 피할 수 없을 것이다. 아마 카이사라는 지금부터 탑을 내려가서 어떤 수단을 이용해 플로어 북동쪽의 아지트로…….

"……!"

나는 두 눈을 부릅뜨고 다시 뛰기 시작했다. 아지트 잠입 중인 아스나와 키즈멜에게 카이사라가 온다고 경고해줘야 한다. 수로 던전 입구 근처에서 딱 마주치기라도 하면 최악일 것이다.

4층 미궁 구역 19층은 단순한 구조라 3분 만에 돌파하고 20층으로 갈 수 있었다. 계단 정면의 큼직한 문은 열려 있어서, 플로어 보스 《위스게 더 히포캄프》가 이미 토벌되었다는 사실을 이 유별난 방문자에게 알려주고 있었다.

그래도 일단 입구에서 안의 상황을 살펴봤다. 아무런 기척도 없는 것을 확인한 후 안으로 들어갔다. 어쩌면 이미 라빅 전 기사단장이 와서 대기하고 있을지도 모른다고 생각했는데, 이 길쭉한 홀에는 아무도 없었다. 생각해보니 요펠 호수 서쪽 기슭에서 숲으로 들어가는 라빅의 뒷모습을 봤던 것은 겨우 두 시간 반 전이었다. 그가 아무리 대단한 달인이어도, 높이가 50미터가 넘는 낭떠러지를 기어 올라가 바위산을 넘는다는 것은 간단한 일이 아닐 것이다. 아니, 어쩌면 본인은 그냥 오늘 밤에도 호반에서 야영하고 내일 이동해야겠다고 생각하고 있을지도 모르지만.

저절로 내일 밤의 결투로 흘러가려고 하는 자신의 생각을 차단하고 홀을 똑바로 가로질러 갔다. 맨 안쪽에 나타나 있는 나선계단을 죽어라 뛰어 올라가자 기온과 냄새가 달라지기 시작했다. 7층에서 4층으로 이동할 때에도 느꼈던 것. 공기 자체가 바뀌는 듯한 느낌이었다.

왕복 계단에서 빠져나와 새로운 층의 흙을 밟을 때에는 언제나 특별한 감개에 젖게 된다. 하지만 5층에는 이미 2주 전에 도달했었다. 나는 걸음도 멈추지 않고 필드로 뛰쳐나가 즉시 윈도를 열었다.

메시지 탭의 받는 사람 칸에다 아스나의 이름을 입력하고 전속력으로 본문을 적었다.

【미궁 구역의 비밀의 방 앞에서 카이사라와 마주쳤어. 나는 무사하지만 해치우진 못했어. 카이사라는 한 시간 이내에 아지트로 갈 거야.】

혹시 아스나와 키즈멜이 아직 수몰 던전 안에 있다면【상대가 연락 가능한 장소에 없거나 로그인을 하지 않았습니다】라는 에러 메시지가 뜰 것이다. 나는 기도하는 심정으로 송신 버튼을 누르려다가 얼어붙었다. 버튼이 처음부터 회색이라 누를 수 없었던 것이다.

"……."

그제야 겨우 자신이 기본적인 착각을 하고 있었음을 깨달았다. 나와 아스나는 1층에서부터 내내 파티를 맺고 있었지만 프렌드 등록은 하지 않았던 것이다. 그래서 연락 수단은 인스턴트 메시지밖에 없었는데, 이는 프렌드 메시지와는 달리 다른 층의 상대에게는 보낼 수가 없었다.

그러니까 카이사라와 만났다는 사실을 아스나에게 전달하고 싶었다면, 애초에 계단을 올라 5층으로 나올 게 아니라 다시 탑 1층까지 내려가서 밖으로 나갈 필요가 있었던 것이다.

"으…… 으으으음……."

나는 고개를 숙이고 눈알만 시야의 왼쪽 위로 굴렸다. 파티는 멤버가 각각 다른 플로어로 분산되더라도 해산되진 않기 때문에 그곳에는 나의 HP바 옆에 아스나와 키즈멜의 바도 표시되어 있었다.

따로 행동하기 시작한 이후로 그 둘의 HP는 10퍼센트 이상 줄어든 적이 없었다. 지금은 둘 다 꽉 차 있었고, 오히려 내 HP가 좀 줄어든 상태였다. 아까 카이사라가 내 소드 스킬을 막았을 때와 그녀의 카타나가 내 목줄기를 스쳤을 때의 대미지가 조금 남아 있는 것이다. 하지만 그것도 돌풀 녹턴의 자동 회복 효과로 금방 완벽하게 회복될 것이다.

그러니까 지금 당장은 양쪽 다 걱정할 만한 상황은 아니었다. 하지만 역시 카이사라가 4층에 왔다는 사실은 그 둘에게 전하고 싶었다. 이럴 줄 알았으면 프렌드 신청은 어쩐지 좀 부끄럽잖아……라는 소리 따윈 하지 말고 빨리 등록해 달라고 할걸. 그렇게 후회했지만 그거야말로 소 잃고 외양간 고치기였다.

"으으음……."

또다시 신음하면서 뒤를 돌아봤다. 반쯤 무너진 정자 안에는 방금 내가 빠져나온 나선계단이 있었다. 다시 저곳으로 뛰어들어 4층의 미궁 구역 타워를 1층까지 뛰어 내려가면 메시지는 보낼 수 있을 것이다. 하지만 최단 루트로 움직여도 40~50분은 걸릴 것이다. 게다가 도중에 또 카이사라와 마주칠 위험성도 있다.

"으음……."

난문을 해결할 힌트를 찾아보기 위해 나는 좀 더 몸을 돌려 봤다.

그때 정자 북동쪽에 시커멓게 우뚝 서 있는 성새도시가 눈에 들어왔다.

반쯤 붕괴된 성새는 새카맸지만, 그 밑에 있는 도시는 알록달록한 빛으로 뒤덮여 있었다. 5층의 주거 구역 카를르인이었다. 나는 그곳에 있는 텔레포트 게이트를 통해 8층의 주거 구역으로 날아가 아르고를 만나기 위해 여기에 왔다. 하지만 그 전에 아스나에게 경고 메시지를 보내지 않으면 차분하게 아르고의 이야기를 듣지도 못할 것이다…….

"……아!"

또 초보적인 착각을 했구나. 나는 그걸 깨닫고 작게 소리를 질렀다.

폴른 엘프의 전이 장치는 이동 장소가 고정되어 있었다. 우리가 발견한 장치는 4층에서 7층으로 가거나 그 반대로 갈 수밖에 없었다. 하지만 주거 구역의 텔레포트 게이트는 이미 개통되어 있는 층이라면 얼마든지 자유롭게 이동 장소를 지정할 수 있다. 즉, 카를르인의 텔레포트 게이트에서 우선 4층 주거 구역 로비아로 이동해 아스나에게 메시지를 보낸 다음에 곧바로 8층의 주거 구역으로 날아가면 되는 것이다. 그러면 추가로 소비되는 시간은 기껏해야 1~2분일 것이다.

이토록 부주의한 실수를 연발하다니. 분명히 카이사라와의 전투에서 기력을 다 써버렸기 때문이리라. 틀림없이 그런 거겠지……하고 속으로 납득하면서, 나는 그리운 카를르인을 향해 달리기 시작했다.

10

다행히 아스나와 키즈멜은 내가 메시지를 송신했을 때 이미 폴른 엘프의 아지트에서 탈출해 우르 강을 항행하는 중이었다.

정찰을 그렇게 빨리 끝낸 것은 아지트에 잠입하자마자 중요한 정보를 엿듣는 데 성공했기 때문이라고 한다. 그런데 그 내용이 다소 복잡한 듯했다. 곤돌라 안에서 길게 메시지를 쓰는 것은 위험하니까, 나중에 요펠성에서 합류한 후에 두 사람의 입을 통해 설명을 듣기로 했다.

이쪽에서 카이사라와 마주쳤다는 소식을 전하자 1초 후에 【당장 도망쳐!】란 답장이 날아왔다. 그 후 내가 이미 안전한 장소에 와 있다는 사실을 납득시키느라 조금 애를 먹었다. 카이사라가 배를 타거나 헤엄쳐서 우르 강을 따라 이동할 것 같진 않지만, 어쨌든 꼭 조심하라고 당부한 후 나는 윈도를 닫았다.

고개를 들어 로비아의 텔레포트 게이트 광장을 둘러보았다. 수로에 면한 광장은 많은 상점들로 둘러싸여 있고 낮에는 거기에 노점까지 추가되는데, 자정이 되기 직전인 지금은 거의 모든 가게가 문을 닫은 데다 플레이어의 모습도 눈에 띄지 않았다.

한가운데 있는 텔레포트 게이트로 걸어가서 짧은 계단을 올라 푸른빛이 일렁이는 타원형 게이트와 접촉했다. 정식 서비스에서는 처음으로 방문하는 8층 주거 구역의 이름이 금방 생각나지 않아서 좀 당황하다가 간신히 기억을 떠올리고 소리 내어 말했다.

"텔레포트, 프리벤."

아인크라드 제8층은 숲 플로어다.

3층도 그랬지만 분위기는 완전히 달랐다. 자연 그대로 남아 있는 원시림——이라고 해봤자 현실세계의 원시림보다는 훨씬 걷기 쉬웠지만——이었던 3층과는 달리 이쪽은 정성껏 잘 손질해놓은 관리된 숲에 가까웠다. 모든 나무들은 물론이고 그 뿌리 쪽에 자라난 버섯이나 바위에 낀 이끼조차도 죄다 관리 대상인 듯했다.

그 결과 동화 같은 환상적 아름다움이 탄생했는데, 이것이 플레이어에게는 지뢰밭이나 마찬가지이기도 했다. 보도블록이 깔린 통로에서 벗어나 저 버섯을 하나만 밟기라도 해봐라. 운이 좋으면 벌금, 운이 나쁘면 감옥에 갇혀버릴 것이다.

하기야 8층을 공략하기 위해서는 반드시 숲에 들어갈 필요는 없지만. 이 층은 둥근 고리처럼 생긴 인공 호수에 의해 좁은 바깥뜰과 넓은 안뜰로 나뉘어 있었다. 인간족의 주거 구역과 미궁 구역 타워가 있는 곳은 바깥뜰이고 숲이 있는 곳은 안뜰이었다. 인공 호수에 걸려 있는 다리는 남북의 다리 두 개밖에 없었다. 그 다리를 건너가면 나오는 곳은 지리적으로나 관념적으로나 별세계라고 봐야 할 것이다.

왜냐하면 지름이 6킬로미터나 되는 8층의 안뜰은 숲까지 포함해 그 구역 전체가 카레스 오 왕국의 수도 스루바이기 때문이다.

텔레포트 게이트에서 나온 나는 상쾌한 나무 냄새가 감도는 밤공기를 깊이 들이마셨다.

8층의 주거 구역 프리벤은 바깥뜰의 남쪽 끝에 우뚝 서 있는 거대한 바위산에 만들어진 도시였다. 거대하다고 해봤자 높이는 50미터이고 폭은 30미터 정도. 위층 밑바닥에 닿을 듯한 위용을 자랑하는 포레스트 엘프의 왕성에 비하면 별 볼일 없었지만, 그래도 좀 커다란 상업 빌딩 수준의 규모는 되었다.

텔레포트 게이트 광장은 바위산 꼭대기를 평평하게 깎아놓기만 한 공간이었다. 게이트가 세워진 곳도 단순히 툭 튀어나온 바위 부분이었다. 정말로 대충 깎아 만든 계단을 내려가서 주위를 한 바퀴 둘러봤다.

지름이 20미터쯤 되는 광장에는 상점은커녕 간단한 포장마차도 없었다. 도시가 개방된 직후인데도 플레이어도 없었다. 하지만 저 아래 어딘가에서 시끌벅적한 담소 소리가 희미하게 들려왔다.

나는 윈도를 열고 아르고에게【오래 기다렸지? 프리벤에 왔어】라고 메시지를 보냈다. 금방【12층의 노토리 가게에 있어】란 대답이 날아왔다. 나는 딱 한순간 머뭇거리다가【OK】라고 답장하고 윈도를 껐다.

내가 방금 나온 텔레포트 게이트는 광장의 남쪽 끝에 있었다. 그리고 동쪽, 서쪽, 북쪽에는 각각 바위산 내부로 내려가는 계단이 굴처럼 만들어져 있었다. 12층에 갈 수 있는 계단이 뭐더라…… 하고 잠시 고민하다가 대충 찍어서 동쪽 계단을 골랐다.

오랫동안 계속 밟혀 반들반들하게 닳은 계단을 내려갔더니 둥글게 휘어진 좁은 통로 중간으로 나왔다. 통로 안쪽에는 색깔도 형태도 재질도 다 제각각인 문들이 불규칙한 간격으로 늘어서 있었는데, 그중 몇 개에서는 이런 시간인데도 따뜻한 빛과 떠들썩한 웃음소리가 새어 나오고 있었다.

통로에도 느긋하게 걸어 다니는 플레이어가 있었다. 공략집단이 아니라 도시 개방에 맞춰 아래층에서 올라온 관광객인 것 같았다. 프리벤은 바위산 내부에 크고 작은 가게들이 100개도 넘게 꽉꽉 들어차 있는데 그중 60퍼센트는 음식점——아니, 정확히 말하자면 술집이라서 그런 것을 좋아하는 사람의 취향에는 딱 맞는 도시였다.

게다가 옛날 사람들이 통로를 무계획적으로 마구 뚫어놓는 바람에 일단 '층수'가 있긴 있지만 그것들이 정상적으로 연결되어 있지는 않았다. 10층에 있는 계단을 따라 내려갔더니 7층이 나오고, 거기서 또 다른 계단을 올라가면 9층이 나오는 식이다. 심지어 각각의 층도 직접 왕래할 수는 없는 여러 개의 구획으로 분할되어 있었다. 베타테스트 시절에는 내부 구조를 완전히 암기한 플레이어가 유료 안내인으로 활동했을 정도로 복잡한 구조였다. 좀 전에 아르고의 메시지를 보고 OK라고 대답하길 망설였던 것도 그런 이유 때문이었다.

나는 어렴풋한 기억에 의존해 통로 오른쪽으로 나아가다가 왼쪽 계단으로 내려가 잠시 걷다가 다시 올라갔다. 그리고 슬슬 아르고에게 항복 메시지를 보낼까? 하고 생각했다. 그런데 그때 통로 막다른 곳에서 어쩐지 본 적이 있는 듯한 갈색 문이 나타났다.

문에 뚫린 불투명한 작은 창문에서는 은은한 빛이 흘러나오고 있었다. 그 밑에는 도토리처럼 생긴 청동 간판이 붙어 있었다. 가게 이름은 표시되어 있지 않았지만 분명히 여기가 지정된 가게일 것이다.

문을 밀었더니 데구루루 하는 건조한 소리가 울려 퍼졌다.

가게 안은 다소 어두웠다. 가까운 곳에는 카운터석이 세 개, 저 안쪽에는 3인용 반원 테이블이 하나만 놓여 있는 좁은 공간이었다. 하지만 이렇게 작은 가게는 프리벤에는 얼마든지 있었다.

카운터 안에서는 놀랄 만큼 덩치가 작은 주인이 컵을 닦고 있었다. 그런데 그는 어린이도 아니고 인간도 아니었다. 갈색 모피와 뾰족한 코끝이 특징적인 오소리 같은 수인(獸人)이었다.

가게 주인은 까맣고 동그란 눈으로 힐끔 나를 보더니 그 체격에 어울리지 않게 중후한 목소리로 나직하게 말했다.

"어서 오세요."

"어, 저…… 누굴 만나러 왔는데요."

내 말을 들은 주인은 까만 코를 슬쩍 오른쪽으로 흔들었다. 그 몸짓이 어쩐지 아까 나에게 "가 봐"라고 명령했던 가이사라와 좀 비슷해서 웃기기도 하고 무섭기도 했는데, 그래도 어떻게든 멀쩡한 표정을 유지하고 고개를 끄덕인 후 가게 안쪽으로 들어갔다.

반원형 테이블은 가로로 벤 거목을 반으로 잘라놓은 것이었다. 아름다운 나이테가 고스란히 드러나 있었다. 그 위에는 나무를 깎아 만든 접시 하나와 컵 두 개가 놓여 있었다. 접시에 담긴 것은 조그만 갈색 나무 열매. 언뜻 보면 껍질 있는 도토리 같았는데 자세히 봐도 역시나 도토리였다.

의자도 그냥 통나무를 싹둑 잘라놓은 것이었다. 그중 하나에 앉아 있던 자그마한 플레이어가 나를 보고 히죽 웃었다.

"이제야 겨우 왔구나."

후드를 쓰고 있어서 얼굴 윗부분은 그늘이 져 있었지만, 말끝에 콧소리가 섞인 이 독특한 목소리는 틀림없이 아르고의 목소리였다. 나는 최선을 다해 얼굴을 찡그리고 미리 준비해 둔 말로 대꾸했다.

"왔구나~가 아니잖아? 왜 하필 여기서 만나자고 한 거야? 좀 더 알기 쉬운 곳에 있는 가게나, 텔레포트 게이트 광장에서 만나도 됐잖아."

"키리 도령이 좋아할 것 같은 가게라고 생각했거든."

아르고가 그렇게 뻔뻔하게 말했을 때 "커헉!" 하고 사레들린 듯한 소리가 났다. 나는 그때 비로소 기둥에 가려진 저 안쪽 자리에 다른 사람이 앉아 있다는 것을 눈치챘다.

혹시 아르고에게 ALS와 DKB의 위기를 알려준 플레이어인가……? 하고 생각하면서 몸을 기울여 그쪽을 들여다봤다.

그곳에 있는 사람은 다소 덩치가 큰 남성 플레이어였다. 짧은 머리카락을 위로 세우고 빨간 반다나를 둘렀는데, 턱끝에는 짧은 수염이 나 있었다. 방어구는 금속판으로 보강한 가죽 갑옷. 무기는 좀 가느다란 곡도.

그러한 정보들은 내 머리에 제대로 들어오지 않았다. 그 남성 플레이어와 눈이 마주친 순간 어마어마한 충격이 나를 덮쳐 정신이 멍해져 버렸기 때문이다.

"안녕."

반다나를 두른 남자는 컵을 가볍게 들어 올리면서 그렇게 말했다.

나는 내 입이 두어 번 열렸다 닫혔다가, 마침내 낮게 잠긴 목소리를 흘리는 것을 들었다.

"……클라인……."

(계속)

후기

소드 아트 온라인 프로그레시브 9권『푸른 수월의 녹턴(상)』을 읽어주셔서 감사합니다.

키리토가 흡혈귀――가 아니라《시비스 녹테(밤의 백성)》가 된 지 작품 안에서는 한나절도 안 지났습니다만, 작품 밖에서는 무려 3년 9개월이란 세월이 지나버렸네요. 저도 쉽게 믿지 못하고 8권 간행일을 인터넷과 실물 책을 통해 확인해 봤는데 아무래도 확실한 것 같아서요……. 정말 오래 기다리셨습니다!

(여기부터는 본문 내용이 언급됩니다)

흡혈귀화라고 하면 "피가…… 피가 필요해……!"라고 신음하면서 동료를 덮치는 게 클리셰적인 전개일 텐데요, SAO는 시스템상 플레이어의 사고나 욕구를 조작하는 것은 불가능하므로(그래서 수면이나 흉포화 같은 디버프도 존재하지 않습니다) 유감스럽게도? 키리토도 진심으로 아스나의 목을 물고 싶어 하지는 않을 겁니다. 한편 햇빛을 받으면 즉사한다는 것은 일반적인 흡혈귀 여러분과 마찬가지이기 때문에 한동안 어쩔 수 없이 밤에만 공략을 진행하게 될 것 같습니다. 부제인 '녹턴(야상곡)'은 물론 그런 의미에서 붙인 건데요. 이야기 전체의 분위기도 '랩소디(광시곡)'라 이름 지은 7층 편의 동분서주함과는 전혀 다르게 차분한 분위기가 되었으므로, 역시 제목은 큰 힘을 가지고 있구나……하고 새삼 느꼈습니다.

이야기의 내용을 말하자면, 키리토 일행이 7층에서 일단 4

층으로 돌아와 빼앗긴 비밀 열쇠 탈환에 도전하고, 또 요필리스 자작과 라빅 전 기사단장의 해묵은 과거를 해결하기 위해 노력하는 내용이 되었습니다. 물론 저도 빨리 8층으로 가고 싶지만, 엘프 전쟁 캠페인 퀘스트가 클라이맥스에 돌입하기 전에 미리 어딘가에서 엘프들의 사회와 역사에 관해 설명할 필요가 있었거든요. 그러니 한동안 4층에서의 모험에 같이 어울려주셨으면 좋겠습니다.

이렇게 말하면서도 실은 9권 마지막에서 키리토만 혼자 한발 앞서 8층으로 이동해버렸죠. 그리고 거기서 마침내 1층의 시작 마을에서 헤어졌던 첫 번째 친구 클라인과 재회하게 되었습니다. 작품 안에서는 두 달 만이지만 작품 밖에서는 1권(프로그레시브가 아니라 본편 1권!) 간행 이래 무려 16년 만에 재회하는 장면입니다. 그래서 저도 쓰면서 "이거 진짜 괜찮은가……?" 하고 주춤하기는 했습니다만, 일단 나왔으니까요. 다음 권에서는 크게 활약해줄 겁니다.

그리고 끝으로 사과를 드리고 싶습니다. 그동안 상하권으로 나누는 경우에는 연속으로 책을 냈었는데, 이번에는 제반 사정으로 인해 하권은 조금 시간이 걸릴 예정입니다. 가능한 한 빨리 간행할 수 있도록 노력할 테니 잠시 기다려주세요. 일러스트를 그려주신 abec 씨, 담당 편집자 미키 씨와 아다치 씨에게도 이미 9권 스케줄이 지연되는 바람에 폐를 끼쳤습니다만, 다음 권도 부디 잘 부탁드립니다!

2025년 1월 모일 카와하라 레키

NOVEL

소드 아트 온라인 프로그레시브_9

2025년 12월 25일 제1판 제1쇄 인쇄
2025년 12월 30일 제1판 제1쇄 발행

지음 | 카와하라 레키
일러스트 | abec
옮김 | 한수진

발행인 | 오태엽
편집팀장 | 이수춘
편집담당 | 이예솔
일본어판 오리지널 디자인 | BEE-PEE
한국어판 디자인 | Design Plus
라이츠사업팀 | 이은선, 박경진, 정선주, 신주은, 신윤미
전략마케팅팀 | 김정훈, 이강희, 정누리, 김재철
제작담당 | 박석주

발행처 | (주)서울미디어코믹스
등록일 | 2018년 3월 12일
등록번호 | 제 2018-000021
주소 | 서울특별시 용산구 만리재로 192
전화 | (02)2198-1736
인쇄처 | 코리아 피앤피

SWORD ART ONLINE PROGRESSIVE Vol.9